VALTER FILE

TË
HUMBURIT

ROMAN

Redaktor: **Thoma Gëllçi**

ISBN-13: 978-0692319833

ISBN-10: 0692319832

1

FILLIMI

Të gjitha ato që ke bërë dhe do të bësh në jetën tënde janë të parëndësishme dhe do të ishte njësoj si të mos i kishe bërë kurrë.
Por është e mira t'i bësh, se po nuk i bëre ti, s'ka për t'i bërë askush tjetër.

Nuk ishte hera e parë që merrja arratinë dhe ia mbathja nga sytë këmbët.

Ndoshta ishte gjëja më e mirë që dija ta bëja siç duhej. Në një vend të fshehtë të dhomës ku flija, në një vend që e dija vetëm unë, mbaja një pjesë të parave të kursyera, atë që e quaja *fondin e emergjencës*, paratë kesh dhe dokumentat.

Për t'u arratisur, për t'u zhdukur për një kohë sa më të shkurtër, domethënë për të shpëtuar kokën, nuk më duhej asgjë më tepër, i fusja të gjitha në xhepin e brendshëm të xhaketës, shuaja dritat, kyçja derën pas shpinës dhe mbathja, nga sytë këmbët.

Hidhe gurin nga prapa.

Një telefonatë e shkurtër, si një kod me pesë fjalë, më lajmëroi, që në kufi ishin ndaluar katër kamionët e ngarkuar me kafe kontrabandë, shoferët ishin arrestuar, ndërsa mjetet dhe malli ishin sekuestruar.

Me sa dukej njëri nga doganierët, ndonjë nga ata që nuk ishte paguar sa duhej, na kishte spiunuar dhe policia e

3

antikontrabandës i kishte rënë më të që ngarkesat nuk ishin me miell gruri por me kafe. Vetëm thasët e rrjeshtit të parë, kishin miell, sa për t'u hedhur miell syve kureshtarëve të padëshiruar.

E dija që ishte thjesht punë minutash, ose e shumta një orë se do të vinin të më arrestonin. Por ama këtë nuk mund ta bënin me mua, unë nuk isha i humbur dhe as ndonjë mëllënjë budallaqe, që të rrija e t'i prisja të vinin ata të krimit ekonomik dhe të më merrnin. I kisha rregulluar punët në atë mënyrë, që po t'u shpëtoja në çastin e parë, pastaj do ta kishin tepër të vështirë të më gjenin dhe ta merrnin vesh se kush isha.

Jashtë më priste një makinë e regjistruar në emrin e një kushëriri të largët, që as e merte me mënd se kishte edhe një makinë tjetër lluksoze.

Pas dhjetë minutash isha në periferi të Tiranës në drejtim të Durrësit. Duhej të arrija në Kolonjë, në vendin tim, ku e kisha më të lehtë të fshihesha, por edhe të kaloja qafat e Gramozit dhe të hidhesha në Greqi.

Kur arratisesh, pra kur e ke këtë mundësi fatlume, se ndonjëherë nuk ke kohë, merr rrugën më të gjatë, atë që duket më e pa llogjikshmja. Sepse ata që duan të të kapin, do të zënë detyrimisht shtegun më të shkurtër, më të mundshmin.

E dija këtë, se kisha qënë gjahtar i vjetër, bishat, që janë vetëm kafshë dhe bazohen tek instikti i tyre, zakonisht nuk kalojnë kurrë nëpër atë rrugë që të duket më e shkurtra dhe më normalja.

Rruga e vetme për të arritur në Ersekë, ajo që mund të quhej alternative, kalonte nga Gjirokastra, dhe unë atë zgjodha, sepse shpresoja, që po të donin të më kapnin atë kishin për ta bllokuar të fundit. Duke patur parasysh edhe mëndjeshkurtësinë e të gjithë policëve. Nuk e di, por në të gjithë botën policët janë njësoj, kanë të njejtin nivel intelekti.

***

Kur bën punë të tilla, si kontrabanda, ku luhet para e madhe, vazhdimisht duhet të kesh frikë, duhet të hash, por ama edhe sytë duhet t'i mbash hapur, edhe veshët duhet të të qëndrojnë ngrehur. Po harrove një çast rrezikun, po nuk e shkove nëpër

4

mënd që po bën një punë me shumë para, e cila i bën të gjithë t'i kenë sytë nga ti, je i humbur. Sepse paraja nuk fitohet lehtë dhe kur mbush thasët me të holla ke më shumë armiq se sa miq, ose e thënë më saktë, të gjithë ata që fitojnë me ty janë miq, por kur ngelen me gisht në gojë, kthehen menjëherë në armiqtë e tu më të pamëshirshëm. Ndaj, në këtë rast unë më tepër kisha frikë nga ish-bashkëpuntorët e mi, të cilët do të përpiqeshin të më hanin kokën, se sa nga shteti.

Se në fund të fundit edhe po të më arrestonin, do të paguaja para, dhe unë kisha aq sa të zija sytë e veshët e çdo gjykatësi dhe prokurori, dhe pas disa ditësh do të dilja jashtë.

Por si t'ua bëja atyre që u detyrohesha para, ata nuk do të më falnin kurrë dhe do të bënin çmos për të më hequr qafe, sepse ishin të bindur që para nga unë, që nga ai moment kur të gjitha kishin shkuar në djall, nuk kishin për të marë kurrë.

Pra kur mora arratinë, pa u menduar dy herë, në një situatë të tillë isha, mbathja pa u menduar dy herë që të shpëtosh kokën. Se kur je pa kokë asgjë nuk ka më vlerë, as emri dhe as nderi.

Nuk qaja hallin e mallit, as të shoferëve që do të qëndronin për disa kohë në burg, por të kreditorëve që mbanin më këmbë këtë biznes prej një viti. Të gjithë do të kërkonin pjesën e tyre dhe nuk do t'u bëhej vonë që puna kishte dalë fjasko. Kur një punë është e paligjshme, kur të gjitha janë marrëveshje të fshehta, askush nuk mund t'i drejtohet ligjit, dhe kontratat gojore zbatohen me kobure në dorë.

Do të kërkonin ose paratë ose kokën time. Ortakët e mi, ose më mirë gjysmë ortakët, se ata nuk kishin vënë asnjë kacidhe, por vetëm ndihmën e tyre dhe mbështetjen zyrtare, ishin njerëz me peshë në qeveri. Me ministrin e financave para një viti kishim bërë kontrabandën e cigareve dhe ai kishte ngelur i kënaqur nga unë, kurse me dy deputetët e zonës, po punoja për herë të parë ne atë të uruar kafe, që tani po më dilte prej hundësh.

Largimi im i menjëhershëm nuk kishte të bënte më shumë me shtetin, se sa me njerzit që para disa ditësh kisha ndarë fitimin.

Me ligjin rregulloheshe, paguaje mirë dhe dilte që kontrabanda nuk kishte qënë aspak kontrabandë dhe se kafja ishte vetëm ushqim për pulat, por si t'ua bëje atyre që donin pjesën kur nuk kishte pjesë?

5

Të zbusja mërinë e tyre do të thoshte që të zbrazja plotësisht depozitat e mia bankare ndërsa unë lija kokën dhe këtë punë nuk e bëja kurrë.

Në Lushnjë theva një mijë dollarë dhe hengra mëngjesin në një restorant, që ishte mbushur me lule artificiale plastike dhe me kafshë e shpendë të ballcamosur. Ishte vërtet një pamje makabre, të haje midis atyre kafshëve të shkreta, që qëndronin si të ngrira e të shikonin drejt e në pjatë, a thua prisnin që t'i ta mbaroje dhe ato ta lëpinin. Sytë e tyre të qelqtë se ç'kishin një si dalldi prej të çmëndurish. Megjithatë, si paçja ashtu edhe pilafi ishin gatuar mirë, vetëm vera se ç'kishte një shijë të dyshimtë metali e ndryshku dhe e lashë pa pirë. E doja verën, por tek ne ishte gati e pamundur që të gjeje verë të vërtetë dhe të mirë, sepse të gjithë, për të fituar, mundoheshin t'i bënin ndonjë marifet.

Ndeza një cigare e thitha me lezet pasi kisha mbushur barkun dhe fillova të vrisja mëndjen se ç'do të bëja më tej. Që kur isha nisur, ky ishte momenti më i përshtatshëm që të mendoja pak më gjatë dhe me mëndje të ftohtë.

Gjatë gjithë rrugës, kudo që qëndroja, bëja blerjet e nevojshme. Sa më shumë konserva. Nga të gjitha llojet. Ushqime të thata. Makarona, oriz. Katër thasë me miell, erëza dhe para së gjithash edhe një sasi të mirë kripe. Sepse ajo që është më e rëndësishme gjithnjë harrohet dhe atje ku kisha ndër mend të shkoja unë, as që bëhej fjalë të gjeje pranë ndonjë dyqan, sepse po të kini ndonjë përfytyrim për fundin e botës, për vëndin më të humbur e më të harruar, atëhere do ta dinit vrimën ku do të kuturisesha unë.

Dhe më në fund, në Fier, në një dyqan armësh gjahu pagova me euro një pushkë gjahu klasike, nga ai tipi i vjetër me dy gryka dhe bleva kuti të tëra me municion gjithfarë llojesh, nga ai për mëllënja e turtuj e deri tek kalibrat më të mëdhenj për derra dhe për njerëz.

Blerjen e regjistrova në emrin e një farë Thanasi, nga Narta, dokumentat e të cilit i mbaja rezervë me vete. Nuk doja që ndonjë nga ata që do të më kërkonte të gjente gjurmët e mia. Unë nuk ekzistoja, isha shumë njerëz të ndryshëm dhe kisha arritur ta fshihja shumë mirë veten time.

Deri në atë moment plani im i arratisë kishte funksionuar më së miri. Më duhej të largohesha sa më parë nga Fieri dhe t'ia merrja për në Gjirokastër. Edhe sikur të më ishin vënë pas, me siguri gjurmuesit do të ngatrroheshin dhe do të kujtonin se kisha shkuar në Greqi. Bile po të ishin treguar të shkathët, tani ndoshta ishin duke më pritur në Kakavijë, në pikën kufitare, me shpresë se unë do të bija si budalla në grackën e tyre. Pasi të më shtinin në dorë do të mundoheshin me të gjitha mënyrat të më mernin paratë që kisha nëpër banka dhe pastaj i mernin apo nuk i mernin ato para, do të më vrisnin.

Por unë do të merja menjëherë rrugën drejt Korçës, do t'i afrohesha kufirit dhe pastaj do të futesha përsëri në thellësi të vendit, rrugën më të pafavorshme për një njeri që kërkon t'ia mbathë dhe të shpëtojë kokën. Çdo njeri arratiset duke dalë përtej kufirit, kurse unë do të arratisesha duke qëndruar brënda Shqipërisë dhe ky më dukej një plan shumë i zgjuar, si ai i lepurit, që kur e ndjekin zagarët kthehet dhe futet në atë ferrë ku ka qënë në fillim të ndjekjes.

Gjithkush që arratiset ia mbath jashtë shtetit, tenton të kapërcejë kufirin dhe të futet në një botë të huaj, ku ndjekësit do ta kenë më të vështirë që të orjentohen, kështu që ndjekja komplikohet.

Kurse unë do të bëja një lëvizje taktike të pallogjikshme, do të arratisesha duke qëndruar i fshehur për sa kohë të mundesha brenda Shqipërisë. Ndoshta instikti im, dhe jo llogjika, po më drejtonte të bëja atë që më vonë do të më shërbente për të vënë të gjitha këto padrejtësi në vend. Nuk u kisha asnjë borxh, i kisha paguar më së miri dhe do të ishte marrëzi t'u jepja edhe këmishën e trupit, që ata të më linin gjallë.

Një mut kishin për të marrë nga unë.

Në Tepelenë bleva cigare. Mora aq steka, sa vend bosh më kishte ngelur në makinë. Nuk i dihej se sa kohë do të qëndroja atje lart në fshatin malor, dhe unë e kisha të pamundur ta shtyja pa duhan.

Tani dukesha vërtet si një nga ata tregëtarët e çantave, që kalojnë nga njëri shtet në tjetrin për të nxjerrë ndonjë euro më tepër. Në makinën time kishte ngelur vetëm vendi i shoferit i lirë. Bile shumë nga qeset më preknin supin dhe më qëndronin sipër zverrkut.

Të humbasësh sot, në këtë kohë kur bota e madhe është bërë kaq e vogël, nuk është aspak e lehtë. Nuk them të fshihesh, por të humbasësh. Të zhdukesh pë lënë gjurmë, të gjesh një skutë ku nuk mund të të arrijë asnjëri, dhe pas një farë kohe, ndoshta mund të kalojnë edhe vite, të të futin në listen e atyre që kanë humbur. Që nuk janë më as të gjallë dhe as të vdekur, por të zhdukur. Pikërisht kjo është aftësia për të cilën flas unë. Gjetja e një vendi, ku asnjë i zgjuar të mos i bjerë më të që mund të ndodhesh, dhe të arrish të jetosh atje sa më gjatë. Të presësh çdo komunikim me botën, të shpëtosh një herë e mirë nga të njohurit dhe të panjohurit, të heqësh qafe ata që u ke borxh, dhe ata që të detyrohen, ta bësh që edhe vetë shtetin të të heqë mbi emër një vizë të trashë e të kuqe.

Kjo gjë duket e lehtë po ta mendosh, por ama ta vësh në jetë, në këtë botë lidhjesh të shumfishta, kur asgjë nuk kalon pa u shkruajtur dhe pa u regjistruar, duket sikur është krejtësisht e pamundur. Çdo gjë avullohet, edhe guri dhe druri, por jo njeriu, sepse çdo shtet mundohet të mbajë evidenca të sakta për njerëzit, duke i trajtuar ata si armiq potencialë të mundshëm, që një ditë mund të bëjnë diçka në kundërshtim me interesat e tij.

Në dokumentat e firmës sime të eksport-importit, që bënte kontrabandën, unë shfaqesha me shumë identitete, dukesha sikur isha disa njerëz, kur në fakt isha një i vetëm.

Kishte një drejtor ekzekutiv, Shezai Bregasi, president i Ltd-së, që në fakt punonte si bari dhish në një nga fshatrat e Tomorricës së Skraparit, një gjysmë analfabet, që nuk kishte dalë kurrë nga fshati i tij, por që dikush i kishte nxjerrë një çertifikatë lindjeje dhe çertifikata ishte bërë pastaj pasaportë.

Po kështu edhe drejtorët e sektorëve të ndryshëm, ishin regjistruar të gjithë me dokumenta të fallcifikuara, të marra poshtë e lart, në komunat më të largëta e më të humbura.

Dhe të gjitha ata emra, të gjitha ato dokumenta, që dukej sikur ishte një skuadër futbolli, bashkë me trainerin dhe rezervat, i kisha përdoruar vetëm unë. Me letra nuk kishin si të më kapnin kurrë, por problemi ishte se fytyrën time e njihnin shumë vetë, ishte fiksuar edhe në shumë regjistrime kamerash nëpër banka dhe komplekse tregtare, ndaj unë duke ia mbathur nga Tirana, nuk fshihja emrin, sepse nuk kisha një të tillë, por fshija fytyrën.

Në momentin e parë ata do të kërkonin emrin, por kur t'i binin më të që ata emra ishin disa mjeranë që ruanin dhitë në Skrapar, ose bënin qymyr në pyjet e Pukës, atëhere do të kujtoheshin për fytyrën time dhe do të më viheshin pas. Pikërisht nga ky moment hutimi, nga kjo mospërputhje duhej të përfitoja dhe t'ia mbathja sa më larg rrezikut.

Se sa e gjatë do të ishte kjo ngatrresë për ndjekësit e mi e kisha të pamundur ta gjeja, ndaj duhej t'ia mbathja sa më para, sepse pas kthjellimit ata do ta dinin, që ua kisha hedhur paq dhe do të donin të ma hanin kokën.

Qoftë shteti, qoftë borxhllinjtë vetëm me anën e fytyrës mund të më gjenin dhe t'i binin më të se cili isha unë në të vërtetë. Ndaj një shkëputje e gjatë nga njerzit do të bënte që të gjithë të më harronin dhe të mos kujtoheshin më për mua. Por të humbasësh nuk është edhe aq e lehtë, edhe kjo punë kërkonte mjeshtërinë dhe sakrificat e veta.

E kisha gjetur me kohë vendin ku do të fshihesha po qe se do të lindnin probleme. Jo se e dija që do të vinte kjo ditë kur do të më ishin vënë këmba këmbës, por njeriu i zgjuar gjithnjë duhet të tregohet i kujdesshëm.

Sepse kujdesi i tepëruar nuk është kurrë i tepëruar.

2

FSHATI GOLLOMESH

*Në qoftë se një kokë tullace ka vetëm njëqint fije
flokë, ajo përsëri ngelet tullace, po t'i shtojmë
edhe njëqint të tjera, nuk mund ta quash me
flokë. Ia rrisim qindëshet në mënyrë progresive
dhe keni për të parë që tullaceria nuk zhduket
asnjë herë.
Po një fshat sa shtëpi duhet të ketë që të quhet
fshat?
Sipas ligjit të tullacërisë, kjo pyetje nuk ka
përgjigje.*

Pasi udhëtoje nëpër një rrugë të keqe gjithë gunga e gropa të
shtruar para shumë vitesh me çakull dhe që spërdridhej nëpër një
pyll të përzjerë ahu dhe pishash, e cila dikur u kishte shërbyer
sharrëxhinjve për të nxjerë nga pyjet e thellë lëndën e drurit,
arrije në një pllajë të pjerrët rrëzë maleve të Qelqëzës. Aty, midis
atyre grykave, përrenjve dhe korijeve ndodhej skuta, që kisha
piketuar prej kohësh si vendin ideal ku njeriu mund të humbasë
qetësisht.
Ky ishte fshati Gollomesh.

Toka që kishte mbajtur me bukë të parët e mi, ose më mirë të parët e mi nga krahu i simëje.

Për shumë nga ju është një emër krejt i panjohur, ndoshta edhe në hartë nuk keni për ta gjetur, sepse vetëm në Kolonjën time, një grumbull i tillë prej katër pesë shtëpish, të strukura midis malit dhe pyllit, larg syve të botës së banuar, mund të quhet fshat. Me që pranë nuk kishte ndonjë fshat tjetër të madh, as mëhallë nuk e quaje dot, se nuk ishte mëhalla e askujt.

Pra një mëhallë e vogël, me tre katër shtëpi, që nuk i përket asnjë fshati të afërt, në vendin tim detyrimisht që quhet fshat.

Që aty ishin rrënjët e familjes së nënës sime dhe ne kishim trashëguar një shtëpi guri dhe disa dynymë tokë, të cilat na takonin si pronë, e dimim që i kishim dhe ku ishin, por që nuk na kishin hyrë kurrë në punë. Vija të paktën një herë në vit, për të nxjerrë mallin e viteve të qeta dhe të gëzuara të fëmijërisë, për t'u çlodhur nga rrëmuja e qytetit, për të qënë për pak ditë me vetveten dhe për të gjuajtur diçka. Vërtet nuk kishte njerëz, por gjah ama gjeje me bollëk.

***

Dikur aty banonin disa familje që ishin kushërinj me njëri-tjetrin, kishin dalë nga e njëjta vatër, kurse tani nuk kishte ngelur më njeri i gjallë. Pas viteve '90-të të rinjtë ia kishin mbathur, kurse dy tre pleq që ngelën, shkuan në atë botë njëri pas tjetrit dhe u strehuan në varrezën e vogël të fshatit të tyre sa një grusht fëmije. Nuk deshën ta braktisnin atë vend dhe aty ngelën, të bindur që ai dhè do të kishte aftësi më të mëdha tretëse.

Marrëzi pleqsh të surufjepsur, që brezi ynë e ka të pamundur ta kuptojë.

Fshati u shkretua dhe vetëm ndonjë i krisur si puna ime, ndonjë nip budalla dhe i lajthitur, ngrihej dhe vinte aty, për të kaluar disa ditë dhe për të riparuar ndonjë rrasë të thyer të çatisë së vjetër, ose ndonjë avlli të rrëzuar, ndonjë kthis siç i thoshim ne, se për ndryshe Gollomeshi do të ishte kthyer në gërmadhe, do të ishte zhdukur krejt nën trëndafilat e egër dhe degëve të shtogjeve të bardhë, që i kanë aq qef gërmadhat.

11

Frenova makinën para shtëpisë së gjyshes.

Zbrita.

Shpiva këmbët duke i përplasur përtokë, i hodha një sy shtëpisë së vogël si shtëpi kukullash, e cila në fëmijëri më ishte dukur e stërmadhe, katana dhe me zë të lartë, pa patur frikë se do të më dëgjonte kush, thashë:

-*Tungjatjeta, shtëpi e vjetër! Si ndjehesh? Ç'thotë pleqëria? Ç'thotë përdhesi a të dhëmbin kockat dhe kyçet?*

Dhe merrej vesh që nuk m'u përgjigj askush.

Një heshtje varri, që mund të kishte ndrydhur çdo zëmër, kumboi brenda meje, me shurdherinë e vet rënqethëse. Por mua nuk m'u bë aspak vonë. Se ndodhesha aty, në atë fund bote, pikërish në kërkim të kësaj heshtjeje, të kësaj shurdhërie dhe të kësaj shkretie të pajetë.

Të vish nga zhurma dhe rrëmuja dhe të biesh në këtë pus pa tinguj të dhunshëm, për një njeri si unë, ishte vërtet kënaqësi.

Tani kur kisha vënë këmbën në këtë cep të humbur e të harruar të botës së madhe ndjehesha i qetë. Të paktën për disa kohë do ta kisha kokën mbi supe, do të isha gjallë.

Njeriu fiton kohë, vazhdimisht kërkon atë kohën e mallkuar, sepse e di që do të vdesë një ditë, dhe vetëm përpiqet ta shtyjë afatin e këtij akti. Ne e dimë që do të vdesim, nuk e shmangim këtë, por ama nuk e dimë se kur dhe se si, ndaj vazhdimisht përpiqemi dhe luftojmë sikur të na jetë dhënën në dorë përjetësia. Qënkemi kafshët më idiote, sepse na është dhënë vetëm neve mundësia ta dimë që fundin e kemi të pashmangshëm dhe përsëri luftojmë, mbahemi pas jetës me thonj e me dhëmbë, që është vetëm një copë kohe në përdorim të pjesshëm,.

Limiti, kufiri i fundit ndodhet fare pranë, diku para nesh, por ne mbyllim sytë dhe bëjmë sikur nuk e shikojmë, me shpresën e pamënd se ai një ditë nuk do të ekzistojë.

Hyra në oborrin e mbushur me barëra të harlisura dhe kulpra. Dukej menjëherë që në atë vend dora e njeriut kishte munguar për muaj e muaj me radhë. Toka e ndjen braktisjen më tepër se çdo gjë dhe ka shënjat e saj për ta treguar si pakënaqësi, apo si një rehati dhe shlodhje.

-*Qënke plakur,* - i thashë, - *të qënkan lëshuar ushkurët!*

Shtëpia më shikonte dhe heshtte.

Ndoshta nuk më njihte më, më kishte harruar, ose ishte e zëmëruar me ne njerëzit e saj, që e kishim braktisur për një kohë të gjatë dhe tani si një plakë zevzeke e zëmëruar më mbante mëri. Ashtu mbante mëri edhe gjyshja ime, kur i ngelej qefi me ndonjë nga ne nipërit e mbesat, tre ditë më radhë nuk na fliste dhe na i dërgonte porositë me gojën e të tjerëve.

Gjeta çelësin e ndryshkur nën saksinë e tharë të mëllagës dhe e hapa derën, që vajtoi me dhimbje duke kuitur si një qen i goditur. Ndjeva që më theri në zemër dhe u çudita që brënda meje kishte ngelur ende keqardhje, që ajo nuk kishte vdekur ende siç vdesin të gjitha ndjenjat e holla pas moshës dyzetë vjeç. Ishte një keqardhje e pakuptimtë, sepse nuk ndjeja mall për atë vend, kisha ardhur disa verëra kur isha fëmijë dhe kur gjyshërit ishin ende gjallë, por kjo kishte ndodhur në fëmijërinë time të hershme, në disa ditë me shumë djell e me shumë pluhur, ku një djalë i vogël vraponte poshte e lartë, i zbathur e me pantallona të shkurtra dhe vetëm kaqë.

Në trurin tim ishte vegimi i diçkaje, që unë ndoshta vetëm e përfytyroja dhe që nuk kishte ekzistuar kurrë, sepse sot shikoja një realitet tjetër, dhe ajo që më sillte fëmijëria me kujtimet e saj nuk ekzistonte më asgjëkundi. Pra dhimbja ishte e përgjithëshme, për të gjithë ato shtëpi gjysmë të rrënuara, dhe për atë fshat që njerëzit e kishin braktisur përfundimisht. Ishte një dhimbje që njeriu e ndjen kudo që të ndodhet kur përballet me braktisjen dhe shkatërrimin total.

Nga brenda shtëpisë erdhi duhma e ajrit të ndenjur dhe e mykut. Era karakteristike e shtëpive që qëndrojnë për një kohë të gjatë të mbyllura dhe pa patur mundësi të ajrohen.

Brenda ishte gjysmë errësirë.

Hapa me mundim dritaret e mbufatura dhe pas pak dielli vërshoi në të gjitha skutat e shtëpisë. Provova çelsin e dritave, por nuk kishte energji elektrike. Me siguri ia kishin prerë korentin të gjithë fshatit , me që aty nuk banonte askush, ose ia kishin vjedhur telat e bakrrit për t'i shitur.

Por kjo gjë nuk më shqetësoi, sepse e prisja. Nxitova të fusja gjithë bagazhin brenda sa më parë, dhe pastaj makinën e kalova prapa shtëpisë, nën manin e madh, ku ishte e pamundur ta shikonte ndonjë kalimtar i rastit, po qe se ende kalonin njerëz nga ato anë.

Megjithëse kisha një farë të ndjeri se një palë sy më përgjonin me kureshtje nga larg, përsëri kjo vinte nga fobitë e zakonshme kur gjëndesh në një qëndër të banuar ku nuk banon më njeri, dhe ndjen që shpirtrat, ata që nuk mund ta braktisin dot vëndin ku kanë jetuar në të gjallët e tyre, vazhdojnë të enden akoma edhe për disa kohë nëpër banesat dhe rrugët.

Poshtë shtëpisë sonë ishte shtepia e Kolemarkove, kurse pak më lart shtëpitë e Koçibellëve dhe Zagorëve. Në të treja këto shtëpi nuk besoja të kishte ngelur njeri i gjallë, sepse të rinjtë kishin ikur prej vitesh në Tiranë dhe në Athinë, kurse pleqtë preheshin në varrezat e fshatit, në kodrën përballë dhe e dija mirë që të vdekurit e kanë të pamundur të përgjojnë të gjallët.

Të paktën brezin tim e kishin edukuar në këtë mënyrë dhe ne e dinim që të dyja botët ishin të ndara një herë e mirë, përfundimisht, veç të gjallët dhe veç të vdekurit. Edhe të vdekurit e fisit tim atje ndodheshin, në faqen e kodrës, të ndarë nga ne të gjallët, por unë me vete premtova që do të shkoja t'u ndizja nga një qiri, jo se besoja që ata do të ngroheshin nga flaka e qiririt tim, por sepse kështu duhej të bënin të gjallët në kujtim për të vdekurit, dhe me që të gjithë e bëjnë një gjë, duhet edhe ne ta bëjmë që të jemi brënda.

Pastaj me zë thashë:

-*Do të vij të djelë t'u shikoj? Do t'u sjell lajme nga të gjallët tuaj që janë shpërndarë nëpër botë... do t'u them se si janë dhe çfarë bëjnë... por mos u mërzisni se të gjithë deri më sot janë shëndoshë e mirë, dhe nuk ju harrojnë, ju kujtojnë ndonjëherë nëpër dasma e gostira...*

Zëri im kumbonte me një oshëtimë të mbytur në shtëpinë bosh sikur të vdekurit donin të më përgjigjeshin me murmurimat e tyre.

Doja të kujtoja atë kohë kur kjo shtëpi ishte plot me njerëz dhe e mbushur me zëra fëmijësh. Por ishte kaq e largët sa që nuk dukej aspak reale, për më tepër sikur të mos kishte patur kurrë lidhje me ato dhoma të vogla dhe ata koridorë të ngushtë, që të sillnin vërdallë në të gjitha dhomat dhe kthinat deri tek kapanxha, që zbriste nëpër tre katër shkallë druri në bodrumin e thellë poshtë themeleve të shtëpisë.

Kujtoja se do të ndjeja mall për atë vend që lidhej disi me fëmijërinë time, por malli më kishte vdekur s'dihej se kur, edhe për shtëpinë edhe për banorët e asaj shtëpie, gjyshërit, dajallarët, tezet dhe kushërinjtë e mi të shumtë, të cilët kishte aq vjet që nuk i takoja, sa që edhe në rrugë po t'i ndeshja, nuk kisha për t'i njohur më, sepse ua kisha harruar jo vetëm emrat por edhe fytyrat.

Ajo që na mban bashkë është vetëm fëmijëria, pastaj marrim rrugët, kapemi pas halleve, rrëmbehemi nga makutëria dhe i flakim të gjitha pas krahëve duke humbur çdo lidhje.

Por të vdekurit duhet të ngushëllohen, ata na kishin lënë të bashkuar kur kishin ikur nga kjo botë, dhe t'u thoshe të vërtetën, që ne nuk kishim më lidhje me njëri tjetrin, nuk ia vlente se do t'i mërzisje kot.

Por në fund të fundit të gjitha këto ishin marrëzira pa vlerë, vetëm njërzit e dobët dhe të metë nga mëndtë kanë mall për të kaluarën dhe kujtojnë me budallallëk mundësitë e humbura. Të zgjuarit shikojnë vetëm përpara dhe ndjekin me këmbëngulje interesat e tyre. Kjo shtëpi, kjo folezë e vjetër gjyshërish, po të mos kisha hallin që më kishte zënë, dhe nevojën për t'u fshehur për një farë kohe diku, nuk kishte për të patur asnjë vlerë. Mund ta krahasoje me atë kutinë e këpucëve, që pasi i ke veshur këpucët, je i detyruar ta flakësh tej, sepse nuk të hyn më në punë për asnjëgjë.

Kurse tani, në rrethanat që ndodhesha, vlera e saj rishikohej.

Nga ana praktike ishte ideale.

Mund të banohej ende, paçka se nuk kishte rrymë elektrike dhe ujin do ta mbushja në një burim nja tri-katër metra më larg, në anën e sipërme, por gjendej në një fshat krejtësisht të braktisur dhe askush nuk mund të më shikonte dhe të gjente se ku isha strukur. Pastaj me të parë e me të bërë, pas ndonjë muaj do të bëhesha i gjallë dhe do të mundohesha të rivendosja lidhjet e mia të vjetra, ato tek të cilat kisha të drejtë të besoja ende.

Në radhë të parë duhej të gjeja se cilët ishin ata që më kishin spiunuar, që ishin kundër meje dhe në se më kishin ngelur ende miq që do të më vinin në ndihmë apo jo. Hë për hë, kisha me vete ushqime dhe rezerva për më tepër se tre muaj. Pra, duke mos llogaritur mungesat që vijnë nga qënia larg qëndrave të banuara, të tjerat më dukeshin se ishin më tepër se në rregull.

Pasi sistemova të gjithë ushqimet që kisha arritur të blija, konservat i vendosa në një qoshë të dhomës që shërbente si kuzhinë, kurse paketat i vendosa në një vend të lartë, mbi dy dollapet e ngjitur pas murit. Sepse dyshoja që shtëpia mund të kishte minj, megjithëse nuk e di në se minjtë futen apo jo nëpër shtëpitë e pabanuara, ku nuk mund të gjejnë asgjë për të ngrënë.

Por kjo do të ishte një çudi e vërtetë

Pasi kisha bërë këtë punë të vetme që më duhet të bëja, u ula në një divan të vjetër dhe fillova të mendoja për ato që kishin kaluar me këtë vrap të marrë. Të them të drejtën, më shumë mendoja për një personazh të dashur të fëmijërisë, për Robinson Kruzonë. Në një farë mase po më dukej vetja si ai anijethyer, që kaloi një pjesë të jetës së vet në vetmi. Ndoshta edhe mua më ishte ruajtur një fat i tillë. Ai nuk humbi nga njerëzit me dëshirën e vet si puna ime, por ç'rëndësi kishte kjo.

Kur humbet, kur nuk e di se ku je dhe të tjerët të heqin nga lista e të gjallëve, pak rëndësi ka, sepse gjithsesi je një i humbur në këtë botë të madhe e të zhurmshme. I vetmi mjet që do të më lidhte me botën, ishte radioja e makinës, por edhe atë duhej ta përdorja me kursim, sepse nuk e di se sa kohë do të mbante bateria për ta ushqyer e për ta mbajtur ndezur.

Megjithatë me të parë e më të bërë.

Kur ndodh diçka. Mos pyet *"përse"* sepse është e vetmja fjalë që nuk ka më vlerë, ulu dhe mendo se ç'do të ndodhë më pas dhe jo ç'ka ndodhur më parë. Njeriut i duhet një farë kohë për t'u menduar, kurse unë me sa po shihja do ta kisha kohën me tepëri.

***

Vjeshta është një mrekulli në ato male, por unë nuk kisha asnjë punë me vjeshtën dhe aq më bënte për të. Kisha për të kaluar natën e parë, i vetmuar në atë shkreti të pafund dhe detyrimisht që një farë angushtie ma shtrëngonte zemrën. Të jetosh në kohën tonë pa drita, pa bojler, pa televizor dhe kompjuter, është vërtet një sfidë që mund ta kuptojë vetëm ai që e ka provuar në shpinën e vet.

Po vinte me të shpejtë muzgu i ngrohtë dhe në qiellin që errësohej filluan të xixëllonin yjet e parë, beduinët e ndritshëm në shkretëtirën e sterrosur të atij qielli pa avuj dhe të kristaltë. Yjet kanë një magji të vërtetë kur shikohen jashtë qytetit, nga një pikë e lartë dhe në një qiell pa asnjë lloj ndriçimi, por mua aq më bënte, sepse nuk isha në atë vend për të soditur as qiellin dhe as yjet. Mendoja se si do të flija porsa të errej, pa asnjë burim drite, sepse qiririn e ndezur e quaja emergjencë dhe jo dritë.

Kisha për të qëndruar i shtrirë në ato mbulesa që binin erë të rëndë myku dhe do të sillja nëpër mend gjithë rrugën time, përpjekjet, mosukseset, arritjet që më kishin sjellë në atë pikë, që në fakt ishte një rrënim i vërtetë. Isha në kulmin e biznesit tim të lavdishëm dhe papritur isha rrokullisur me kokën poshte, pa e ditur as vetë se ku do të ishte fundi i humnerës që do të më përplaste.

Zakonisht njerëzit kanë prirjen të ngarkojnë të tjerët me fajet e tyre, kurse unë isha aq i zgjuar sa të mos e bëja këtë. Për gabimet e mia, edhe kur ma hidhnin të tjerët, fajtor isha vetëm unë që i kisha lejuar të më gënjenin, të më mashtronin dhe të ma hidhnin. Po të kisha ditur të tërhiqesha nga loja disa muaj përpara, atëhere kur kisha fituar aq sa që mund të jetoja deri në pleqërinë e thellë pa e vrarë mëndjen, atëhere nuk do të kisha patur këto andralla që po kaloja sot.

Por si të gjithë edhe unë që po flas, nuk e kisha ndjenjën e masës.

Njeriu është i pangopur për pasuri. Pasuria dhe pushteti sado me tepëri të jenë, përsëri janë të pamjaftueshme, sepse nuk arrijnë të ngopin shpirtin egoist të njeriut. Të gjithë ne kur hamë kemi një masë, të cilën nuk e kalojmë dot dhe ngrihemi nga tryeza, kurse nga tryeza e pasurisë dhe pushtetit nuk di ndonjë që të jetë ngritur vetë me dëshirën e vet, duhet pa tjetër ta përzërë dikush, se ndryshe nuk e di ku e ke kufirin.

Gjithnjë, sa herë më shkonte nëpër mend, se kishte ardhur koha për të dalë nga loja, si një bixhosçi i sëmurë, doja t'i provoja edhe një herë zaret, një herë, sa për ta mbyllur.

Për të qënë kjo loja e fundit që luaja.

Pastaj vinte edhe një lojë tjetër.

Edhe një tjetër, derisa erdhi dita e shkatërrimit të të gjithë rrjetit të kontrabandës dhe unë u gjenda vetëm, përballë të gjithë shokëve dhe miqve të mi që papritur m'u kthyen në armiq. Askush nga ne nuk e ka ndjenjën e masës dhe nuk e di se kur duhet të dalë nga loja, ndërkohë që loja është plotësisht në favorin e tij.

Kisha mbështetur kokën mbi jastëkun e fortë, ndoshta të mbushur me lesh të ngjeshur, dhe megjithëse isha i këputur për vdekje dhe gjumi më rëndonte mbi qëpalla, përsëri e kisha të pamundur të mbyllja sy. Stresi është armiku i njerëzve të qetë si puna ime, të cilët edhe në situatat më të vështira janë në gjëndje ta kontrollojnë veten dhe ta ruajnë qetësinë. Por qënka e pamundur të ruash qetësinë e brendëshme, kur je zhytur si në mazut në atë qetësi varri, që vinte nga nëntoka dhe nga qielli. Qetësia po më mbyste dhe nuk më linte të mbyllja sy. Sado që mundohesha ta pastroja kokën nga mendimet dhe ta lija krejtësisht bosh e kisha të pamundur ta bëja këtë.

Në këto raste fillon të kesh zili kokëboshët, që edhe sikur t'i kërkojnë mendimet, e kanë të pamundur t'i gjejnë. Ne vërtet shpesh na ndodh që të mendojmë me lakmi për ata që nuk e vrasin mëndjen, por gabohemi se edhe më budallenjtë kanë mendimet e tyre që i ndjekin këmba këmbës dhe nuk i lënë kurrë të qetë.

Herë pas herë më behej sikur nëpër oborrin e shtëpisë dëgjoja hapa, kërcitje, apo zhurma të tjera. Megjithëse e dija që më bënin veshët, sepse cili do të ishte ai i marrë që do të bridhte nëpër atë terr të shkretë. Përsëri dy herë u çova, iu afrova dritares në errësirë dhe kontrollova nëpër natë me sy gjithë atë pjesë që mund ta shikoja nga dritarja. Nuk kishte asgjë. As qen e as mace. Sepse në një fshat të shkretë edhe këto kafshë të bekuara nuk kanë ç'të bëjnë, sepse nuk mund t'i ushqejnë të vdekurit dhe lugetërit. Por ne që jetojmë në terrorin e zhurmave të qytetit e kemi harruar që edhe qetsia ka frymën e vet dhe këtë frymë, që

18

luhatet nëpër ajër mund ta dëgjojë vetëm një vesh i mësuar me qetësinë e natyrës.

Heshtja kumbon, kumbon brënda qetësisë së vet të plotë, dhe këtë ne e kuptojmë vetëm ku banojmë në një kohë tepër të gjatë brënda kësaj heshtjeje.

Nuk e di se kur pati mirësinë të vinte gjumi në shtratin tim të fortë që kutërbonte erë vllagë dhe myk. Di vetëm se më në fund u përhumba, u krrodha në shurdhërinë e gjumit dhe u zgjova pastaj, pikërisht kur kishin filluar të shuheshin një nga një yjet e mëngjesit.

Kërceva më këmbë.

Ajo kishte për të qënë dita ime e parë në atë vend larg njerëzve dhe e dija se si do të shkonte ajo ditë, ashtu kishin për të kaluar edhe krejt ditët e tjera, ndaj nxitova të vishesha dhe të dilja sa më parë. Më dukej sikur ajo shtëpi do të më mbante brënda peng dhe do të më zinte frymën. Kisha ndjesinë që më mungonte ajri, që jashtë po ndodhte diçka, që brënda meje kishte hyrë një frymë e shqetësuar që më nxiste të lëvizja, të ecja, të sillesha vërdallë dhe të harxhoja sa më tepër energji.

Pra kishte vetëm një shpëtim, ta shkurtoja natën dhe të zgjasja ditën, sepse dita do të ishte jashtë në mesin e natyres, në vënde të ndryshme, duke parë dhe duke u sjellë vërdallë, kurse nata do të ishte një bashkëbisedim me vetveten, një gërmim i dhimbshëm në të kaluarën, një vetëgjykim i pashpresë.

Unë kisha marë inat me veten në atë kohë dhe nuk doja të shkëmbeja asnjë fjalë me të. Pra isha në kohën e marrëzisë sime, dhe marrëzia më kishte pushtuar duke më bërë që inatin të mos e kisha me të tjerët, por vetëm me vetveten.

Pastaj po të qëndroja larg nga shtëpia, diku nëpër kodra dhe pyje, edhe ndonjë sy i rastësishëm po të më shikonte diku, do të kujtonte se kishte të bënte me ndonjë gjahtar të vetmuar, ndonjë budalla më vete, që bridhte nëpër shkurrishte e pyje pa rrugë, në kërkim të gjahut. Aq më tepër, që duke u endur kodrave dhe korijeve do ta hiqja mëndjen nga sikleti ku kisha rënë.

E dija që do të më kërkonin edhe në vrimë të miut për të më ngrënë kokën, dhe nuk kisha frikë nga vdekja, por megjithatë kisha arsyet e mia të forta që të doja të jetoja, të shikoja, të përqeshja dhe të gëzohesha në hakmarrjen time të heshtur. Janë

19

të shumtë ata që e shtyjnë jetën, nuk duan të vdesin, jo se kanë ndonjë vepër të madhe, që do të shpëtojë njerëzimin, për të bërë, por sepse janë kureshtarë të dinë se ç'do të ndodhë të nesërmen. Duan të dinë fatin e atyre që njohin, duan të gëzohen kur e hanë armiqtë dhe të gëzohen dyfish më tepër ku ta marrin vesh që edhe miqtë e kanë ngrënë.

Pra edhe kur rron kot, gjen një motiv për të mos vdekur dhe unë kisha me shumicë motive të tilla.

Por kjo është një temë tjetër shumë interesante dhe do të vijë rradha që ta trajtojmë në ndonjë faqe tjetër të këtij libri.

3

SEZONI I GJAHUT

Shumica e njerzve gjatë jetës së tyre bëjnë një vërë në ujë, por disa janë më specjalë, sepse uji u rrjedh dhe u ngelet në dorë vetëm vëra.
Kur e kuptojnë këtë është shumë vonë se janë duke numuruar ditët e fundit.

Sezonin e gjahut gjithnjë e kemi përfytyruar, ndoshta është një refleksion nga fëmijëria, si një lloj feste ceremoniale. Njësoj si fillimin e një viti të ri, festimin e pashkëve apo pregatitjen e pemës së krishtlindjeve. Ndoshta sepse vetë dëshira për të vrarë, për të marrë jetë, për të derdhur gjak, është një festë e brëndshme që zhvillohet në trurin e çdo njeriu, diçka si një thirje primitive nga e kaluara që fle brënda nesh.

Ta mendosh hollë hollë, gjuetia, nuk është sport, por një kafshëri. Dhe megjithatë të gjithë e futin në rangun e sporteve elitare.

Të vrasësh për kënaqësi!

Besoj se nuk ka gjë më të poshtër. Nuk vret për të mbajtur familjen, për të ushqyer gratë e fëmijët, por thjesht për të kënaqur instiktin tënd. I ndan kafshët në të dëmshme dhe të

21

dobishme, pra në ato që haen dhe në ato që nuk haen dhe pastaj fillon të qëllosh, duke i vrarë në bazë të një justifikimi idiot, ç'të del përpara.

Vret për mish, kur në supermaketin pranë teje, matanë rrugës shiten të gjith llojrat e mishrave dhe të sallameve. Pra ka një bollëk dhe një lirësi, që nuk ia del kostoja të marrësh malet, që të hedhësh diçka në tenxhere. Kurse kafshët që nuk haen, i quan të dëmshme dhe i qëllon për vdekje, vetëm e vetëm që pastaj t'i ballcamosësh dhe t'u mburresh shokve dhe miqve me trofetë e tua.

Pra del për të vrarë, je një vrasës sportiv dhe do të vrasësh ç'të të dalë përpara duke qënë vazhdimisht i motivuar.

Ky është sezoni i gjahut.

Rikthim në egërsi, lënia e bishës së ngujuar për disa kohë, të dalë në liri nga shpirti yt. Por do të thoni, që më mirë të dalësh të vrasësh një dhelpër a një ujk, se sa të vrasësh krushkun ose komshiun. Duke vrarë ujkun, shpirti qetësohet dhe bisha brënda teje fle për disa kohë gjumin e dimrit. Kurse unë them, që nuk mund të vrasësh një ujk të pafajshëm, për hir të një komshiu që ta sjell në majë të hundës dhe që të nxin jetën.

Sikur të mos kishte sezone gjuetie, unë do të preferoja të vrisja krushkun dhe kushëririn që ma bëjnë jetën ferr dhe duan të më marin pronat, dhe do ta lija të jetonte jetën e vet të egër dhelprën dhe ujkun.

Sepse të vrasësh të pafajshmit është vërtet krim dhe kundërnjerëzore. Kush pretendon që ne e kemi lënë pas barbarinë dhe tani jemi njerëz të qytetëruar, ia fut kot. Po të ishte nëpunësi njeri i qytetëruar nuk do të merrte pushkën në fund jave që të vriste një qënie të egër, që nuk i ka bërë asgjë të keqe dhe që bile nuk kanë as njohje personale, por do të vinte dhe t'ia mbushte barkun shefit të vet që ia ka nxirrë jetën, që i ka prerë rrogën, që nuk i paguan shërbimet, që e detyron të punojë me orar të zgjatur dhe që e nxjerr në punë edhe të shtunë edhe të djelë.

Ne në qytet nuk rrisim as dele dhe as pula që të kemi armiqësi me ujq e dhelpra, por konfliktohemi me njëri tjetrin duke e bërë jetën të vështirë dhe të pavolitshme. Por në vënd që t'ia mbushim

njëri tjetrit barkun me saçma, vemë në pyll dhe vrasim disa të pafajshëm që nuk kanë të bëjnë fare me ne.
Ky është absurditeti i njeriut modern, njeriut të qytetëruar.

Ndërsa po merrja përpjetë nëpër Përroin e Thanës, që të dija tek Kulpërat, m'u kujtua historia e ujkut që ra një ditë në dorën e barinjve, dhe ata vendosën t'ia bënin gjyqin se u kishte sjellë shumë dëme në mall e në gjë.
U ngrit ai që ujku ia kishte çarë gomarin dhe pasi tregoi se ç'po hiqte tani pa gomar, se i binte të ngarkohej vetë si gomari, që i ishte bërë kurizi me kallo duke mbartur dru e thasë, kërkoi që ujku të dënohej me vdekje.
Edhe atij që ia kishte çarë lopën dhe ia kishte lënë fëmijët pa një pikë qumësht dhe pa një lugë gjalpë, edhe ai kërkoi që ujku të dënohej me vdekje.
Kështu me rradhë, njëri pas tjetrit rrëfyen hallin që kishin dhe fajin e ujkut dhe kërkonin që keqbërësi të vritej. Më në fund u ngrit edhe kovaçi i fshatit. Ai ishte më i ashpër nga të gjithë. Kërkoi që ujku të torturohej e të vuante dërisa t'i dilte shpirti nga vuajtjet dhe pastaj të varej, që të trëmbte bishat e tjera. Sepse krimet e tij ishin të pashëmbullta dhe nuk kishte tefter që t'i mbante e t'i shkruante.
Ujku, që deri atë moment i kishte dëgjuar të gjithë qetësisht dhe burrërisht, nuk duroi më dhe kërceu më këmbë.
I tha:
"Mirë njërit ia kamë bërë borxh se i mbyta gomarin, këtij tjetrit i hëngara lopën, këtij tjetrit i rrëmbeva viçin, atij atje i kam mbytur dhjetë dele, por t'i ç'mutin ke që më ke marrë kaq për zët, ty mos të kam ngrënë kudhrën, apo varenë!?"
Edhe unë që po bridhja nëpër shkurishte dhe korije isha tamam si ai kovaçi. Kisha marë pushken dhe kisha dalë për të vrarë ç'të më dilte përpara, a thua të gjitha ato egërsira më kishin ngrënë kudhrën apo varenë. Njerëzit asnjëherë nuk kanë dashur ta pranojnë se armiqtë më të mëdhenj të tyre janë vetëm viruset dhe vetë njerëzit.

Na e mbushin kokën me përralla që të vegjël se kafshët janë të ndara në të mira dhe në të këqia, na futin në gjak një armiqësi artificiale dhe nuk na thonë se në vend që të ruhemi nga nga dhelpra dinake dhe ujku gjakatar, të bëjmë kujdes se kokën më lehtë mund të na e hajë vëllai i pangopur dhe kushëriri ziliqar.

Shprehja *"njeriun për njeriun është ujk"*, duhet lexuar me kujdes dhe atëhere e kuptojmë menjëherë, që ujku nuk ka ç'të na bëjë në mes të qytetit, kur jemi të mbyllur në shtëpi, ose në zyrë, por duhet të kemi parasysh se *"njeriu për njeriun është njeri"*. Dhe të shtojmë drynat në derë, dhe të gjejmë shulat më të fortë, që të mos mundet asnjeri që t'i thyejë. Dhe përsëri është e mira të flemë me një sy hapur dhe me një vesh ngritur. Askush nuk e ka pësuar nga armiqtë, sepse armiqtë pa patur ortakëri me miqtë tanë, vëtëm mund të na e rruajnë.

 Pra janë miqtë, njerëzit me të cilët hamë e pimë, që jo vetëm na e bëjnë gropën por na vendosin edhe gurin më të rëndë mbi varr.

Pas Përroit të Thanës, fillonin Hijet e Mëdha, pyjet e perzjera të lisit dhe të llofatës. Një vënd i errët, me pemë të larta e të dëndura, ku rrezet e diellit mezi depërtonin. Dikur, në këtë vënd vinin nga ana e anës njerëzit që kishin pushtet për të vrarë derra. Ishte bërë kasapanë e vërtetë, aq sa thuhej që nuk kishte ngelur më aty këmbë derri. Por pas kaq vitesh, kur krahina pothuajse ishte bërë krejtësisht e pabanuar, edhe dërrat e egër edhe kafshët e tjera duhej të ishin kthyer përsëri.

Kur morra rrugën përpjetë për të arritur aty, kjo shpresë më mbajti. Lusja zotin të ndeshja ndonjë tufë me derra, sepse konservat dhe ushqimet e thata kisha ndër mend t'i shtyja sa më gjatë dhe një derr i vrarë do të ma pasuronte mjaft menynë. Pastaj nuk ka mish më të shijshëm se sa ai i gicit të egër, është një gjë e rrallë, që vetëm ata që e kanë provuar e dinë se përse bëhet fjalë.

Ua pash gjurmat e thundrave.

Bile edhe kishin gërmuar për të gjetur rrënjë nëpër disa vënde. Aty kishte lëndina të tëra, të rahura nga dielli, të mbushura me lulet si kambana lejla të karamaçokëve, dhe derrat luanin mendsh për qepujkat e tyre të ëmbla. E dija këtë se edhe ne kur ishim fëmijë mblidhnim orezhga dhe karamaçokë dhe i hanim me shije, sepse kishin një shije të papërsëritëshme, që nuk ngjiste me asnjë frut tjetër.

Pra jo vetëm që derrat ishin kthyer, por në ato vjet kishin patur kohë të shtoheshin mjaft. Me pak fat, duke gjetur ndonjë limer lëndesh lisi, po të prisja dy tre orë në pritë, të kisha nerva dhe të mos lëvizja, mund të qëlloja ndonjë derrkuc.

Filloi të më zjente gjaku dhe ndjeja se si më buiste në fytyrë dhe në zverrk. Pra tek unë ishte rikthyer përsëri gjahtari i vjetër. Kështu u kishte lëvizur adrenalina edhe të parëve të mi që ishin endur nëpër ato pyje dhe po ashtu si ata edhe unë fillova të ndjeja erën e gjahut sikur të isha një zagar i vjetër. Vetëm se ata dikur kishin disa pushke rrangalla me strall, që mbusheshin nga gryka, kurse unë kisha një armë fringo të re, me grykë të gjatë dhe shënjestër të kolauduar, që po të dija të qëlloja mirë, mund të vrisja në një pritë të vetme edhe gjysmën e tufës.

Jetoja në atë kohë kur kafshët e egra ishin vërtet në rrezik të zhdukeshin edhe nga një gjahtar i vetëm në atë pyll pa fund.

Edhe aty gjeta gjurmët e tufës. Kishin ngrënë lënde dhe kishin gërmuar për rrënjë. Isha në vendin e duhur. Kontrollova me sy përreth, gjeta një sop të veshur me llofata, kontrollova në se era ishte në drejtimin e kundërt dhe u struka. Më ishte çarë hunda për një cigare, por e dija, që derrat e ndjenin që larg erën e duhanit, ndaj vendosa të rezistoja sa më gjatë.

E ndjeja që gjahun e kisha fare pranë dhe nuk doja të më ikte për disa huqe të miat. Isha betuar me mijra herë ta lija atë të shuar duhan, por gjithnjë e shtyja lënien për të nesërmen dhe nuk merrja guximin ta hidhja atë hap të rëndësishëm. Megjithatë, në pritë mund të duroja edhe gjysmë ditë, se ishte pasioni i gjahut ai që më shuante dëshirën dhe nevojën për nikotinë.

Pra, po të dilja për gjah çdo ditë edhe mund të mendoja serizisht lënien e cigares.

Muzgu më zuri në atë pritë. Derrat nuk u dukën gjëkundi. Vetëm një çift ketrash gri lisi zbrisnin herë pas herë të rrëmbenin ndonjë lënde dhe të zhdukeshin si disa fantazma të vogla midis gjetheve të dëndura. Por ata nuk më shqetësonin, sepse as që mund të më vinin re dhe ishin në punën e tyre, siç janë në përgjithësi brejtësit, të kujdesshëm të shkathët, të zhurmshëm.

Kur e mora vesh që atë ditë isha i pafat në gjueti ndjeva që zorrët më këndonin nga uria. Hapa një pako biskotash me kripë dhe i hodha diçka barkut. Mblodha pajimet dhe mora rrugën e gjatë të kthimit.

Isha i qetë.

E dija që në gjah pa shokë dhe pa qen e kisha tepër të vështirë të vrisja gjë dhe vetëm durimi do të ma sillte egërsirën tek gryka e pushkës. Ndërsa zbrisja tatëpjetë nëpër përrua më dukej sikur disa sy më ndiqnin nga prapa fshehtas. E dija që kjo ishte një marrëzi, sepse në atë shkreti nuk mund të kishte këmbë njeriu, por megjithatë kjo ndjenjë më bezdisi deri sa arrita në shtëpi dhe herë pas here, pa dashur as vetë, ktheja kokën pas për të parë se ku mund të ishte fshehur gjurmuesi im.

Nëpër pyje, ku hapsira që shikon është gjithnjë e kufizuar, njeriu e ka ndjesinë e të papriturës dhe të ndjekjes.

Pas çdo trungu, pas çdo shkurreje mund të ketë diçka që ti nuk e pret.

Vajta tek makina nën kurorën e manit prapa shtëpisë. Me një fener dore lidha bateritë dhe hapa radjon për të dëgjuar lajmet e mbrëmjes. Lajmet fillonin me njoftimin e kapjes së rrjetit të kontrabandës. U përmendën shumë fakte dhe midis tyre edhe emri im i rremë, pronari i firmës. Unë isha shpallur në kërkim nga policia me një vendim prokurorie për të më ndaluar. Isha person në kërkim dhe çdo polic, edhe ai rrugori kishte të drejtë të më arrestonte. Pra paniku dhe arratisja ime nuk kishin qënë të kota. Tani, për aq kohë sa që shteti do të merrej me ne, unë do të isha i detyruar të qëndroja në këtë vend, të cilin nuk e dinte për fat askush, përveç meje.

Jeta më kishte mësuar hilenë që edhe miqve më të ngushte të mos ua tregoja disa sekrete, sepse ai që të bëhet më lehtë armiku më i madh, shpesh ndodh që të ketë qënë miku yt më i afërt, dhe këtë unë e kisha provuar disa herë në shpinën time.

Ndaj tregoji të fshehtat e tua, por ama disa speciale, nga ato që do të të shpëtojnë në ndonjë ditë të zezë, është e mira që të mos i dijë askush, veçse kasaforta më e sigurtë, truri yt.

Sinqeriteti është virtyt, por kur është i tepruar quhet *"gomarllëk"* dhe këtë e dinë të gjithë ata që kanë jetuar mbi këtë tokë.

"Në djall shkofshin të gjitha, - i thashë vetes ndërsa po hapja një konservë me mish derri. *– Në këtë botë të mallkuar, ku të gjithë duan të të hanë kokën, ke ardhur vetëm, mundohesh të jetosh me shokë dhe me miq, dhe pastaj përsëri je i detyruar të shkosh vetëm. Një kuti mishi të shijon më shumë kur e ha vetëm, se sa me të tjerët, se kështu të bije të hash edhe pak më tepër!"*

Në tavolinë kisha shtruar një mbulesë të qëndisur, që ndoshta kishte ngelur në shtëpi nga paja e gjyshes. Gjeta një shandan me tre çataj dhe ndeza tre qirinj. Të paktën darkën doja ta haja me dritë të mjaftueshme. Sa më keq që të ndodhet njeriu, aq më shumë salltanete shkon nëpër mënd dhe mundohet t'i realizojë.

Nuk kisha drita, nuk kisha frigorifer, nuk kisha televizor, por ama e kënaqja veten duke ngrënë mish të konservuar dhe të qëndroja nën dritën e tre qirinjve njëkohësisht. Pra, mbi një mbulesë të vjetër të qëndisur, që binte erë bar moleje, krijoja idenë e një darke luksoze, që do ta dëshiroja ta kisha, por që në fakt e përfytyroja.

Përsëri nga jashtë erdhën disa zhurma të çuditshme, të largëta, që pastaj dëgjoheshin më afër dhe përsëri largoheshin.

Dukej sikur dikush ecte në oborr dhe shkelte mbi gjethet dhe mbi degët e thata. Ishin hapa të mëdhenj, këmbë të rënda, që megjithë kujdesin e tyre, përsëri kumbonin nëpër heshtjen e natës.

E dija që më bënin veshët, por megjithatë vendosa, që kur të kisha pak kohë të lirë, kohë që e kisha vazhdimisht, se aty nuk bëja asgjë i detyruar, ta fshija oborrin, të shkulja barërat që kishin mbirë, tatullat, barin e trashë, hithrat dhe gjethurinat me dëgët t'i mblidhja pas shtëpisë në një tog dhe t'i digjja.

Nuk i dihej sa kohë do t'i ngrysja aty, në arrati, larg të gjithëve. Nuk doja ta lëshoja veten, të plogështohesha dhe të mbërthehesha nga limontia. Megjithëse me kushte minimale, do të mundohesha të jetoja në mënyrë sa më të qytetëruar. Sipas mëndjes sime do të më duhej të jetoja disa javë në atë vend, e shumta një muaj, dhe nuk mund të shtyja ditët ashtu midis pluhurit dhe pisllëkut. Në fund të fundit duke u marrë me ndonjë si punë pune edhe ditët do të më dukeshin më të shkurtra edhe do të lodhesha pak për ta bërë gjumin më të rëndë.

Megjithatë, i bindur që më bënin veshët dhe jashtë nuk mund të kishte *Asgjë*, për më tepër natën në atë humbëtirë, u çova, gjeta një velënxë të trashë dhe mbulova me të dritaren e ngushtë.

Nuk doja që të dukej asnjë rreze drite jashtë.

Nuk do të ishte mirë që ndonjë bari, apo udhëtar i vonuar të shikonte që në njërën prej shtëpive të fshatit kishte dritë. Qirinjtë vërtet e kanë dritën e zbehtë, por ama ndriçojnë aq sa të të trathëtojnë edhe nga një distancë e madhe.

Ndjeva se si ngadalë po më vinte gjumi. Rregullova shtrojet, u shtriva dhe u fryva qirinjve që kishin filluar të lotonin. Gjithçka u krrodh në terr. Iku edhe një natë...

4

SYTË QË MË NDJEKIN

Lotët në sytë e dashnores nuk janë kurrë të hidhur, por ama duken farmak. Kur një palë sy të bukur qajnë, një zëmër prej guri çahet.
Sepse jo çdo derë hapet duke e goditur me shkelma, disa mund t'i hapash lehtësisht edhe vetëm duke trokitur me majën e gishtit.

Edhe në ka një Zot, nuk besoj që ai të jetë i njerzve, sepse po të qe i yni do të na kishte dhënë më pak aftësi për të kuptuar se si e keqja është vërtet një kënaqësi e madhe dhe e pafundme. Nuk ka besoj ndonjë gjallesë tjetër mbi dhè, që të ndjejë kënaqësi duke parë të tjerët të vuajnë dhe të heqin, bile kënaqësia bëhet më e madhe kur këtë të keqe e shkaktojmë vetë ne.

Ndërsa po endesha nëpër pyll, në një pjerrësi të mbushur me gurë të rrumbullaktë, gjeta trupin gjysmë të djegur të një ujku.

Një ritual i zakonshëm i kurthngritësve kur në dhokanët e tyre binte rastësisht ndonjë ujk i ri. Me që lëkura e tyre nuk shitej më dhe nuk kishte asnjë vlerë në pazar, ata nuk i vrisnin, por i spërkasnin me benzinë dhe kënaqeshin me spektaklin makabër dhe shikonin se si kafsha e ngratë shkrumbohej ngadalë duke u përpëlitur dhe duke ulërirë nga dhimbjet.

E, këtë poshtërsi të stërholluar mund ta bëjmë vetëm ne njerëzit, dhe asnjë kafshë tjetër.

Të gjithë grabitqarët vrasin për të ngrënë, për të jetuar, kurse ne vrasjen e kthejmë në art dhe kënaqemi nga krijimi ynë djallëzor. Tek ne bisha është shumë më e rrafinuar se të gjitha kafshët e tjera, sepse ka braktisur rrugën që na ka dhënë natyra dhe Perëndia dhe kemi bërë një pakt me vetë djallin.

Dhe shenjat e këtij djalli janë tepër të dukshme, sepse pothuajse të gjitha veprimet tona të menduara kanë shënjat e gishtrinjve të tij. Më gjej një veprim njerëzor, që vjen nga llogjika e tij, që të mos jetë sadopak i mbrapshtë dhe djallëzor.

Atë ditë kisha gatuar një si kulaç me sodë. Ashtu si mbaja mënd që e mbrunte gjyshja ime, dikur. Mjell kripë, ujë dhe sodë buke. Përzjei, punoi fort, ngjeshe në një tepsi të vogël dhe fute në furrë. Nuk kishte dalë ndonjë gjë e madhe, por ama haej dhe ishte vërtet i shijshëm, ose kështu më dukej mua se më sillte nder mënd një shije gati të harruar të copës së ngrohtë të lyer me gjalpë të freskët lope. Kisha marrë edhe nja dy copa djathi dhe kisha vendosur të endesha nëpër pyll ashtu kuturu, pa ndonjë qëllim të caktuar, pa i vënë rëndësi gjahut, vetëm për të shtyrë ditën.

Kur nuk ke as drita dhe asnjë lloj tjetër argëtimi, gjëja më e mirë është të endesh nëpër pyll pa patur asnjë piksynim. Vërtet që kjo nuk të mban me bukë, por ama mësoja shtigjet e përrenjve dhe të pyllit, të cilët ndoshta një ditë, kur të më duhej për t'ia mbathur, do të më hynin në punë.

Po qe se e di që të ndjekin duhet të dish edhe se nga duhet të shkosh për të mos rënë në dorën e ndjekësve të tu. Të gjithë gjahtarët e kanë provuar se çfarë taktikash përdorin kafshët, me zgjuarsinë e tyre fillestare, për të fshehur gjurmët, për të çoroditur zagarët dhe për të shpëtuar.

Edhe njeriu kur është kthyer në objekt të çfarëdo gjahu duhet t'i ketë parasysh këto rregulla dhe të shmanget sa më shumë nga vendet ku të tjerët kanë mundësi ta shohin dhe ta gjurmojnë. Një njeri që ndiqet, do s'do është më afër kafshëve se sa të gjithë njerëzit e tjerë, seps tek ai instikti i vetmbrojtjes sundon edhe mbi arsyen edhe mbi llogjikën, pra është një bishë që vetëm vrapon, fsheh gjurmët dhe mundohet të shpëtojë lëkurën.

Në këto momente secili ka për ta kuptuar që nuk ka gjë më të shtrënjtë se sa lëkura e ngjitur pas trupit. Nuk ka pasuri më të madhe e më të çmuar se sa lëkura juaj. Po qe se të marrin lëkurën të gjitha të tjerat çvlerësohen.

***

Në një lëndinë gjeta gjurmët e një zjarri të shuar, por që e kishte hirin ende të butë, pra që nuk ishte ndezur më shumë se dy-tre ditë para. Ai zjarr nuk ishte ndezur nga unë, dhe për më tepër përreth kishte eshtra të brejtura të një lepuri, që ishte pjekur dhe ishte ngrënë. Kjo do të thoshte që aty nuk isha i vetëm dhe përreth kishte edhe njerëz të tjerë. Bredharakë, që nuk merrej vesh se përse endeshin në ato anë.

U trondita.

Nuk do të isha frikësuar kaq shumë po të bëhej fjala për ndonjë kafshë të egër. Për gjurmën e ndonjë bishe njeringrënëse. Bëhej fjala për njerëz, dhe unë në ato kohëra kisha armiq vetëm njerëzit, sepse për mua vetëm njerëzit më ndiqnin edhe kishin zënë vëndin e bishave.

Kjo do të thoshte që shëtitjeve të mia të shkujdesura u kishte ardhur fundi. Duhej të bëja kujdes, duhet të ecja nëpër hije e shkurrishte dhe të bëja sa më pak zhurmë, që të tjetër të mos më shikonin dhe të mos më bënin keq. Unë nuk do të qëlloja kurrë një njeri po ta ndeshja në pyll, por nuk e dija se si do të vepronin të tjerët me mua.

Gati pa vetëdijë nxorra nga arma plumbat me saçma të imta dhe e mbusha me plumba me dërhemë derrash. Jo se isha i gatshëm të vrisja, por nuk i dihej, se je pak i kujdesshëm nuk humbet asgjë. Po qe se qëllon nje derr me saçma lepuri atë nuk e gjen gjë, por po të qëllosh një lepur me saçma derri e vret me siguri.

Kjo kishte vlerë edhe përsa u përket njerëzve, ndoshta nuk do të isha i detyruar të qëlloja kurrë mbi një njeri, por ama po të isha i detyruar duhet të qëlloja dhe jo të gudulisja. Kur qëllon, je i detyruar ta bësh këtë gjë, matu mirë dhe qëllo për vdekje.

31

Mos i jep shanse tjetrit të mbledhë veten dhe të të kundërpërgjigjet.

Dola nga shtegu dhe kalova midis pemëve. Përpara më doli një vadhëzë e mbushur plot e përplot me kokrra të kuqërremta e të verdha. Mbusha një dy grushta dhe i hodha në fund të çantës.

Këto fruta të bukur kishin të keqen e madhe se tanini i bënte të pangrënshëm, ishin në atë fazë që krejt tuli ishte i mbushur me tanin. Por pas nja dy javësh tanini do të kthehej në sheqer, do të zbuteshin dhe do të shndrroheshin në kokrra të ëmbla dhe të shijshme, me një aromë të lehtë molle. Edhe aty poshte vadhëzës pashë gjurmët e një palë këpucëve të mëdha, si ato që përdorin ushtarët ose gjahtarët.

Bile një degë e pemës ishte shkyer dhe varur poshte dhe këtë nuk mund ta kishte bërë ariu apo ndonjë kafshë tjetër, se ata hanin vetëm kokrat që rrëzoheshin përtokë dhe zbuteshin.

Vadhëza është pak a shumë si gorrica, ka një periudhë stazhionimi që e bën të ngrënshme. Ndaj kafshët nuk i këpusin kurrë nga degët por presin kur ato piqen dhe rrëzohen vetë.

Pra u binda përfundimisht që në pyll përveç meje kishte edhe njerëz të tjerë. Vendosa të kthehesha menjëherë në shtëpi, megjithëse vetëm sa kishin kaluar orët e para të drekës dhe kjo do të thoshte që planet e mia të prisheshin përfundimisht.

Brënda mureve dhe me derë të mbyllur do ta ndjeje vetën më të sigurtë, sepse shtëpia në të gjitha rastet është vetëm një kështjellë e vogël, që është ndërtuar për të mbrojtur. Brënda mureve gjithkush ndjehet më i qetë dhe më trim.

Të gjithë ne, kur ankthi na ka hyrë nën lëkurë, ndjejmë ata sy të fshehur që na ndjekin nga pas, na përgjojnë, na vëzhgojnë dhe ruajnë momentin për të na sulmuar dhe për të na bërë keq. Krejt jeta jonë është e tillë, një pritje e gjatë, nën sy që nuk i shikojmë se ku janë dhe që mundohen të na shkatrrojnë gjithçka, që jemi munduar ta ndërtojmë dhe ta ngrehim.

Por këta sy ne shpesh i harrojmë, jeta urbane na mbyt me hallet e saj dhe kur ndodh e keqja, kur na ka rënë belaja në kokë, bëjmë pyetjen idiote:

"Përse më ndodhi mua kështu?!".

Nuk ngarkojmë veten me faj, që kemi qënë të pavëmëndshëm dhe nuk jemi munduar t'u shpëtojmë syve përgjues, ziliqarë dhe armiqësore të të tjerëve.

Kur tregohesh sylesh, fajin e ke ti dhe askush tjetër.

Por ne duam ta gjejmë fajin e të keqes diku jashte nesh, dhe nuk duam ta pranojmë që jemi treguar syleshë, tuhafë, të humbur dhe i kemi lënë të tjerët, të panjohurit, të njohurit, miqtë dhe armiqtë të na e futin.

Po qe se të gënjen një fëmijë, je vërtet i pafajshëm, sepse je i prirur të besosh në sinqeritetin e tij, por kur ta hedh një i rritur, fajin e ke vetë, fajin e ka ai që beson, gjithmonë kështu është, të gjithë kanë të drejtë të gënjejnë, por asnjëri nuk ka të drejtë të besojë.

Besimi është gabim i madh, gënjeshtra është njerëzore.

Kurse aty në natyrë, jashte rrëmujës së qytetit, midis fëshfërimës mallëngjyese të gjetheve dhe të barit, ata sy i ndjen menjëherë. Aty sytë nuk mund të jenë të mbuluar nga zhurma dhe rrëmuaja e përgjithshme, që të rrethon nga të gjitha anët, ta rrëmben vëmëndjen dhe të huton. Në mes të pyllit shqisat e tua janë të lehtësuara dhe mund të ndjejnë shumë herë më mirë, atë që midis betonit dhe asfaltit nuk arrin ta vësh re.

Midis gjelbërimit dhe hapsirave të heshtura edhe instiktet e tua të mbrojtjes riaktivizohen dhe t'i kthehesh në një qënie tjetër. Ne kemi qënë krijesa të natyrës, ajo që na ka shpërfytyruar është jeta urbane, por kur kthehemi përsëri në natyrë, instiktet rimarin funksionet e tyre. Duhet të kalojë një farë kohe, periudha e ambjentimit, por riaktivizimi me siguri që do të ndodhë.

Mbylla derën dhe dritaret, u struka në një vend nga mund të vëzhgoja hapësirën që ndodhej para shtëpisë dhe ndjeva vërtet se si gjaku më buiste me vrull nëpër damarë.

Isha i trëmbur.

Deri atë moment kisha kujtuar se nuk kisha frikë nga vdekja, se do ta përballoja momentin e fundit me gjakftohtësi dhe cinizëm. Bile kisha qef të bëja shaka me vdekjen, me atë të të tjerëve dhe me timen personalen. Por tani kur mendoja që diku aty, pas atyre pemëve të harlisura e të mbështjella me kulpra, mund të ndodhej një armë e ngrehur kundër meje, tmerrohesha. Ishte vetë trupi im. *Qënia* ime që mbërthehej nga paniku, dhe kjo nuk kishte aspak lidhje me llogjikën dhe arsyetimin e ftohtë.

Qënia ime nuk donte të vdiste në atë moment dhe këtë po e tregonte me vendosmëri, ndaj edhe unë, robi i kësaj *qënieje* duhej t'i bindesha pa kundërshtuar. E kush isha unë që mund të komandoja qënien, uni im ishte tepër i vogël dhe duhej t'i bindej instiktit vetëmbrojtës të *qënies*.

 Shumë si unë duan të vrasin veten se u vjen jeta në majë të hundës, por është *qënia* e tyre që ua ndalon dorën dhe i detyron të vazhdojnë të jetojnë, megjithëse e dinë që do të vuajnë e do të heqin.

Çdo gjë e gjallë është e pajisur me një sistem mbrojtës vetëekzistence, që e bën të aftë të ruhet dhe t'i shmanget rrezikut. Ky sistem, vepron jashtë nesh dhe nuk është ai që na bindet neve, por jemi ne, që edhe kundra dëshirës i bindemi atij. Ky është rregulli numur një në çdo lojë të rrezikshme. Edhe në lojën ku isha futur unë. Jeta më dukej gjëja më mospërfillëse, por duke bërë lojën e njeriut moskokëçarës, duke hedhur në tryezën e bixhozit të jetës vetë kokën time, tani, kur loja ishte ashpërsuar, vetëdija ime kishte dalë jashtë kontrollit tim dhe tani uni im nuk donte të vdiste.

Nuk ngulja këmbë që jeta është e ëmbël, por ama nuk mud të mos pranoja që jeta ishte e shtrënjtë dhe kjo nuk varej nga llogjika ime. Instikti i zgjatjes së ekzistencës, është jashtë kornizës së arsyetimit, sepse ai nuk krijohet gjatë jetës, por lind bashkë me ne, bile krijohet para se ne të dalin në dritë nga barku i nënës.

***

Qëndroja brenda shtëpisë, i mbeshtetur tek dritarja, i bindur që ashtu siç ndodhesha në gjysmë errësirë, edhe po qe se jashtë ndodhej dikush që më ndiqte me sy, do ta kishte të pamundur të më vinte re që po përgjoja oborrin e shtëpisë. Oborrin e kisha pastruar, barërat e larta, hithrat, trëndafilët e egër dhe kulprat nuk ishin më aty dhe askush nuk mund të futej më brënda atij territori pa rënë në sy.

Por u detyrova të hapja një konservë për të shuar urinë, megjithëse më kishte ngelur gati një gjysmë pëllumbi i egër, i pa gatuar dhe e kisha lënë mënjanë për të gatuar një supë. Tani e kisha të pamundur që të ndizja sobën e vjetër prej llamarine të emaluar. Tymi është spiuni më i keq për një njeri që fshihet, sepse mund të duket nga kilometra larg. Atje ku del tym ka zjarr dhe ku ka zjarr ka njerëz, pra për të mos u ndjerë, për të mos rënë në sy me duhej të haja ato konserva të shpifura.

Mund të më kuptojë se çndjeja kur haja atë ushqim, vetëm dikush që ka ngrënë për një kohë të gjatë, po si unë, ushqim të konservuar.

E ndjeva veten keq. Nuk mud të vazhdoja kështu për një kohë të gjatë. Unë nuk kisha ardhur këtu që të fshihesha nga vetvetja, por nga të tjerët. Kisha menduar që do t'i duroja disa privacione për të qënë i lirë. Por të arrija të fshihesha brënda kufirit ku isha fshehur, kjo më dukej e pamundur.

Të jetoje midis pyjeve, të kishe gjetur një vend ku ishe i lirë dhe i çliruar nga çdo gjë, megjithëse ishe i detyruar ta bëje buken vetë, kur nuk merrje vesh nga kjo punë, dhe pastaj të rroje me frikë në zemër, se mund të të gjenin dhe të të hiqnin qafe, kjo ishte e padurueshme. Kisha kërkuar lirinë dhe isha vetburgosur nga frika ime.

Mëndja më thoshte që të gjitha këto ishin pjellë e fantazisë sime, në atë vend askush nuk ishte në gjëndje të më gjente, sepse në atë shtëpi dhe në atë fshat unë kisha emrin tim të vërtetë, kurse mua mund të më kërkonin kudo me emrin e remë të atij bariut vulëhumbur nga Skrapari, por kurrën e kurrës në shtëpinë time.

Sepse aty unë isha vetvetja, dhe mua, nuk mund të më gjenin kurrë kur unë isha unë dhe nuk isha ai tjetri. Ata po ndiqnin një emër që nuk ishte imi, dhe sa kohë që emri nuk do të bashkohej me fytyrën time, edhe ata që kishin punuar për kaq kohë me mua do ta kishin të pamundur të më gjenin. Nuk besoj që të kishte ndonjeri aq të zgjuar sa të lidhte dy gjëra, që nuk kishin asnjë shans për t'u lidhur me njëra tjetrën. Emri dhe fytyra, ishin kaq larg njëri tjrtrit sa që nuk kishin asnjë koherencë të përbashkët.

Duhej të bëja diçka për këtë problem dhe të mos i lija punët të më merrnin përpara, sepse fobitë e çmendnin njeriun dhe unë nuk doja të dilja nga fiqiri dhe të filloja të bridhja si ndonjë ujk i vetmuara nëpër ato pyje dhe shkrepa, që njerzit i kishin braktisur me kohë.

Për njeriun të gjitha të këqiat janë kalimtare, kurse çmënduria, prishja e sistemit të të vepruarit në mënyrë të llogjikshme, ajo është e përherëshme dhe vështirë se ka kthim mbrapa. Po qe se çmëndesha, atëhere do të humbja me të vërtetë, sepse do të humbja edhe nga vetvetja.

Dhe zgjidhjen e pata të lehtë. Që të nesërmen, do të dilja shumë herët, pa u shuar ende yjet dhe do të kërkoja atë që më ishte vënë pas. Do ta kërkoja unë, në vënd që të më kërkonte ai, do ta ruaja unë në vënd që të më ruante ai. Po ta lypte nevoja edhe do ta vrisja si një bishë të egër, megjithëse deri në atë fazë të jetës sime i kisha bërë të gjitha poshtërsitë, nuk kisha lënë kusur, por ama rasti nuk më ishte krijuar për të vrarë ndonjë njeri. Dhe e dija se e kisha të pamundur ta bëja këtë.

Tek unë nuk ekzistonte vrasësi i vërtetë, sepse jeta e qytetëruar e kishte vënë atë në një gjumë të thellë nga ku nuk mund të zgjohej kurrë. Por kur njeriu është në të keq dhe duhet të ruajë lëkurën e vet, nuk ka asgjë që të jetë e pamundur. Nuk jam dakort me idjotët që thonë se vrasësit lindin të tillë, vrasësi bëhet nga rrethanat që i krijohen në jetë. Vrasësit i krijon shoqëria dhe asnjëherë ata nuk janë të lindur.

Të gjithë ne jemi vrasës në potencë, vetëm se nuk na është krijuar mundësia ta tregojmë talentin tonë.

Ne jemi qënie të rrumbullakosura, dhe perëndia nuk na ka pajisur as me dhëmbë të mprehtë, as me kthetra të gjata, as me thumb helmues, por ama jemi vrasësit më të përsosur dhe më të sofistikuar që ka nxjerrë nga punishtja e vet krijuesi.

Kemi llogjikën që prodhon vrasjen, është ajo arma jonë e sofistikuar.

Pra duket qartë që nuk jemi qënie, që jemi mbrujtur për të vrarë, ama duke u rritur, duke zhvilluar inteligjencën tonë, perfeksionojmë edhe mjetet vrasëse, i krijojmë vetë, ato që na i ka mohuar natyra. Pra ne nuk lindim vrasës, por jeta, nevojat,

36

rrethanat, situatat na bëjnë të tillë. Ndaj kur dënohet ndonjë vrasës, kur dëgjoj se sa keq e trajtojnë atë, ndjej vërtet keqardhje. Ky është mashtrimi më i madh që mund të ndodhë, sepse shoqëria, fajin dhe mëkatin e vet, mundohet t'ia hedhë një individi të caktuar dhe harron se ajo vetë e ka bërë këtë njeri vrasës. Duhet pranuar që, ose të gjithë njerzit lindin Kainë, ose është shoqëria njerëzore që i bën Kainë gjatë jetës, pra në asnjë rast nuk mund të dënohet një vrasës, se po të ketë lindur i tillë, duhet të dënohen të gjithë njerëzit, që në një farë mënyre, edhe indirekt kanë vrarë dikë ose disa, kurse po të jetë bërë vrasës gjatë jetës, atëhere e ka fajin shoqëria, rrethanat sociale, edukimi, mentalitetet ato që e shtyjnë të vrasë, pra mund të dënojmë shoqërinë, mardhëniet sociale, kushtet historike, rrethanat shoqërore, mentalitetet, por kursesi njeriun që ka kryer vrasjen i shtyrë nga këta faktorë që zhvillohen jashtë tij.

Nën dritën e qiririt, fillova të zgjidhja fishekët me mbushjet më të rënda, ata që zakonisht përdoren për kafshët më të mëdha. Ishin fishekë me kallamidhe plastike, të taposur në fabrikë dhe që përdoreshin vetëm një herë dhe jo si bënin gjahtarët një herë e një kohë, që i bënin vetë mbushjet me mjete primitive.

Edhe njeriu ka nevojë për dërhemët e rëndë të dërrit e të ariut. Të paktën kur është pak larg, se nga afër mund ta kthesh në sitë edhe me saçma lepuri. Ka me dhjetra raste kur janë bërë shoshë e kanë vdekur edhe me ato saçmet e holla si pluhur që përdoren për të vrarë harabela dhe mëllënja.

Nuk kisha për të bredhur më nëpër male e korije pa qenë i pregatitur, sepse ishte marrëzi të mos ruhesha, aq më tepër kur e ndjeja që të keqen e kisha fare pranë.

Ajo ishte aty diku rotull duke pritur që unë të kthehesha në shënjestër.

Po mendoja se ç'duhet të bëjë një njeri normal, se unë veten në atë kohë të zymtë për mua, e mbaja veten për të tillë, po qe se ndjen që pas i janë vënë një palë sy që e përgjojnë dhe e spiunojnë. E para e punës duhet të mundohesh t'u shmangesh këtyre syve, t'u qëndrosh larg, t'i bësh të të mos të të gjejnë ku je dhe të të mos të të shikojnë, domethënë të bëhesh i padukshëm për atë që të ndjek. Të kthehesh në hije, po qe se kjo është e mundshme të arrihet.

Por ama kur kjo gjë është e pamundur, kur ata nuk duan të të ndahen në asnjë mënyrë, dhe të gjejnë edhe kur je futur në vrimën e miut, atëhere duhet t'i biesh shkurt dhe të përdorësh të gjitha mënyrat dhe të gjitha mjetet për t'i neutralizuar, pra duke i mbyllur një herë e përgjithmonë sytë që të përgjojnë me dashakeqësi. Dhe mjeti më efikas dhe më i shpejtë për t'ia arritur kësaj është një çifte e mirë italiane, e prodhimit *"Bereta"* e mbushur me sfera të mëdha plumbi, të cilat kur të hyjnë në trup të bëjnë hatanë.

Një plumb i tillë sferik, ose edhe nga ata që janë të gjatë me cepa dhe me ullukë, nuk e shpon mishin, por e shkyen duke t'i nxjerrë zorrët dhe organet jashtë. Është një masë kompakte e rëndë plumbi. që mund të të bëjë plagë edhe po të të qëllojë me dorë dhe jo më të ketë një mbushje prej disa gramësh baruti të cilësisë së lartë.

A nuk përdorim mjete dhe forcë për gjithçka që nuk arrijmë ta hapim me të mirë. Por ama kjo vlen edhe për gjërat që nuk arrijmë t'i mbyllim lehtësisht, përdorim forcë. I japim me sa mundemi. Edhe po qe se nga kjo forcë ato mund të thyen dhe mund të shkatrrohen.

Kështu, që para se të shtrihesha për të fjetur, mora vendimin përfundimtar, që në jetë, gjithkush, në rrethana të caktuara, në një gjëndje të veçantë shpirtërore, i ndodhur para alternativës që ose duhet të vdesë ose duhet të jetojë, pra ose duhet të jetë gjahtari, ose gjahu, e thënë më hapur ose vrasësi, ose viktima, preferon të jetë vrasësi.

Ky ishte një vendim përfundimtar, të cilin në rrethana të tjera edhe mund ta diskutoja, edhe mund ta lija mënjanë, por atë ditë, duke menduar se jeta ime kishte ende vlerë dhe duhej të ruhej me çdo kusht, mora një vendim që do të më duhej ta merrja. Kur e di që dikush do të të vrasë, duhet të jesh aq trim dhe i mënçur sa të nisesh, ta gjesh, dhe ta lësh top në vënd, duke e neutralizuar plotësisht rrezikun.

Ai që pret, ai humbet.

Para se të më zinte gjumi, ndërsa isha mbështjellë me atë kuvertë të hollë prej leshi të butë qingjash, dhe nanurisesha në arsyetimet

38

e mia të pafundta prej njeriu që e dinte vlerën e mendimit racional, unë me mëndjen time isha bërë vrasës. Nuk isha më vrasës në potencë, por një vrasës i vërtetë, që duhej ta kërkoja shënjestrën dhe ta asgjesoja.

5

DITA E ÇALAMANËVE

Kur të del në rrugë një kurrizo, thonë se është mbarësi, bile shanset të shtohen dhjetë fish, po qe se arrin t'ia prekësh gungën.
Kurse macja e zesë dhe çalamani janë tersllëk i madh.
Por po të ndëshësh dy mace të zeza, apo dy çalamanë?

Nuk isha në gjëndje ta merrja vesh sepse më doli gjumi aq papritur në atë orë të vonë të natës. Ndoshta u trëmba nga ajo ëndërr e frikshme me lukuninë e qenve që më ishin vënë prapa dhe donin të më ngulnin egërsisht dhëmbët, ose ajo ëndërr ishte pasoja e zhurmave që vinin nga oborri i shtëpisë, nga ai i përparmi, dhe më kumbonin si një dung, dung, i fortë thellë në trurin tim të lodhur.

Di vetëm që kur më doli gjumi dhe hapa sytë, isha vërtet i trëmbur.

Nuk dija nga më vinte ajo zhurmë si goditje në gjumë. Në fillim më ngjau se goditjet vinin që poshtë shtratit tim të fortë. Pastaj zhurma u zhvendos diku tek muri, tek ai mur që kisha parballë, pastaj u dëgjua në tavan, bile m'u bë sikur dëgjova edhe kërcitjen si rënkim dhe dhimbje të trarëve të vjetër të çatisë. Por megjithatë, në atë gjysmë gjumë, isha pothuajse i sigurtë që zhurma ishte vetëm në veshtë e mi, brënda kokës sime të mbushur me frikëra.

Pas disa sekondash heshtjeje dëgjova rapëllimën metalike. Kërceva më këmbë, mora pushkën dhe ashtu në mbathje dhe kanatjere iu afrova dritares.

Hëna e ndriçonte oborrin duke e larë me dritën e saj të bardhë. Në qoshen e kopështit kisha lënë qesen me kutitë bosh të konservave dhe e dija që zhurma vinte që andej. Ndoshta vrasësi im duke u endur nëpër errësirë kishte shkelur padashur mbi kutitë bosh. Kur hëna është e plotë, sytë vërtet shikojnë mirë, por ama drit-hijet janë kaq të forta, sa që sendet shpërfytyrohen dhe një njeri që nuk e di se ku hedh këmbën, mund të shkelë kudo.

Pra sulmuesi e kishte trathëtuar veten pa dashur.

Në atë moment nuk e vija në diskutim që do të qëlloja dhe do të vrisja atë që më ishte vënë pas, por ajo që më shqetësonte më shumë ishte vendi i ri që do të gjeja për t'u fshehur, sepse, këtë skutë të qetë, ata, ndjekësit e mi e kishin gjetur, dhe s'kishin për të më lënë kurrë të qetë, pa më hequr qafe. Një arratisje e re do të ishte e pakëndshme për mua, aq më tepër, që kudo që të ndodhesha, kisha për t'u ndjerë përherë i pasigurtë.

Kutitë e konservave kërcitën përsëri, me më shumë zhurmë. Tek rrëza e avllisë me gurë të rumbullaktë lumi dallova hijen e zezë të një trupi të madh, tepër të madh. Ai ishte përkulur, apo ndoshta qëndronte shtrirë, me shpinën të kthyer nga dritarja ku qëndroja unë. Vazhdonte të merrej me kutinë e plehrave të mia.

Ngrita pushkën. Pastaj u kujtova. Po të qëlloja nëpërmes xhamit kishte rrezik që ciflat të fluturonin drejt fytyrës sime, të më nguleshin në mish dhe të më plagosnin. Pra më parë duhej të hapja atë dritare të mallkuar, që nga vjetërsia me siguri do të kërciste dhe do të më trathëtonte. Armikun tim nuk e kisha më tepër se shtatë metra larg dhe ishte një shënjestër e përsour, nuk kishte nga të më shpëtonte. As që bëhej fjalë se mund të dilja huq.

41

Për më tepër kur kisha dy fishekë të kalibrit më të rëndë që mund të bëhej. Ai ishte me siguri një hajvan me brirë, që po sillej në mënyrë aq të shpenguar. Porositësit e vrasjes sime kishin gjetur vërtet një njeri të papërshtatshëm dhe të papërvojë për këtë punë. Ishte vetëm një moment i shkurtër luhatjeje. Një rast të tillë vështirë se do ta kisha për herë të dytë. Ndjekësi im, me siguri kishin dërguar ndonjë tiranas të trashë dhe pa eksperiencë, se po të kishte qënë ukrainas, do të më kishte qëruar me kohë. Vrasësi jo vetëm që nuk merrej me mua, por gërmonte midis kutive të llamarinta, më kishte kthyer kurrizin dhe më provokonte që ta lija top në vend.

Ngrita çarqet.

Do t'ia lëshoja të dy goditjet menjëherë që të mos kishte shans të shpëtonte. Ndjeva se si gjaku më vërshoi dhe zëmra filloi të më godiste me forcë në kraharor. Doja të ndodhte diçka. Një mundësi e fundit, një mrekulli, që të ma ndalonte gishtin dhe të mos qëlloja. Nuk më kishte vajtur mëndja kurrë, që në këtë rast këmbëza e armës rëndoka kaq shumë. E kisha të pamundur të vrisja një njeri, vrasësi brënda meje me siguri kishte vdekur, dhe megjithatë isha i detyruar të vrisja.

Prisja në heshtje, prisja dhe lutesha pa dashur as vetë, që ai idiot të bënte diçka që të më detyronte të mos e qëlloja.

Por perëndia më erdhi në ndihmë pikërisht kur fillova të tëhiqja këmbzën.

Njeriu i përkulur tek muri filloi të ngrihej ngadalë, i stermadh, me një trup vigani, me përmasa të jashtëzakonëshme për një njeri, dhe unë shtanga i habitur kur pashë atë gjë të madh e të zezë që qëndronte më këmbë përballë dritares sime.

E ula pushkën i lehtësuar.

Kisha shpëtuar. Përballë nuk kisha një njeri, por një ari trupmadh, nga ata ngjyrë kafe, që bredhin të vetmuar nëpër pyjet tona duke ngrënë që nga frutat e insektet deri kufomat e kafshëve të ngordhura. Ishte një vetmitar, në moshë të pjekur, që kishte ndjerë erën e ushqimeve të ngelura nëpër konserva dhe kishte ardhur i patrëmbur në oborrin e shtëpisë sime.

Një ari i vërtetë, një bishë e stërmadhe, në oborrin e shtëpisë sime. Ishte vërtet e frikshme dhe për të qeshur. Kafsha e shkretë, e dinte që në atë fshat nuk kishte më njerëz dhe hynte e diltë pa patur frikë nëpër oborret e shtëpive. Ne njerzit ishim larguar dhe ua kishim lëshuar përsëri territorin e tyre të vjetër kafshëve. Ai tani ishte në botën e vet, duke vrapuar poshtë e lart për të mbushur barkun dhe i huaji në atë vend isha vetëm unë.

Kjo do të ishte e vërteta, nuk ia vlente ta qëlloja, do të kërkonte edhe pak, do të lëpinte dhe pastaj do të shkonte në punën e vet.

E kisha shumë pranë, por ai as mund të më shihte dhe as mund të më nuhaste, sepse unë gjendesha përtej dritares, i fshehur në errësirë dhe pa patur kontakt ajri me të.

Filloi të ecte përgjatë kopështit dhe sa vinte dhe i afrohej më shumë shtëpisë. Atëhere vura re që njërën këmbë, atë të djathtën, të parën, e tërhiqte zvarrë. Çalonte, mbështetej vetëm në tre putra dhe ishte i dobët, tepër i dobët, kockë e lëkurë, si një grumbull eshtrash krrokëllitëse të mbështjella me lëkurë ariu, sepse edhe nën dritën e hënës i dallohej rrjeshti i brinjëve. Ishte i sëmurë, ose i paushqyer për shkak të sakatllëkut të vet, që me siguri nuk e kishte të lindur, sepse në këtë botë mund të shikosh sa të duash njerëz sakatë, por kafshë sakate nuk ka. Sakatët tek kafshët seleksionohen që kur lindin.

Po të doja mund ta vrisja me lehtësi, por unë nuk isha aty për t'i bërë keq askujt, dhe për më tepër një ariu plak e të çalë, që vetëm nga padija e vet më kishte prishur gjumin dhe më kishte trëmbur pak. Le të shkonte në punën e vet dhe le të jetonte i qetë ditët që i kishin ngelur.

Atë ari as e njihja dhe as ai ari nuk më njihte mua. Nuk ishim miq, por ama edhe armiq nuk ishim. Secili jetonte në botën e vet, që rastësisht ishin takuar këtu, në këtë fshat të braktisur.

Padija është injorancë dhe injorancën vetëm injorantët kanë predispozitën ta ndëshkojnë. Le të kalonte nëpër kopshtin tim çdo gjë, e kishte lejën me pashë, vetëm njeri të mos ishte. Vjen një ditë, kur përbindëshi më i rrezikshëm për njëriun, nuk janë bishat e egra të pyllit e të malit, por vetë njerëzit. Sepse e keqja që të vjen nga njeriu, kurrën e kurrës nuk mund të të vijë nga një bishë e pafajshme, që endet jo me qëllim që t'u bëjë keq të tjerëve, porse e shtyn nevoja për t'u ushqyer.

Për sa kohë që nuk ka rrezik të jesh dreka e një ariu, nuk ke përse ta vrasësh atë.

Dija shumë histori me arinj. Më kishte treguar im atë për një rast kur lopa u kishte humbur dhe ai me gjyshin tim kishin kërkuar gjithë ditën poshtë e lartë dhe më në fund e kishin gjetur të mbuluar me gjethe të thata në një vënd ku dukeshin qartë tre limerë të gatshëm arinjsh, ishin treguar të zgjuar, e kishin lënë lopën dhe ia kishin mbathur me vrap, se me tre arinj është e pamundur të hapësh luftë edhe sikur të jesh i armatosur.

Kurse historinë tjetër e tregonte Miti, burri i hallës sime. Tregonte se si duke u endur nëpër pyll për gjah, kishin ndeshur në një bajgë ariu që nxirrte akoma avull, ata nuk e panë ariun, por vetëm nga bajga u trëmbën aq shumë sa që gati u kishte shpëtuar në brekë. Por Miti ashtu tregonte, edhe ngjarjen më tragjike mundohej ta kthente në një shaka.

Kurse me Tapen, mësuesin e vizatimit në Luaras kishte ndodhur ndryshe, ndersa po ecte në një korije takoi arushëm me dy këlyshët e saj të rritur. Në fillim i ishte dukur diçka e parrezikshme, por pasi kishte bërë disa hapa dhe i kishte lënë arinjtë pas shpine, kishte ndjerë një llahtar aq të madh, sa që gati për një muaj e kishte të pamundur të fliste. I kishte ikur goja.

Por unë atë moment, ndërsa trupi i errët si hije nate i ariut më kaloi para dritares, vetëm tre katër metra larg, ndjeva të më shungullonte thellë trurit tim një hungërimë e mbytur, që më shumë dukej sikur artikulonte shprehjen:

"Ta paça borxh, o njeri i mirë!"

Isha i sigurtë që arinjtë nuk flasin dhe më tepër këtë ngjasim hungërime me retorikën e një njeriu ia ngarkova vetes sime. Nervave të mija të lodhura dhe të tensionuara deri në atë pikë, sa që nuk ishte çudi edhe të këputeshin e të bija mbi dysheme.

Në atë gjendje tensionimi nervor që isha unë, mund të fillonin të flisnin edhe arinjtë, bile edhe mund të fillonin të mbanin fjalime për etikën e të qënit kafshë krenare në pyllin e të gjithë gjallesave të natyrës.

Pastaj nuk e mora vesh se nga shkoi egërsira, sepse që nga dritarja ku ndodhesha e kisha të pamundur ta ndiqja me sy. Me siguri kaloi pas shtëpisë dhe pastaj nëpër një shteg që merrte përpjetë kodrave ishte drejtuar për në bërllogun e vet, që duhej ta kishte thellë në pyll.

Në qiellin e zi yjet kishin filluar të rralloheshin, diku nga lindja ndjehej aureola e fshehur e diellit që po lindte. Kishte për të filluar një ditë e re. Një ditë e zakonshme. Do të bridhja përsëri maleve e përrenjve, duke përfituar nga ato ditë të ngrohta vjeshte, kur nuk frynte dhe nuk binte ende.

Ngrova një gjellë që e kisha bërë me lëpjeta dhe vezë pluhur një ditë më parë. Hëngra mëngjesin ndadalë, për të pritur që të zbardhte plotësisht, sepse nuk doja që të ndeshesha diku në ndonjë shteg me ariun sakat.

Të paktën isha i qetë, sytë që më ndiqnin kishte shumë mundësi të ishin të asaj kafshe sakate, që kishte po aq frikë nga unë.

Ia mora ngadalë nëpër ato shtigje të njohura që vjeshta i kishte zverdhur dhe përskuqur. Mbushja nga një dorë manaferra dhe i haja kokrrat e ëmbla e të mbushura me musht një nga një, si për t'u englendisur. Vrisja mëndjen se si të dilja nga kjo situatë arratije ku kisha rënë, sepse nuk mund të vazhdoja për një kohë të gjatë kështu. Vetmia do të më marroste dhe po t'i shikoja me kujdes sjelljet dhe fobitë e mia të ditëve të fundit, nuk ishte e vështirë të arrija në përfundimin që po më lëviznin pak nga pak dërrasat.

Celularin nuk doja ta përdorja në asnjë mënyrë, megjithëse e kisha të lehtë ta karikoja baterinë e tij nga makina. Po qe se më ndiqnin, ata me anë të telefonit mund ta lokalizonin lehtësisht vendin se ku ndodhesha. Ai telefon ishte i regjistruar në emrin e pronarit të kompanisë, njeriut që kërkonte ligji dhe borxhllinjtë.

Të paktën kaq gjë e dija, që telefonët përgjoheshin dhe kontrolloheshin se ku ndodheshin po qe se viheshin në punë.

Isha gjithë sy e veshë. Një ari i madh, për më tepër i çalë, nuk mund të kalonte në ato shtigje pa lënë gjurmë, por nuk dallova gjëkundi shënjën e panxhave të tij. Me siguri që kishte kaluar nga ndonjë anë tjetër dhe rrugët tona nuk kishin si të takoheshin.

Për një njeri që mësohet me pyllin, është në gjëndje të dallojë edhe zërin e gjelit të egër, edhe buluritjen e derrit të egër, edhe kujisjen e dhelprës, midis fëshfërimave të gjetheve dhe rënkimit të degëve. Veshi arrin të mësohet dhe të dallojë çdo lloj zhurme.

Në pyll çdo zhurmë flet me gjuhën e vet, butësisht ose me egërsi dhe një banor i pyjeve nuk ka nevojë për fjalor, që ta kuptojë se ç'thotë secila prej tyre. Gjuha e pyllit është shumë e komplikuar, por po qe se bëhesh pjesë e tij, atëhere arrin ta kodifikosh dhe të hysh me lehtësi në brëndësi të çdo fjale dhe të çdo zëri.

U nisa për tek tre vadhëzat. Ndodheshin në një shesh të hapur pylli, dhe para disa ditësh kisha parë nëpër barin e ngjeshur e gjysmë të tharë thundrat e një tufe derrash.

Vjeshta kishte filluar t'i piqte frutat e kuqërremta dhe ato shkundeshin nga degët e larta duke u bërë një vënd joshjeje për kafshët dhe shpendët. Po të kisha pak fat do të vrisja ndonjë derrkuc dhe do të haja mish të fresket, se konservat më kishin ardhur në majë të hundës, kurse disa bërxolla do të më vinin mirë pas midesë.

Iu afrova ngadalë shkozës së dendur, që rritej nja pesëmbëdhjetë metra larg, në një pjerësi që qëndronte mbi lirishten. U futa midis degëve të dëndura, u rehatova, dhe ndryshe nga herët e tjera, ndeza cigaren. Më ishte mbushur mëndja top, që po të ishte e shkruar që atë ditë të haja mish derri, unë do të haja mish derri, edhe sikur të ndizja zjarr aty dhe jo më cigare.

Ai derr që do të bëhej dreka ime, po të donte Perëndia, do të vinte edhe nga pyjet e largëta të Radomit dhe do të qëndronte para shënjestrës sime, për ta vrarë.

Më ishte mbushur mëndja që shumica e ndodhive në jetë, edhe ato më të rëndomtat ishin çështje fati, dhe nuk kishin të bënin me shkathtësinë apo aftësitë. Kur një gjë është shkruar që të ndodhë, ajo do të ndodhë edhe sikur të jesh në gjumë, dhe mundohu më kot, vrapo sa të duash, laju në djersë, po qe se nuk do që të bëhet, nuk ka për t'u bërë kurrë.

Gjethet e shkozës më pëshpëritnin pranë veshëve të lëkundura nga puhiza e lehtë që fryn vazhdimisht nëpër pyje.

Shkoza është një pemë e sertë dhe gjethet e saj janë grindavece si vjehrrat që vazhimisht duan të shprehin pakënaqësinë e tyre ndaj nuseve budallaqe dhe nipërve të prapë. Ndaj për shkozën nuk kisha ndonjë simpati të madhe, se vazhdimisht do ta gjeja në sherr me ndonjë nga drurët që rritej pranë saj, por megjithatë ajo pemë ishte druri më i përshtatshëm që mund të më fshinte plotësisht nga sytë e kafshëve të egra. Vërtet grindej, vërtet më shante me fjalët më të ndyra që mund të dalin nga një pemë, por ama ishte mjaft e dëndur dhe më fshihte për bukuri.

46

Me sa dukej ajo ditë do të ishte e mbarë për mua, sepse dëgjova që nga larg se si degët e thata thyesnin dhe kërcisnin nën thundrat e derrave që afroheshin. Ndoshta nga të gjitha kafshët e egra dërrat janë më të zhurmshit. Se ç'kanë një farë paturpësie prej malokësh të pagdhëndur, a thua se nuk u bëhet vonë as për të tjerët dhe as për veten. Ngrita armën dhe tërhoqa goditësin. Ishin aq afër sa dëgjoja edhe hungërimat e dosës që thërriste gicat e saj të pabindur.

Dreka me bërxolla ishte duke ardhur drejt çiftes sime.

Pas disa sekondash e pashë krejt tufën. Ishte një dosë e madhe, që ndiqej pas nga disa gica, ndoshta gjashtë a më tepër, jo shumë të vegjël, sepse vijat kafe mbi shpinë kishin filluar t'u zhdukeshin.

  U mendova vetëm një çast, pasi pashë që ata filluan të vraponin pas vadhëzave të shkundura që ishin zbutur nga e ftohta e vjeshtës. Zgjodha me sy gicin më të madh, e vura mirë në shënjestër, por nuk arrita të qëlloja.

Nga ana tjetër, nga disa shkurre shtogu të egër, erdhi një breshëri e gjatë automatiku. Tufa e dërrave u zhduk në çast, kurse dy nga gicat kishin ngelur mbi barin e shkelur dhe përpëliteshin, duke tundur këmbët në ajër sikur të ishin duke hedhur shkelma.

Kisha shtangur i ngrirë më pushkën në dorë dhe ende nuk isha në gjëndje të kuptoja në se kisha qënë unë ai që kishte qëlluar, apo dikush tjetër, që qëndronte në pritë në anën tjetër të lëndinës. Shikoja derrat e vegjël se si jepnin shpirt, shikoja përreth që nuk lëvizte më asnjë gjethe, sikur edhe vetë pylli të ishte duke mbajtur frymën pas asaj breshërie prej tre katër të shtënash.

Nuk e di kush ishte trembur më shumë, unë, apo pylli, se të dy kishim mbetur pa frymë. Dhe kisha të drejtë, kur mendoja që për dhjetra hektarë pyll e shkurrishte unë isha i vetmi njeri që bridhte dhe sillej me armë në dorë skutë më skutë për t'u ndjerë zot i gjithçkaje.

Nga shkurja e dëndur e shtogut u shfaq një figurë njeriu, apo më mirë për të qënë i saktë, e ngjashme me një njeri. Gjithë mjekërr, me flokë të gjata, i veshur me rroba të trasha, ndoshta prej shajaku, nga ai që bënin dikur barinjtë e malit, dhe u afrua tek vendi ku dergjeshin trupat pa jetë të kafshëve.

Ajo që më ra më tepër në sy, ishte këmba e tij e djathtë, që nuk përkulej tek gjuri dhe ai detyrohej ta tërhiqte zvarrë sikur ta kishte të huaj. Mori një nga dërrkucët, atë më të madhin, pastaj u kthye nga shkoza ku unë isha bërë një grusht në pritje të asaj që do të ndodhte më tej, pa për disa sekonda duke picërruar sytë, dhe tha me zë të lartë:

-*Ky tjetri është pjesa jote, mere se e ke hak!*

Derrkucin e hodhi mbi sup, ndërsa kokën e gjakosur e la t'i varej pas shpine dhe çalë-çalë, si me nge u largua në atë drejtim nga ishte shfaqur, pas shtogjeve të egër.

Unë kisha ngrirë midis gjetheve, pa mundur të lëvizja as duart dhe as këmbët. Nuk më bëhej të lëvizja, sepse më ishin mpirë gjymtyrët dhe nuk u besoja veshëve.

Bile nuk mund të thosha me saktësi, në se ajo që kisha parë ishte diçka e vërtetë apo një vegim. Ndoshta për disa sekonda, i mbërthyer ashtu midis degëve kisha dremitur dhe kisha parë një ëndërr, që ishte pothuajse e gjallë.

S'isha i sigurtë në se kishte foluar ai, apo ashtu më ishte dukur mua, më kishin buçitur veshët. Megjithatë, për të qënë unë i qartë se gjithçka kishte ndodhur me të vërtetë, në mes të sheshit, mbi vadhëzat e kuqërremta të shkelura e të shtypura, dergjej ende derrkuci i vrarë, si një fakt që tregonte se ishte pjesa e ime e merituar në atë gjueti me pritë.

6

GOSTIJA

Gjahtari me çifte në dorë duke u endur nëpër pyll u ndesh ballë për paballë me ariun dhe filloi të dridhej nga tmerri.
Ariu e pyeti:
"Kush je ti more që bredh në pyllin tim!?"
Gjahtari i tha:
"Unë jam turist në pyllin tënd..."
Ariu ia ktheu:
"Jo, turist këtu jam vetëm unë, kurse ti je dreka e turistit!"

Të rrjepësh një gic të vogël të egër, nuk është ndonjë punë edhe aq e vështirë, sidomos kur të ka rënë rasti edhe më parë ta bësh këtë punë. ajo që ka rëndësi më tepër, është mënyra se si do ta gatuash, sepse po të jesh në qytet e copton dhe e fut në frigorifer, por aty, në atë vend të largët, pa energji elektrike, duhet të mendosh se si ta gatuash dhe ta ruash sa më mirë për një kohë të gjatë. Me siguri ky ka qënë problemi i madh në krejt historinë e racës njerëzore, ruajtja e ushqimeve dhe jo sistemet shoqërore, monarkitë, republikat, diktaturat dhe demokracitë.
Të ruash mishin e një derri për një kohë të gjatë, që ta përdorësh edhe kur nuk të ecën në gjueti, pikërisht ky është *revolucion*, kurse të gjitha të tjerat janë pordhë me rigon.

Shpatullat dhe kofshët i preva, i kripa, i vara dhe u ndeza poshtë
zjarr me bar dhe me gjethe, sipas mëndjes sime kështu do të arija
t'i ruaja duke i tymosur. U hodha edhe kripë pa hesap. Kurse
trungun, bashkë me kokën, e shkova në një hell, bëra dy biga dhe
ndeza një zjarr pranë për ta pjekur. Duke u marë me këtë punë,
nën dritën e zjarrit dhe të prushit të kuq, ndërsa vërtisja mishin,
më zuri muzgu.

Puna dhe lodhja kanë një të mirë të madhe, se nuk të lënë kohë të
mendosh për hallet që të kanë rënë mbi kokë. E dija që gjithë atë
sasi mishin do ta kisha të pamundur ta konsumoja vetë, por ama
edhe ta hidhja më dukej mëkat i madh.

Njeriu kur ka ushqim me bollak e flak tepëricën dhe kështu
provokon perëndinë, sepse i thotë që nuk kam nevojë. Nuk ia
thotë me gojë, por me veprimet e veta idiote.

Një herë ta piqja, pastaj do të mendoja e çdo të bëja me të, por
edhe mënyra më e lehtë, ajo që nuk do shumë mjeshtëri e
salltanete, është ta shkosh mishin në një hell të madh, t'i ndezësh
pranë një zjarr të madh, dhe duke e mbajtur larg, duke qëndruar
ulur, dhe duke e vërtitur ngadalë që të mos piqet nga një anë dhe
nga ana tjetër të ngelet gjak, ja që u bë dreka.

Të paktën për disa ditë do të shpëtoja nga ushqimet e
konservuara, nga makaronat me panë dhe nga pilafi që haej
vetëm sa ishte i ngrohtë dhe pastaj dukej sikur mbushje gojën me
zhavor.

Njeriu ka nevojë të ndrojë gjellën, po aq sa ka nevojë drejtori i
madh i postave, një farë trapi dhe idioti si A.G-ja, të ndrojë
drejtoreshat e filialeve dhe sektretaret. Pra është thjesht dëshira
për të ndryshuar gjellën, sepse thonë që edhe mbretit i shkon
ndonjëherë mëndja për trahana.

Era e mishit të pjekur të kënaqte dhe përhapej kudo duke
mbizotëruar erërët e barishteve dhe të bimëve që avullonin nga
toka e ngrohur prej diellit të përkorë të vjeshtës. Nuk kisha frikë
se do të më shikonte njeri. Të paktën për kilometra të tëra asnjë
shtëpi fshati nuk ishte më e banuar dhe këtë e kisha verefikuar
me kujdes gjatë inkursioneve të mia poshtë e lart nëpër zonat
përreth pyllit dhe gjatë rëzës së malit.

Kisha hyrë shtëpi më shtëpi dhe nuk kisha gjetur njeri dhe po të
kishte patur kafshë të buta ato kishin marrë aratinë, ishin futur në

pyje dhe ishin egërsuar, të paktën për macet këtë e thosha me siguri, se kisha parë nëpër pyll mace me njolla, nga ato që ne i mbajmë në shtëpi, që ishin bërë krejt të egra.

Kurse kofshët dhe shpatullat që ishin varur mbi gjethet dhe barin gjysmë të njomë që digjej në heshtje, kishin filluar të kullonin lëngun e tyre dhe të zinin cipë të kuqërremtë. Pra të thahej dhe të bëhej një nga specialitet që pëlqeja më shumë, proshutë e tymosur.

Lëkura e dërrkucit të pjekur filloi të plasaritej, pra së shpejti darka ime e bollshme dhe e shijshme do të ishte gati.

Në atë moment, kur po kujdesesha për darkën time, vura re ariun, bishën.

Ai ishte afruar pa u ndjerë, duke dalë nga terri dhe ishte shtrirë gjashtë-shtatë metra larg meje, duke mbështetur kokën e stërmadhe mbi putra, ashtu siç do të kishte bërë çdo qen i mësuar në pritje të kockës së flakur. Në fillim e pashë me shpërfillje, mendova se ishte një gur i stërmadh, që nuk dihej se si ishte rrukullisur aty, se më parë nuk e kisha vënë re. Por sytë iu flakëruan nga gjuhët e zjarrit që lëkundeshin nëpër natë.

U tmerrova.

Bishën e kisha vetëm disa hapa larg. Me një kërcim mund të më flakej përsipër dhe ishte vërtet në pozicionin e pritës. Nuk kisha me se të mbrohesha. Pushka gjendej brenda në shtëpi e varur në gozhdën e murit. Kërkova me sy ndonjë urë të ndezur, për ta përdorur si mjet mbrojtës, me që thonë se ariu ka frikë nga zjarri. Por në vatrën e krijuar përtokë kishte vetëm kongjij të ndezur, që herë pas herë shpërthenin gjuhëza të verdha, sikur të donin të lëpinin ajrin e mbushur me lagështinë e natës. Isha krejtësisht i pambrojtur.

Burri hallës sime tregonte se si ata ishin tmerruar vetëm nga një bajgë e freskët ariu, kurse unë e kisha në krah, të gjallë, të madh dhe të egër, gati po më pushonte zëmra.

Kishte vetëm një mjet.

Hë për hë të bëja sikur nuk e kisha vënë re dhe të vazhdoja punën time, të merresha me mishin, të mos ia vija veshin dhe porsa të gjeja volinë, t'ia mbathja me të shpejtë në shtëpi, të mbyllja derën me shul, të rrembeja pushkën dhe po qe se arrija ta qëlloja nga dritarja, ta vrisja.

Lusja zotin që plani im idiot të funksrononte. Por kjo ishte e pashpresë, se bishat nuk bëjnë plane.

Kisha ngrirë.

Me gishtërinjtë që më dridheshin kapa thikën. Ia shtrëndova fort dorëzën, megjithëse e dija si dreqi, që me atë copë hekuri nuk mund t'i bëja asgjë një bishe të stërmadhe si ai.

Por, ajo që po më çudiste, me gjithë lëvizjet e mia të matura, bisha më qëndronte në krah dhe me sa dija pozicioni i tij nuk kishte asgjë të përbashkët me pozicionin që marrin bishat kur bëhen gati të hidhen në sulm. Qëndronte shtrirë, më kokën të zgjatur përpara dhe sikur të kishte bisht të gjatë dhe ta tundte do të ngjiste vërtet me një qenush të zbutur shtëpie. Me këtë qëndrim po më jepte shënjë që nuk kishte asnjë qëllim të keq kundër meje dhe vetëm që priste sa të bëhej darka gati.

Megjithëse isha ende i tmerruar përsëri e vura buzën në gaz. Pra, nuk isha unë darka e tij, por mishi që vazhdonte të piqej në hellin pranë zjarrit.

Mishi ishte ende në zjarr dhe i përvëluar, por unë me anën e thikës dhe të një shkopi shkëputa një llokmë të madhe mishi, u ktheva me kujdes dhe u drejtova nga bisha.

Sytë tanë u takuan.

Ai u lëpi.

Por merrej vesh që nuk e kishte me mua por me copën e mishit që varej në majën e shkopit. Ia afrova ngadalë. Ai hungëriu mbytur, sikur të fliste nën zë si një ventrilok. Nuk kishte inat në hungërimën e tij. Ndoshta ishte një fjalë falenderimi, sepse nuk ka kafshë, sado e egër të jetë të mos e ketë të zvilluar ndjenjën e mirënjohjes dhe të mos falenderojë, dhe këtu nuk fut vetëm kafshët shtëpiake.

Në Slivnica të Sofjes kisha një gjel të kuq, që sulmonte egërsisht çdo njeri që i afrohej, kurse kur më shikonte mua vinte me vrap që ta përkëdhelja dhe t'i flisja butësisht, dhe këtë e bënte për të treguar mirënjohjen ndaj meje, se unë e ushqeja dhe e trajtoja si shok.

U çova ngadalë, pa bërë lëvizje të tepërta dhe iu afrova. Ariu nuk luajti nga vendi. Sytë e tij të mëdhenj, me shkelqimin e verdhë brënda, që ndoshta vinte nga flakët, më ndiqte me kujdes. Hap pas hapi arrita deri në atë distancë që më lejonte t'ia lëshoja copën e madhe të mishit që avullonte para putrave, dhe pastaj, po me atë kujdes u tërhoqa prapsht pa i kthyer shpinën dhe u ktheva në vendin ku isha më parë, pranë zjarrit.

Pra, na, haj ti copën tënde dhe më lër edhe mua të darkohem.

Këputa edhe për vete një copë mishi dhe largova derrin nga zjarri sepse kisha hall mos fillonte dhe thahej nga nxehtësia e prushit, që kishte filluar të mbulohej me hi dhe të regërinte ngadalë duke shkëndijuar vënde vënde.

Megjithatë hëna ishte e plotë dhe qielli me yje ishte kaq pranë sa që mund të shquaja nëpër natë çdo detaj. Krejt oborri, ishte i larë nga drita dhe tani që zjarri nuk shkëlqente më, të gjitha dukeshin më së miri.

Ariu në fillim e lëpiu llokmën e mishit, e lëpiu me një kënaqësi që rrallë mund ta shikosh tek një bishë e egër dhe pastaj ngadalë, a thua donte të shijonte çdo kafshitë të atij ushqimi të shijshëm, që nuk kishte asgjë të përbashkët me mishin e fresket e të përgjakur, filloi të mbllaçitej.

Edhe unë, pa ja ndarë sytë provova një copë të vogël dhe kostatova që e kishte marë kripën në masë dhe ishte vërtet shumë i shijshëm. Ndërkohë më kishte ikur fare frika, dukej që bisha nuk kishte asnjë qëllim të keq dhe më shikonte si një qënie të gjallë miqësore, që nuk ishte ushqim, por që jepte ushqim, dhe ushqim të gatuar me lezet.

Në ato çaste mendova që mund të ishte ndonjë nga ata arinjtë e zbutur, që i kapin arixhinjtë që të vegjël dhe i mësojnë të luajnë nëpër festa e panaire. Megjithëse nuk vija re ndonjë shënjë hallke apo zinxhiri në hundën dhe veshët e tij. Por ndoshta edhe nga që ishte natë detaje të tilla të vogla e kisha të pamundur t'i shikoja.

Për një gjë isha i sigurtë, që ai ari i çalë nuk e kishte për herë të parë që vinte në shoqërinë e njerëzve dhe darkonte bashkë me ta. Pasi e kishte përlarë copën e parë të mishit, i preva një llokmë akoma më të madhe dhe ia çova pranë. Kësaj radhe ia dhashë me dorë dhe jo me anën e majës së shkopit dhe ai përsëri uroi i kënaqur sikur të donte të më falenderonte për atë qirasje dhe për atë racion shtesë në pjatën e vet.

Hungërima ishte mjeti i tij i falenderimit, por edhe sytë e gjallë, që të shikonin drejt dhe mundoheshin të flisnin në gjuhën e arinjve.

***

Gjithçka po shkonte mirë e bukur sikur të ishte planifikuar ditë më parë. Ndjeheshim të dy të ngrënë e të ngopur kur u shfaq njeriu.

Bile ariu, kishte ulur kokën mbi putrat e veta dhe me sa më dukej mua ia kishte këputur gjumit dhe të gjithë e dimë se sa gjumë të rëndë ka ariu, por ai lëvizi veshët dhe ngriti kokën duke parë në drejtim të errësirës, andej nga gjendej një pjesë e rrëzuar e gardhit dhe ishte krijuar një shteg.

Hieja që po afrohej ishte e çalë, këmbën e tërhiqte zvarrë dhe dukej që nuk e thyente dot gjurin. Arrita të dalloja që në dorë kishte diçka të gjatë, ndoshta armën, kurse unë kisha në dorë vetëm atë thikë budallaqe, që bënte vetëm për të prerë copat e pjekura të mishit.

Nuk do t'ia lejoja më vetes këtë pakujdesi dhe të dilja nga shtëpia i paarmatosur. Ndjeva se si djersët e ftohta më rrëshqitën nga qafa thellë në shpinë. Kisha shpëtuar nga ariu duke i dhënë disa copa të pjekura mishi, por nuk e dija në se do të arrija të shpëtoja nga njeriu.

Ndoshta ai nuk vinte për mish të pjekur.

Por hieja çalamëne foli që nga larg:

-*Po të keni lënë ndonjë gjë pa ngrënë më jepni edhe mua...*

Pastaj vazhdoi:

-*Edhe unë e poqa derrkucin tim, por nuk ka gjë më pa shijë se sa mishi pa kripë, dhe nuk më ka ngelur më asnjë kokërr për be... U bënë kaq muaj dhe përreth nuk ke frymë njeriu që t'i kërkosh...*

Ishte vrasësi i derrkucëve. I veshur me ato rrobat e trasha e të pista prej shajaku. I paqethur dhe i parrojtur si një njeri i egër i prehistorisë.

Mua më ishte mpirë gjuha, nuk po thosha asnjë fjalë, shikoja nga ai që po afrohej ngadalë, dhe ku nuk më vinte mëndja. Shikoja me bishtin e syrit nga ariu i shtrirë, me shpresë se ai do ta mbronte atë territor dhe mua nga ky mik i paftuar, por ja që kafsha e stërmadhe vetëm sa kishte ngritur kokën dhe shikonte nga i porsa ardhuri pa e prishur terezinë.

Nuk po e fuste në kategorinë e armiqve të mundshëm.

-Edhe Meçua na qënka këtu, e shoh që qënkeni njohur dhe qënkeni bërë miq. Meçua është ari me karakter, është djalë i mirë, por pak budalla... – dhe u ul përballë meje pa pritur që ta ftoja apo të thosha edhe unë diçka.

Fytyrën e kishte mbuluar me një mjekërr të shprishur e të dëndur, po ashtu edhe flokët e gjatë e të pakrehur i shëmbëllenin një shtëllunge tymi të zi. pra, ishte gati e pamundur t'ia dalloje tiparet dhe ta merrje vesh se me kë kishe të bëje nga detajet e fytyrës, ashtu si jemi mësuar t'i dallojmë ne të qytetëruarit njerëzit e tjerë.

Në dorë kishte patur vetëm një shkop të trashë dhe ishte i paarmatosur, por megjithatë që të isha brënda dhe për të mos e lëshuar thikën nga dora, këputa një copë mishi dhe ja hodha. Mishi kaloi mbi prushin që tashmë ishte zbehur krejt dhe i ra në prehër. Nuk doja t'i qëndroja shumë afër. Ndjeja shumë më tepër frikë nga ai, se sa nga ariu që tani ndodhej pothuajse pas shpinës sime.

Për ariun isha i bindur që nuk do të më bënte keq, kurse nga ky njeri se ç'kisha një parandjenjë që do të më gjente belaja. Dhe kjo ishte aksioma që unë e kisha mësuar prej kohësh, kafshën po e zure mik e ke mik për tërë jetën, kurse asnjë njeri nuk mund ta kesh mik për një kohë të gjatë, dhe pikërisht kur të jesh i sigurtë se nga një mik nuk do të të vijë kurrë ndonjë e keqe, pikërisht në atë moment ai është duke të bërë gropën.

Ariu nuk pyet, nuk interesohet më kot dhe nuk do të dijë se kush je, nga ke ardhur, ç'bën aty dhe ç'ke bërë aty ku ke qënë, kurse njeriu do t'i dijë të gjitha, edhe për të panjohurit dhe aty fillon e keqja. Kafshës nuk i intereson e kaluara jote dhe nuk të mat kurrë prej të shkuarës, por vetëm për momentin e dhënë. Kurse njeriu do të dijë të shkuarën tënde, që të fillojë nga ajo pikë referimi mardhëniet e tua që do t'i përkasin të ardhmes. Për njeriun ka vlerë e shkuara, kur në vetvete vetëm e shkuara nuk ka vlerë dhe nuk shërben për asgjë të mirë.

Ne duam pa tjetër të dimë për të shkuarën e shokut tonë, dhe ai na gënjen, nuk na thotë të vërtetën, na jep një informacion të gabuar dhe ka të drejtë, sepse e shkuara e tij është pak a shumë si e jotja, ka shitur e ka blerë miq dhe armiq, ka thurur intriga, ka trathëtuar dhe asnjë nga këto nuk mund të t'i thotë, vetëm do të mburret për ato që nuk i ka bërë kurrë, që tregojnë për ndershmërinë, sinqeritetin dhe besnikërinë e tij, që nuk i ka patur kurrë.

Edhe ju po të njëjtat gjëra do t'i thoni.

Po ashtu, kur kapni një dashnore të re, ju bëni gabimin dhe filloni ta pyesni për të kaluarën e saj. Pra e vini qëllimisht në siklet dhe e detyroni që ajo të gënjejë.

Po të mos e pyesni dhe ta filloni lidhjen me të nga kuaota zero, nga data një e njohjes, sikur të mos kishte ekzistuar para kësaj date asnjë ditë tjetër, atëhere do ta shikoni se sa të sinqerta do të jenë mardhëniet tuaja dhe ajo ka për të qënë edhe një bashkëshorte ideale, por ju bëni gabimin fatal duke kërkuar të dini të kaluarën e saj dhe ajo detyrohet të gënjejë, sepse po të mos ja u shtrëmbërojë historitë e saj të shumta në favorin e vet, ka frikë se do t'u humbasë dhe ajo pikërisht këtë nuk do.

Dhe fillon dita e gënjeshtrave, ajo gënjen, ti gënjen dhe të gjitha mardhëniet vendosen mbi një shtrat të madh e të pasigurtë gënjeshtrash. Pra ju e afroni fundin vetë, duke u treguar njerëz të vërtetë që vetëm gënjeshtra dini të thoni

Dhe megjithatë, pasi më kaloi shqetësimi i parë dhe pashë se si njeriu që kisha përballë filloi të mbllaçitej e të hante gjithë lezet, sikur u qetësova. Më shkoi një herë nëpër mend se mos ai ishte futur nga ata që donin të më hiqte qafe, por ky m'u duk versioni më i pamundur.

Ai njeri, ai çalaman leshtor, dukej që kishte shumë kohë që endej në ato pyje dhe bokërrima. Ai ishte po si unë, një njeri që ishte fshehur, një i humbur që nuk kishte qënë në gjëndje të gjente as vetveten.

Duke ngrënë ai foli mbytur, a thua të kishte qënë brënda kokës sime dhe të kishte dëgjuar zërin tim të brëndshëm:

-*Mos u shqetëso, në këto anë veç ne të treve nuk ka asgjë tjetër të rrezikshme*, - kishte futur në grupin tonë edhe ariun, Meçon siç e kishte quajtur në fillim. – *Për kilometra të tëra, deri përtej*

*maleve, nuk ka asnjë njeri, kam muaj që sillem këtej dhe për këtë
të jesh i qetë.*

E dija që po më thoshte të vërtetën.

Por më e rëndësishmja ishte që këto dy qëniet e tjera të gjalla,
njeriu dhe ariu, nuk po më dukeshin armiqësorë, nuk ishin rrezik
për mua, dhe kjo do të thoshte që ne mund të qëndronim të tre në
atë vend, të shikonim punën tonë, të mos ngatrroheshim me
historitë tona, se isha i sigurtë që edhe ariu do të kishte ndonjë
jetë interesante, dhe herë pas herë, si për të thyer monotoninë
dhe për të shkëmbyer ndonjë fjalë të takoheshim dhe të darkonim
bashkë.

E pyeta:

-Si po të duket mishi... mos duhej pjekur edhe pak?

*-E ke qarë... por ama ajo që i jep shije të veçantë është kripa...
nuk e di si ia bëjnë ata njerëz që janë të sëmurë dhe jetojnë pa
kripë... më mirë të vdesësh nga sëmundja se sa të detyrohesh të
hash ushqime të neveritshëm...*

Qesha.

Nuk e kisha vrarë mëndjen ndonjëherë në këtë temë.

*-Kur të vrasim ndonjëherë ndonjë kafshë tjetër, do të mblidhemi
dhe të darkojmë përsëri bashkë, kuptohet edhe me Meçon, që
është vërtet djalë për së mbari... –* i thashë për t'i treguar që unë
nuk kisha asgjë kundër për të patur miqësi me fqinjët e mi, po i
quaj kështu se nuk di ç'emër tjetër t'u vija.

Ai vazhdonte të hante me lezet dhe tundte kokën e tij që nga
flokët e gjatë e të pakrehur dukej e stërmadhe, si një kokë luani
me krifë. Kurse Meçua nuk u ndje, ndoshta po dremiste pas
mishit të bollshëm që kishte ngrënë.

7

ÇFARË MUND TË KETË PËRTEJ VETMISË

Nastradinin e pyetën se kur do të shuhej bota dhe ai u tha, që kur të vdes unë do të shuhet gjysma e botës, kurse kur të vdesë gruaja ime, që po ashtu është e shënjtë, do të shuhet gjysmë e botës.
Vdiq gruaja e Nastradinit dhe njerëzit e pyetën dhe ai u tha se ishte shuajtur ana tjetër e botës.
Ku vdiq Nastradini njerzit pritën e pritën dhe pastaj i ranë më të që për Nastradinin ishte shojtur krejt bota.

Është interesante, por të gjithë të heshturit kanë një ves të pashërueshëm, kur fillojnë të flasin, bëhen aq llafazanë, sa që kthehen në mullinj fjalësh, flasin e flasin dhe nuk dinë të pushojnë. Të kompesosh atë që të ka munguar prej kohësh nuk është vetëm veti e njeriut, por e gjithçkaje të gjallë.
Bimët kur bien në ujë pas thatësirës së tejzgjatur, pijnë aq shumë sa që mbyten dhe pastaj thahen e vdesin, kafshët e uritura hanë

me babëzi aq sa pëlcasin nga ushqimi i tepërt, lëshojeni një lopë
në jonxhe, apo një tufë me dele në një arë me grurë, kurse njerzit
që nuk kanë pasur mundësi të flasin për një kohë të gjatë, meken
duke folur, aq sa u zihet fryma.
Me sa duket, kjo është një veti e gjithçkaje që zoti ka krijuar.
Duan ta marrin atë që u ka munguar me sasi aq të mëdha, sa që
nuk e kontrollojnë veten dhe mbyten nga bollëku. Babëzia nuk
është vetëm kompesim i mospasjes, por edhe sëmundje e çdo
gjëje të gjallë mbi tokë.
Edhe njeriu që kisha përpara dhe që po hante nga derri që kisha
pjekur unë, fliste pa pushim, megjithëse njëkohësisht i duhej të
shqyente me dhëmbë, të mbllaçitej e të gëlltitej.
Por më e rëndësishmja ishte që fliste, tregonte për çdo gjë që
ndodhte në krejt atë rajon, që vitet dhe mungesa e rrugëve e
kishin shpopulluar, por nuk tha asgjë për vete. Nuk e mora vesh
se nga ishte, çbënte aty në arrati dhe se kush ishte. Kështu e kanë
njerzit e mënçur, kjo është veti e inteligjencës, fol për ç'të duash,
prrallis pa pushim, por mos bëj gabim të thuash ndonjë gjë për
veten tënde.
Ndërhyra papritur:
-*Nga të kemi?*
Ai ngriti sytë, sytë e përskuqur e gjithë gjak dhe më pa sikur
pytja ime ta kishte zënë në befasi.
Në të folurën tonë, kur takohesh me një njeri, kjo është pyetja
më e zakonshme.
Por në ato male, ku takimi me një njeri ishte gjë e rrallë, ndoshta
kjo ishte një nga pyetjet më të pavolitshme dhe nuk duhej bërë.
Gjersa ishim aty, ne ishim nga *kërkund*, sepse ndaj i kishim
braktisur të gjitha.
Murmuriti:
-*Nga këto anë jam, nga fshatrat përreth...*
Pra nuk kishte asnjë dëshirë të tregonte. Por edhe mua po të më
pyeste pak a shumë njësoj do t'i isha përgjigjur.
Ndërsa po mendohesha vazhdoi:
-*Me Meçon jemi bërë miq, dalim edhe për gjah së bashku.
Këmbën ja ka sakatuar një dhokan dhe e ka të vështirë të gjuajë
vetëm... që atëhere u bëmë miq se unë e çlirova... të gjithë arinjtë
po t'i njohësh janë djem të mirë, megjithëse janë pak të leshtë, si*

punë budallenjsh, që mund t'i gënjesh edhe me një kokërr goricë fice...

E pyta, jo se mendoja vërtet ashtu, por për t'u gjendun në muhabet:

-Nuk është vrasës... nuk është njeringrënës... se vërtet duket i frikshëm..

Ai qeshi:

-Meçua vrasës?! Po është vrasës, se që të jetosh në këto anë të duhet patjetër të vrasësh... po nuk i hëngre do të të hanë dhe Meçua e di këtë punë më mirë se ne... por me që është sakat... – qeshi dhe tundi kokën, *- Se ne të dy jemi sakatë ndaj i ngrejmë pritat së bashku, ai i tremb kafshët dhe m'i sjell, kurse unë i vras... vetëm që u bënë kaq muaj që më kishte mbaruar kripa dhe pa kripë mishi i pjekur është i shpifur... edhe Meçua e ka më shumë qef mishin me kripë se sa pa kripë...*

-Si quhesh...

Ai më nguli sytë e tij të kuq gjithë dyshim, a thua donte të merrte vesh se ç'zjente brënda kokës sime, pra po e teproja me pyetje pa kuptim dhe të rrezikshme:

-E çrëndësi ka emri në këtë vetmi?! – nuk donte të ma thoshte emrin dhe për këtë duhej të kishte një arsye të fortë, edhe mua po të më pyeste për emrin nuk do t'ia kisha treguar, ose ndoshta do ta gënjeja, do t'ia këpusja kot.

Kurse ai ishte aq i ndershëm sa të mos më gënjente, prerë dhe shkurt nuk donte të më thoshte se kush ishte. Më mirë të mos e thuash të vërtetën, se sa të gënjesh, se në të dy rastet rezultati është i njëjtë, por kur nuk thua të vërtetën, të paktën je në rregull me veten tënde.

-Do të të jap unë një qese me kripë... – i thashë, jo për ndonjë gjest bujarie, por sepse kisha kripë pa hesap dhe kështu u jepja fund edhe pyetjeve të mia bezdisëse.

Ai u zgërdhi duke nxjerë në pah dhëmbët e zverdhur e të rënë. Ndoshta kishte vite që nuk i ishte dhënë muandësia të shkonte për vizitë tek mjeku i dhëmbëve, sepse dhëmbët janë diçka që njeriu do gjithnjë t'i rregullojë një herë e mirë dhe kur të ketë mundësinë optimale.

Duke i patur në gojën tonë, poshtë syve nuk i shikojmë dhe nuk ua vëmë shumë veshin:

-Kurseje kripën, - më tha. *– Në këto male kripa dhe zjarri janë gjëja më e çmuar, paratë nuk i ha as qeni, kurse kripa është flori...*

E shikoja se nuk donte të fliste për veten, por unë megjithëse rrezikoja, isha i vendosur ta merrja vesh se me kë kisha të bëja. Nuk më bëhej vonë për Meçon, se në fund të fundit ai ishte ari dhe arinjtë janë të parrezikshëm sepse nuk kanë as adresë dhe as origjinë krahinore, kurse me njerzit ndryshonte puna. Ai se ç'kishte një akcent, që nuk ngjiste aspak me dialektin e asaj zone, pra duhej të ishte një i arratisur, që nuk merrej vesh se si kishte përfunduar këtu.

Ndaj për të qënë sa më i qartë e pyeta, megjithëse isha i bindur që kokëfortësia ime mund të kishte një fund të keq:

-Nga të kemi, më dukesh si i ardhur? Të paktën nga e folura...!

Sytë e tij u përflakën akoma më shumë. Me sa dukej po më merrte inat dhe kjo nuk ishte në interesin tim. Murmuriti diçka, por që nuk arrita ta kapja.

Ndoshta më shau ose më mallkoi, pastaj me zë të lartë dhe inatçor me tha:

-Njeriu nuk duhet të pyesë shumë, - u kollit lehtë sikur t'i kishte ngelur diçka në grykë, *– Ja unë vetëm ha, kurse t'i vetëm pyet. Sikur të haje edhe ti nuk do të bëje keq. Jemi ulur për të ngrënë dhe kur hamë ne nuk flasim...!*

Heshti për disa çaste duke parë prushin që shkrepëtinte shkendija herë pas herë, dukej sikur ishte përhumbur në kujtimet e veta.

Pastaj shtoi:

-Të dy jemi të ardhur, ndoshta unë nga shumë më larg se sa ty. Por askush nuk fshihet për mirë, kështu që të dy jemi njësoj. Ndonjë ditë tjetër, kur të takohemi do të njihemi më mirë do të bisedojmë më gjatë, kurse sot e lëmë me kaq.

Me sa dukej e kisha mërzitur, sepse fjalët i hante nëpër dhëmbë dhe u çua për t'u ngritur. Atëhere pashë me çudi që edhe ariu ishte larguar pa u ndjerë. Nuk ishte më në vëndin ku kishte qëndruar shtrirë gjatë gjithë kohës.

Ishte ngritur, porsa kishte kuptuar që njerzit kishin ndruar tonin e bisedës dhe ishin acaruar.

U ngrita edhe unë. Nga që kisha qëndruar për një kohë të gjatë pa lëvizur më ishin mpirë këmbët. Doja ta përcillja miqësisht.

-Prit pak, - i thashë. *–Ja të nxjerr qesen e kripës. Unë kam marë aq shumë sa që do të më duhen vite të tëra për ta konsumuar.*

Ai pohoi me kokë. Nuk donte të qëndronte më e të bisedonte me mua, ishte i inatosur, por ama kripën e donte.

U futa brenda dhe mora qesen e bardhë plastike. Pushka ndodhej mbi tavolinë. Kur i kalova pranë pata një mëndjeshkrepje, ta rrëmbeja, ta mbushja dhe ta vrisja, atë njeri të panjohur që më fuste drithmat, aty në mes të oborrit.

Por unë deri atë ditë nuk kisha patur rastin të vrisja ndonjë njeri, ndaj ndrrova mëndjen menjëherë, hë për hë asgjë e keqe nuk më kërcënonte dhe ai kishte për të parë punën e vet. Kisha parandjenjën që do të vinte një ditë që do të pendohesha, që nuk po e hiqja qafe atë të panjohur, por megjithatë nuk bëra asgjë. Për dreq unë nuk i përkisja sojit të vrasësve dhe ndoshta nuk kisha për të vrarë kurrë, vetëm po qe se do të më duhej të shpëtoja lëkurën time, që të paktën për mua, ishte gjëja më e çmuar që kisha.

Ai mori qesen e kripës, e shtëngoi sikur të ishte diçka e çmuar në pëllëmbën e madhe të dorës dhe më ktheu shpinë duke u zhdukur në errësirë.

Më bëri përshtypje që as dorën nuk ma dha dhe as nuk më falenderoi. Thjesht u largua. U bë hije dhe unë ngela i vetëm midis natës, pranë kockave që kishin ngelur nga mishi i pjekur. Zjarri pothuajse ishte shuar përfundimisht.

Nata ishte në kulmin e vet, ndoshta në atë kohë kur këndonin gjelat e parë, por e dija që përreth nuk kishte këmbë gjeli që të lajmëronte orët e natës. Isha përsëri vetëm nën atë qiell që dukej sikur kishte yje pluskues më tepër se çdo natë tjetër. Për çudi ajo vjeshtë po kalonte pa shira dhe pa stuhira, sikur të ishte një bisht i pashkëputur i verës që kaloi.

***

Kontrollova kofshët dhe shpatullat që kisha varur për të tymosur. Ende kullonin lëng dhe gjak. U ndeza përsëri bar dhe gjethe. Ky proces tymosjeje do të vazhdonte për disa ditë dhe do të kisha për disa kohë proshutë, të paktën kisha qënë një herë në një punishte sallami dhe kisha parë se si prodhonin mishrat e tymosur në një gjenerator tymi që punonte me dru zjarri, kështu që shpresoja të nxirrja diçka të shijshme nga ai mish i fresket, i njomë dhe i lëngshëm.

Nuk kisha asnjë dëshirë të futesha brenda dhe të shtrihesha për të fjetur. Kishte filluar e ftohta e vesës së mëngjesit, por nuk kisha gjumë.

Gjithë këto kohë kisha jetuar krejt i vetëm dhe kisha biseduar vetëm me veten, kurse tani që kisha takuar dy qënie të tjera të gjalla, të cilave e kisha të pamundur t'u besoja, ndjehesha i shqetësuar.

Vetmia kishte qënë një kënaqësi e vështirë dhe torturonjëse për mua, por ama shfaqja e atyre të dyve, e Meços dhe e Njeriut pa emër, ma kishte prishur këtë qetësi. Tani e kisha kaluar cakun e vetmisë, nuk isha vetëm, kisha pranë dy komshij që nuk ishte e udhës t'u besoja aspak, por ama i kisha dhe nuk mund t'i shmangia.

Ti vrisja ishte e pamundur, sepse unë nuk mund të vrisja as edhe një të panjohur dhe jo më të hiqja qafe ata me të cilët kisha kaluar një gosti pranë zjarrit tim.

Megjithëse këtu gabohesha, se në të shumtën e rasteve vrasjet ndodhin midis të njohurve.

Deri atë ditë kisha qënë i vetmuar dhe e kisha ndjerë thellë peshën e vetmisë, sidomos për një tip si unë, që gjatë gjithë kohës kishte qënë në lëvizje, kishte patur shoqëri me shumë njerëz dhe që pothuajse nuk më ngelej asnjëherë koha për të qënë vetëm me veten time.

Kurse tani, pasi vetmia m'u prish, sepse erdhi një ari dhe një njeri dhe më dhanë për disa orë shoqërinë e tyre, duke më ngrënë derrkucin, ndjehesha vërtet i vetmuar. Bile e kisha kaluar kufirin e vetmisë me të cilën isha mësuar.

Kur vetmia është e plotë dhe është vetëm e jotja, njeriu mësohet, bile ndjen edhe një farë kënaqësie që më në fund i jepet mundësia të mos bisedojë me njerëz të pa njohur por të komunikojë vetëm me *unin* e tij. Ta pyesë vetveten për shumë halle dhe probleme dhe të marrë përgjigjie prej saj. Sepse ne bisedojmë me gjithë botën, komunikojmë me gjithçka që na rrethon dhe na hyn në jetën tonë, por na bie rasti shumë rrallë të merremi me veten tonë.

Për hir të botës dhe të të tjerëve harrojmë që gjëja më e afërt dhe më e besueshme që kemi është *uni* ynë.

Edhe kur ngelemi vetëm, përseri mendojmë për hallet dhe problemet e të tjerëve dhe jo për veten tonë. Kurse aty në mesin e pyllit, ku çdo gjë të sjell harresën e të kaluarës, e ke këtë mundësi. *Uni* dyzohet dhe fillon të zbërthesh personalitetin tënd, të kuptosh se kush je dhe përse je ti dhe nuk je dikush tjetër.

Je ti, që ndryshon nga të tjerët sepse ke shumë tipare dhe veti që nuk i ka askush tjetër. Pra, vetëm duke qëndruar me vetveten, arrin të kuptosh se sa i ndryshëm je nga të tjerët dhe se çfarë vlera fshihen dhe qëndrojnë të strukura në harresë brënda personalitetit tënd unikal dhe të papërsëritshëm.

Por, pikërisht kur ke arritur këtë nivel komunikimi me vetveten, vjen dhe futet dikush, një prishës i paturp i vetmisë tënde dhe aty fillon gjithë e keqja, sepse megjithëse je në vetminë tënde, e ndjen që pranë ndodhen disa të tjerë që mund të të bëjnë keq, ose mund të të ndihmojnë, por gjithsesi kanë qënë deri pak ditësh më parë të panevojshëm.

Kur ndjen se janë një palë sy që të shikojnë, është një gojë që të përflet, e ke të pamundur të ngelesh vetëm me veten tënde, sepse nuk mund të jesh vetvetja e pastër, e kulluar, nuk mund të jesh plotësisht ti, kur ke pranë dikë tjetër. Ndoshta ai dikushi tjetër, nuk të shqetëson, por je ti ai që shqetësohesh nga prezenca e huaj dhe nuk fillon të gjykosh më unin tënd, por nis e merresh me të tjerët.

Ke qënë brënda vetvetes dhe mjafton një ndërhyrje nga jashtë, një agresion i papërfillshëm, dhe krejt ky ekujlibër që ke vendosur me vete, kapërcehet, kalon në një hapsirë të re, që vërtet është *uni* yt, por një *un* që nuk shëmbëllen aspak me atë të parin, me të cilin kishe mirëkuptim dhe kishe rënë në unison.

Ndërhyrjet nga jashtë zgjojnë konfliktet e brëndëshme, vlerësimi yt nuk ka për të qënë më i saktë, sepse vetvetja jote është ridimensionuar nga ndërhyrjet e botës, që deri disa kohë më parë e kishe shpërfillur dhe e kishe quajtur inekzistente.

Vetmia kalon në një gjëndje të re. Je vetëm, por në mendime ke kaluar përtej vetmisë tënde dhe mendon për të tjetër, për fqinjët e ty, për një ari të çalë kockëdalë dhe për një të panjohur topall e të shpupuritur, me dhëmbë të brejtur nga karjesi dhe sy të bërë gjak, ose nga ndonjë sëmundje, nga ndonjë virus, ose nga marrëzia që i fle brënda shpirtit të tij të arratisur.

Mundohu sa të duash t'i shkulësh nga mendimet e tua, lufto me të gjitha forcat për t'i dëbuar, e ke te kotë.

Qoftë ariu me emrin Meço, qoftë njeriu që nuk i dija emrin, ndaj po e quaj shkurt në mënyrë konvencionale, vetëm për ta identifikuar si personazh *Ipaemri Çalaman*, ishin aty, konkretë, jo pjellë e imagjinatës, dhe ndërhynin brutalisht në kufijtë e vetmisë sime.

Ke kaluar kufirin e vetmisë tënde personale, ke hyrë në një vetmi tjetër, të bezdisshme, të lodhshme që nuk të përket më ty. Sado që të mundohesh që ta quash jetën që bën jetë të vetmuar, nga momenti që e di se diku aty pranë janë një njeri i rrezikshëm dhe një ari jo edhe aq i rrezikshëm, atëhere vetmia nuk mund të ketë më vlerën e vetmisë së parë, se vërtet je vetëm, por ama vetëm në shoqerinë e disa të tjerëve.

Edhe sikur të jesh tepër i fortë dhe të jesh në gjëndje t'i bësh zap plotësisht mendimet e tua, ato nuk mund të jenë më të tuat se do të shkojnë jashtë kufirit të vetmisë tënde për të menduar për ata të tjerët, të panjohurit, të rrezikshmit që qëndrojnë të fshehur diku aty përqark.

8

PLANTACIONET E TYMIT

Ajo që njeriu nuk e ka aspak në dorë është kur gjendet gabimisht në vendin e gabuar, atëhere vërtet të gjithë fajin e ka fati.

U bë më shumë se një muaj që nuk i kisha parë gjëkundi fqinjët e mi.

Po të mos ishte ndonjë shënjë apo gjurmë e tyre nëpër pyll, me siguri që do të mendoja që ose ishin vrarë gjëkundi, ose ia kishin mbathur që aty, për të gjetur vend të sigurtë diku gjetkë.

Si përditë endesha nëpër pyll duke zgjeruar rrethin e eksplorimeve të mia, deri sa arrita tek Kulprat, një luginë e ngushte, në të dy anët e një përroi të thellë, ku kishte kodra të veshura me shkurret e lajthive të egra, dhe dy tre fushëtira të rrafshta, që ndoshta dikur kishin shërbyer si ara, por që tani ishin veshur me bar dhe me barishte të trasha e të larta, sa që mund të kaloje nëpër to pa patur frikë se dikush mund të të shihte.

Dikur kur ishim të vegjël vinim në vjeshtë dhe mblidhnim lajthi, që ishin ende të pabëra dhe e kishin bukën brënda të njomë. I thyenim me dhëmbë dhe na pëlqenin shumë, megjithëse nuk e kishin ende shijen e frutave të pjekura.

Lajthitë tashmë i kishin rrëzuar gjethet dhe kokrrat. Mjaftoje të largoje gjethet e rëna e të zhubravitura dhe poshte tyre kishte lajthi të pjekura, të kuqërremta, pak gjatoshe, kishte sa të doje.

Jo se unë kisha nevojë për to, por për të kaluar kohën, si të thuash, të mos më shkonte dita kot, mbushja xhepat dhe pastaj i zbrazja në çantën e shpinës.

Ky është një ves i lashtë i gjahtarëve. Kur nuk gjuajnë gjë, marrin gjithçka që gjejnë përpara, kërpudha, trëndafilë të egër, patate e misra. Nuk ka gjahtar që kthehet në shtëpinë e vet me torbën bosh. Si të thuash kthimi i torbës bosh në shtëpi ishte tersllëk për gjuetitë e ditëve të tjera. Por me që aty përreth nuk kishte asgjë të mbjellë, s'kishte misra e patate, unë mjaftohesha me lajthitë, ose edhe me ndonjë kërpudhë pylli, nga ato që njihja dhe që nuk kishin rrezik të më nisnin në atë botë.

Sa herë mblidhja kërpudha më kujtohej shprehja e Peçit, shoferit të maunës që transportonte mallrat e mia:

"Të gjitha kërpudhat janë të ngrënshme, vetëm që disa prej tyre i ha për herë të fundit."

Po unë i njihja mirë se kush ishin të ngrënshme, e kush jo dhe nuk rrezikoja, megjithëse e dija që po të ngatrrohesha, aq larg njerzve dhe spitaleve do ta kisha patur punën pisk.

Në fund të kodrës një ditë më parë kisha gjetur disa vrima në tokë. Një pjesë dilnin në anën e zhveshur të rrëpirës, kurse dy të tjera dilnin drejt e mbi përrua. I kisha kontrolluar me kujdes, kisha gjetur të gjitha hyrjet dhe daljet. Duhej të ishin ose strofulla dhelprash, ose baldosash. Po të ishte baldosë mund ta vrisja dhe ta haja. Shumica e njerzve nuk e hanë atë kafshë me erë të rëndë dheu, por unë kisha mësuar ta marinoja dhe atëhere kishte një mish që ia kalonte njëqint herë në shijë atij të derrit të egër.

Thashë të kaloja një herë nga ajo anë për të parë se ç'bëhej.

Do të zija pritë dhe po qe se baldosat ishin brenda, me pak fat mund ta merrja ndonjërën prej tyre në shënjë. Kurse po të kishte dhelpra, se dhelprat i dëbojnë shpesh baldosat me marifetet e tyre dhe ua pushtojnë strofullat, atëhere nuk kisha ndër mend të harxhoja kot fishekët.

Po qe se nuk ke pula nuk mund t'i marrësh inat dhe t'u shpallësh luftë dhelprave.

Nuk mbaja mend që ndonjë dhelpër të më kishte bërë mua personalisht ndonjë dhelpëri dhe nuk isha në atë moshë që të besoja personazhet e sajuara të përrallave, tani isha i rritur dhe e dija që dhelpëritë i kishin shpikur vetëm njerzit dhe vetëm ata i përdornin.

U futa në një ulli të thellë midis dy brigjeve, që në fund përfundonte me një sop të lartë dhe që më nxirrte direkt tek një nga ata luadhet në formë ovale si një amfiteatër natyror. Në fund të luadhit, nën disa murrizë gjendeshin vrimat e strofullës. Po t'i bija anash mund t'i afrohesha vendit pa rënë në sy dhe pa bërë zhurmë. Kështu që i rashë gjatë e gjatë, për të arritur në vend nga ana më e volitshme, ku nuk mund të më dëgjoheshin hapat dhe ta kisha erën përballë, që të mos me ndjenin kafshët e fshehura thellë nën tokë.

Nuk kisha dalë ende në krye të atij sopi të zhveshur prej shtufi, ku nuk mund të mbinte asnjë fije bari dhe ku më rrëshqisnin këmbët nga dheu i shkrifët, kur m'u bë sikur dëgjova zëra.

Në fillim kujtova mos ishte thirrja e ndonjë grifshe të trembur, por pasi mbajta vesh u binda që bëhej fjalë për zëra njerzish.

U afrova ngadalë dhe dola në majë të bregut. Nuk isha gabuar, në lëndinë, të shpërndarë larg njëri tjetrit, gjendeshin katër burra. Kurse në fund të fushës, aty ku rriteshin tre katër pemë frashëri, nën hijen e tyre dallova një tufë me hajvanë. Po të mos gabohesha, me aq sa dija, ishin të gjitha mushka. Numrin e mushkave e kisha të pamundur ta dalloja, por duhej të ishin shumë.

Disa dukeshin e zhdukeshin pas pemëve.

Nga fshatrat e largët vinin shpesh ata që donin të bënin drutë e dimrit. Vinin si vëllazëri, me sa më shumë kafshë barre, që të mos mundoheshin shumë herë, prisnin sa mundnin, i ngarkonin dhe pastaj udhëtonin për orë të tëra, për në shtëpitë e tyre që gjendeshin diku tek fshatrat e fushës.

Prerja e druve ishte e ndaluar, por kush do të vinte e t'i ndalonte fshatarët kontrabandistë në atë humbëtirë ku dora e shtetit nuk mund të arrinte kurrë. Për mua ata njerëz nuk përbënin asnjë rrezik, dhe mund të zbrisja poshtë e të bëja një dorë muhabet, të shkëmbeja edhe ndonjë cigare sa për të më shpirë gjuhën, që më kishte ngrirë në gojë, se kisha kaq ditë pa folur me njeri.

Por diçka po më mbante të mbërthyer aty midis degëve të lajthive. Ata nuk ishin në pyll, nuk po prisnin dru, nuk po rrëzonin pemët e dushkut apo të prisnin degët e lisave. Prisnin barërat e lartë, a thua doni që të hapnin një copë të re toke. Punonin me vrull dhe flisnin me zë të lartë me njëri tjetrin, duke nxitur dikë që ishte pas tyre që të nxitonte duart.

Pra, që nuk ishin druvarë merrej vesh menjëherë dhe për këtë nuk donte shumë mënd. Po hapnin një tokë të re, po çanin luadhin midis pyllit, siç kanë bërë vazhdimisht njerzit që merreshin me bujqësi.

Zura vend mirë, dhe po mendohesha, megjithëse nuk më dukej e arsyeshme të takohesha me ta për sa kohë nuk po i bija më të se ç'u duhej ajo arë aty në fund të botës, kur pas shpinës dëgjova një kërcitje dege të thatë që ishte thyer.

Dhe dëgjova zërin e njeriut pa emër:

-Mos luaj, ata po të panë se kanë gjë të të qëllojnë me armë... vrasin këdo që u përzjehet në punët e tyre...

Ktheva kokën, por nuk e pashë se ku ishte futur, ishte fshehur diku pranë meje dhe nuk dukej fare, megjithatë e pyeta:

-Ç'dreqin po bëjnë, përse e pastrojnë luadhin, pak luadhe ka poshtë në fushë?

-Janë mjellësit e kanabisit, të drogës. Ata nuk i kanë qef dëshmitarët... janë vrarë disa që janë afruar pa dashur... kur vinë këtu në male, vijnë me mëndje të mbledhur dhe të armatosur, vijnë për luftë...

Nuk arrija ta kuptoja se ç'inat mund të kishin ata me një njeri të panjohur si unë, ndaj i thashë:

-Por unë nuk kam ndër mend t'i spiunoj... E ç'më hyn mua në qese në mbjellin fasule apo kërp?!...

Dëgjova të qeshurën e tij:

-Po gjeli a e di që unë nuk jam kokërr misri?!... Po ta dinte nuk do të më çukiste!

Qesha edhe unë.

Në këtë pikë kishte të drejtë dhe më kishte bërë nder të madh që më kishte paralajmëruar, sepse ata ishin duke bërë një punë me shumë para dhe nuk mund të rrezikonin fitimin e tyre vetëm se një idiot u kishte vajtur pranë dhe kishte parë se ç'ishin duke bërë. Ato barëra të lartë, që nga larg shëmbëllenin me tatulla ose bar të trashë nuk ishin gjë tjetër veç se kanabis sativa, apo siç i themi ne, kërp indian.

Kishin gjetur ato lëndina të fshehura për t'i mbjellë, dhe tani në vjeshtën e dytë malli ishte bërë gati për t'u mbledhur. Nuk kishte rrugë makinash, ndaj vinin me mushka, e grumbullonin bimën dhe pastaj e shpinin në ndonjë fshat të fshehur diku pas malit, ku nuk mund t'i gjente dhe t'i shikonte askush.

Kishin ardhur në periudhën e vjeljes, pikërisht në kohën që krejt atë mall të mbjellë aty, do ta çvendosnin dhe pastaj do ta shisnin ose në Greqi ose në Itali. Vërtet kisha ardhur në kohën më të papërshtatshme, sepse ditët e tjera kisha kaluar aty pranë dhe më ishte dukur më shumë si bar i trashë, si hithra, a ku ta di unë se me çfarë më kishte shëmbëllyer, sepse nuk e kisha vrarë ndonjëherë mëndjen se si dukej bima e mariuhanës.

E kërkova përsëri me sy mirëbërësin tim por ai ishte fshehur aq mirë, sa që nuk mund ta shikoja se ku ishte. Nuk më pëlqente të kisha pas shpine një njeri të padukshëm dhe të armatosur, ndaj nxora kutinë e cigareve dhe thashë:

-*Hajde të ndezim ndonjë, se që këtu ata nuk na shohin dot dhe për më tepër se kanë mëndjen nga ne. Rrimë që rrimë, pijmë nga një cigare...*

Ai sikur doli nga toka, e kisha vetëm dy hapa larg dhe u shtri më brinjë përballë meje. I dhashe cigaren dhe ia ndeza.

Sytë e tij të fryrë ishin vërtet të kuq gjak, si të një ujku që ka marë sëmundjen e tërbimit. Nuk kisha parë ndonjëherë sy të tillë tek ndonjë njeri. Ishin sytë e kuq të një bishe, që shikonin me dyshim dhe me urrejtje, por ndoshta edhe gabohesha, mund të kishte edhe ndonjë infeksion të rëndë në ata sy dhe ai njeri që deri tani nuk donte të bëhej mik me mua, mund të ishte një njeri i mirë dhe vetëm se pak i çuditshëm dhe i pashoqërueshëm.

Por po të jetoje vetëm në pyll, nuk kishe se si të bëheshe ndryshe, se edhe unë po si ai isha, vetëm se i qethur i rrojtur dhe me rroba më të pastra.

Cigaren e thithte qetë dhe nga mënyra se si e mbante merrej vesh që nuk e pinte rregullisht dhe vetëm e kishte ndezur për të mos ma prishur dhe për të më bërë shoqëri.

Prita të fliste, të thoshte diçka për mbjellësit e kërpit, por ai vetëm sa kishte zgjatur kokën mbi breg dhe ndiqte me kureshtje ata katër që po punonin pa u ndalur dhe gati e kishin korruar atë arë të vogël që mund të ishte nja tre dynymë tokë. Punonin shpejt dhe ia dinin mirë rradhën punës, se bimët e prera i mblidhnin në duaj të vegjël, duke i lidhur me një fill të bardhë e të fortë, që pastaj ta kishin kollaj ta vinin barrën e duajve në samarët e mushkave.

 Ata ishin banorë të fshatrave përreth, të cilët e dinin që duke mbjellë drithra, perime apo fruta nuk kishin për të fituar ndonjë gjë të madhe. Të gjithë fshatarët e dinë që nuk mund ta mbash familjen me misra e me patate, kurse me një dynym kanabis bëhesh i pasur dhe fiton sa për të jetuar tre vjet pa punë, por po të eci dhe nuk të kapin, në krye të tre vjetëve shkon në Korçë apo në Tiranë, ble një apartament të mirë, ble edhe një dyqan dhe jeton si zotëri. Shpëton nga jeta e vështirë prej kafshe e atyre skërkave.

Jeta e fshatarit është e vështirë dhe me privacione, vetëm njerzit e fortë mund ta përballojnë dhe mund të bëjnë prokopi në ato male pa tokë dhe me dimra të ashpër e të gjatë.

Vetëm që duhej të kishe pak fat dhe të mos bije në sy të policisë.

Më të mënçurit, ata që kishin mbjellë një ose dy hektarë me kërp, i jepnin shefit të komisariatit të policisë dhe shefit të shikut nga njëqint milionë në dorë dhe atëhere ishin policët ata që e ruanin prodhimin e tij dhe bëheshin kështu ortakë në punën e tij. Të vegjlit, ata që mbillnin nga shtatëdhjetë ose njëqint rrënjë, nuk kishin aq para, ndaj duhej të ruheshin vetë dhe të gjenin vende të lira sa më larg që të mundeshin.

Ata policët i ndiqnin si zagarë. Merrnin informata nga mbjellësit e tjerë, futeshin civilë nëpër lokalet ku bëheshin marrëveshjet tregëtare për shitje dhe blerje dhe duke kapur dy tre fshatarë, mbjellës të vegjël, duke shkatërruar dy-tre ara të mbjellla, i thoshin qeverisë që po punonin dhe po i vinin fre prodhimit të narkotikëve. Ndaj edhe këta mbjellës, duke qënë vazhdimisht të rrezikuar nuk e kishin për gjë që të mbronin edhe me armë të mbjellat e tyre.

Por ishte e thënë që atë ditë të ndodheshim vërtet në kohën dhe në vendin e gabuar.

Njëri nga ata të katërt bërtiti diçka dhe pastaj të gjithë lanë në mes punën dhe u nisën me vrap në drejtim të pemëve, atje ku kishin lënë mushkat. Vraponin me sa u hanin këmbët dhe shikonin lart nga qielli në drejtim të veriut. Për mua ky panik ishte i pakuptimtë. Dukej sikur kishin gjetur në mes të arës së mbjellë me kanabis diçka të frikshme dhe tani i kishte zënë paniku ndaj vraponin sikur ta kishin vërtet kokën në rrezik.

Ndoshta mund të kishin ngacmuar ndonjë fole grerëzash dhe insektet e verdha po i sulmonin. Këtë mendova në fillim. Dhe vërtet një zukamë e largët dhe e pa kuptueshme ndjehej në ajër. Nuk mund ta përcaktoje me siguri drejtimin nga vinte ajo zhurmë që forcohej vazhdimisht, derisa u kthye në një buçimë të fortë që e bënte ajrin të dridhej.

Edhe Ipaemri që ndodhej me mua, kërceu më këmbë dhe filloi të vraponte drejt korijes me lajthishte. Pra edhe ne që ndodheshim në majë të kodrës rrezikoheshim. Dëgjova të bërtiste ndërsa po futej midis shkureve:

-*Mbathja se po vinë!...*

Nuk arrita ta merrja vesh se kush ishte duke ardhur dhe përse po vinte, por kur shikon që të gjithë vrapojnë e fshihen, është e mira që edhe ti të vraposh e të fshihesh. Frika është një mjet që perëndia na e ka dhënë për t'u mbrojtur dhe kur frika është kolektive nuk ka vlerë pyetja që ke ndër mënd të bësh.

Kërce më këmbë dhe futu sa më parë në një vend që nuk ka mundësi të të gjejnë. Ky është veprimi më i mënçur që mund të bësh, pa e ditur as vertë se përse e bën.

Megjithëse isha në një pikë të lartë dhe kontrolloja pothuajse të gjithë hapsirën që kisha përpara dhe prapa nuk po më zinte syri asgjë që të më trëmbte. Vetëm se pak sekonda më pas arrita të shquaja që zukama ishte një zhurmë motori që sa vinte dhe forcohej. Vrapova nja dhjetë metra dhe arrita të shtrihesha nën rrënjën e një lajthie, që ende kishte gjethe të përkuqura në degë. Aty edhe të vinin njerëz nuk do të më gjenin dot kollaj. Ndoshta shkurret prandaj janë krijuar, sepse shërbejnë vazhdimisht si një vend ideal për t'u fshehur.

Vetëm kur pashë në horizont se si shfaqej ai zog i kuq i stërmadh e kuptova aë ç'po ndodhte. Ndodhesha në zëmër të një operacioni të policisë së antidrogës.

Helikopteri kalonte përgjatë luginës, aty ku ndodheshin ngastrat e mjella me kanabis, kurse dhjetra policë të armatosur me automatikë dhe të veshur me jelekë antiplumb vinin që nga poshtë, përgjatë përroi. Por ata e dinin mirë se për ku ishin nisur, sepse kishin dalë edhe në kreshtën e kodrave dhe i kishin vënë në mes katër fshatarët.

Ndodhte rëndom, që komshinjtë spiunonin njëri tjetrin, ua çonin policëve të gatshme të gjitha të dhënat, bile edhe ditën kur do të vinin të mblidhnin bimët dhe antidroga sulmomte në momentin e duhur, ndryshe ara ngelej pa zot dhe askush nuk mund të thoshte se kush ishte pronari i të mbjellave.

Po qe se nuk të kapnin në arën e mbjellë, të gjitha fjalët ishin përralla me mbret, dhe ara ishte e kurkujt.

Tani kisha ngelur në kurth. Helikopteri sillej mbi luginë dhe po qe se do të lëvizja ata do të më shikonin dhe do të njoftonin policët që kishin rrethuar vendin. Gjendesha vërtet në vëndin e gabuar. Pas pak dëgjova edhe breshërinë e parë të automatikut. Fshatarët nuk kishin ndër mënd të dorzoheshin. Të gjithë ishin të armatosur, dhe duke ngarë tufën e mushkave, mundoheshin të ngjiteshin përpjetë rrëpirës dhe të futeshin thellë në pyll, ku të paktën do të ishin të fshehur dhe policët, që besoj se ishin nja njëzet në numur, midis pemëve do të tregoheshin të kujdesshëm.

Edhe breshëritë e armëve për këtë ishin, t'i paralajmëronin ata të tjerët me uniforma blu, se nuk ishte shaka kjo që po bënin. Në ato vënde të veshura me shkurre dhe pemë të vogla të dëndura qarri, nuk ishe i sigurtë asnjëherë se ku ndodhej kundërshtari, qoftë edhe sikur ta vëzhgoje terrenin që nga lart.

Në çdo gëmushë mund të qëndronte një njeri i fshehur dhe i armatosur, që nuk donte të arrestohej dhe do të luftonte për lirinë e vet deri në fund. Policët e antidrogës e dinin mirë këtë gjë, se në vënd që të shkonin pas njerzve dhe mushkave, u kthyen në drejtim të parcelës gjysmë të korrur. Pra po vinin poshte vëndit ku isha fshehur unë, nja pesëdhjetë metra më tutje.

Kjo nuk më pëlqeu.

Do të doja t'ia mbathja, por më duhej të prisja sa të pastrohej qielli, sepse po qe se më shikonin, kishte rrezik që të gjithë ata njerëz të armatosur të më viheshin pas, dhe i vetëm, në atë vend të hapur, do të bija në dorë të tyre. Unë nuk kisha asnjë punë me atë histori droge, por hajde t'ua mbushje mëndjen policëve.

Ata ishin gjithnjë të lumtur kur kapnin dikë, sepse kishin instiktin e gjahtarit, po qe se nuk vret dot lepur, gjej ndonjë arë me patate dhe mbush torbën.

Në këtë rast unë do të isha patatja që do të futesha në torbën bosh të policisë.

Megjithatë ata e kishin nderprerë ndjekjen dhe tani kishin një mëndje tjetër. Të mblidhnin bimët në një vënd në mes të arës dhe t'i digjnin duke i spërkatur me benzinë. Me kaq operacioni i asgjesimit të lëndëve narkotike quhej i përfunduar me sukses.

Pra edhe plani im ishte i thjeshtë, të qëndroja pa lëvizur derisa ata të mbaronin punë dhe të largoheshin. Ky ishte intelekti i lepurit. Ai rri në rrënjën e dëllinjës edhe kur je gati duke e shkelur me këmbë. E di kafsha e shkretë që po lëvizi do të bjerë në sy dhe do të ketë pas vetes edhe gjahtarët edhe zagarët.

Ndaj u struka nën lajthi, por ama mundohesha që atë pjesë të terrenit ku silleshin vërdallë policët ta kisha nën kontroll. Kur fshihesh mos i mbulo kurrë sytë, sepse po nuk pe ç'ndodh përreth, ç'vlerë ka që je fshehur dhe mund të të kapin në befasi.

Atëhere u dëgjua breshëria e parë e automatikut.

Njeriu që qëllonte ishte jo më larg se njëzet metra nga unë. Pastaj u dëgjuan edhe të shtënat e tjera. Policët sikur të kishin marë komandë u përplasën përtokë dhe u kundërpërgjigjën, duke shtënë kuturu. Fshatarët nuk kishin ndër mend t'i vrisnin, vetëm donin t'i trëmbnin, dhe të shpëtonin mallin e tyre.

Nuk kishin ndërmënd të dorzoheshin aq lehtë. Terreni ishte i përshtatshëm për ta, dhe megjithëse ishin vetëm katër burra, policëve do t'u duhej trimëri e madhe që t'u kundërpërgjigjeshin dhe t'i sulmonin. Por nuk ka policë trima, trima janë vetëm në qytet, ku kapardisen e mbahen më të madh duke mbledhur gjoba dhe duke i rënë qylit, kurse këtu, në mes të maleve, askush nuk kishte ndër mënd të luftonte për një rrogë të qelbur.

Ndërsa fshatarët luftonin për të mbrojtur bukën e gojës, ajo arë me mariuhanë ishte buka, ushqimi dhe shkolla e fëmijëve të tyre. Po qe se të korrat asgjesoheshin, atëhere i binte që të kishin përpara një dimër urije dhe mungesash.

Ndoshta dikush u dha urdhër policëve të tërhiqeshin, ose kështu i kishin stërvitur. Se ndërsa lëshonin breshëri të shkurtra në drejtim të kodrave dhe të pyllit, ia mbathën vrapit njëri pas tjetrit tatëpjetë luginës duke u fshehur nga shkurret dhe pemët, që kishin mbirë aty këtu si disa ishuj të vegjël të gjelbër.

Vraponin dhe nuk kishin ndër mënd ta mbanin vrapin asgjëkundi, dhe këtë dukej që e bënin me qef të madh, se e kishin ndjerë që fshatarët nuk ishin duke bërë shaka.

Një grumbull me bimë kërpi kishte filluar të digjej duke nxjerrë një tym të zi e të rënde që mezi çohej me përtesë nga toka për të marrë rrugën e qiellit. Kishte rënë një qetësi vdekjeje, a thua gjithë ajo rapëllimë lufte të mos kishte ekzistuar fare. Nuk pipëtinte asgjë pas gjithë asaj shungëllime dhe rrëmuje.

Përsëri kisha bërë gabim e rradhës.

Në vënd që t'ia kisha mbathur kur filluan të shtënat, kureshtja më kishte mbajtur aty dhe tani isha i detyruar të qëndroja në atë vënd edhe për disa orë të tjera.

Të gjithë ishin të fshehur dhe në përgjim. Ndoshta edhe policët kishin zënë vënd diku, por nuk ma hante mëndja që të ishin aq budallenj. Askush që punon me rrogë nuk është i gatshëm të sakrifikojë, për të kapur nja katër fshatarë fukarenj. Kishin bërë detyrën, operacoinin do ta raportonin për të suksesshëm dhe kaq.

Bile në komunikatat e tyre që lexoheshin rregullisht në emisionet e lajmeve do të numuroheshin sa rrënjë kanabis ishin asgjesuar dhe merret vesh që kronika do të ishte e shoqëruar nga një filmim që nuk dihej se kur dhe ku ishte bërë. Ndryshe, do t'i detyronin të vinin përsëri në atë vend, dhe aty mund të lije kokën. Lufta me fshatarët, nëpër male gjithnjë ka koston e kokës, dhe policët, që ishin vetë ish-fshatarë të shpërngulur e dinin mirë, që ajo ishte një luftë e vërtetë, ku askush nuk kishte ndër mënd të bënte shaka.

Kurse fshatarët do ta mbronin mallin e tyre edhe me kokë.

Po t'ua shkatrronin prodhimin atëhere do t'u ngeleshin fëmijët pa bukë, pleqtë e sëmurë pa mjekime dhe ilaçe. Ndaj ata gjendeshin ende aty, në pritje të natës, për të mbledhur sa më shumë dhe për ta transportuar mallin e njomë me mushka. Këtë e dija mirë, ndaj shtrëngova dhëmbët dhe i dhashë karar vetes të prisja sa të binte muzgu dhe pastaj të nisesha për në shtëpinë time, që tani më dukej sikur gjendej larg, shumë larg, atje në fundin e botës.

Ndaj njeriu nuk duhet të bëjë kurrë llogari, nuk duhet të planifikojë se çdo të bëjë të nesërmen. I kisha lënë mënjanë vrimat e baldosave dhe u betova që të mos i bija më kurrë nga ato anë, se kur e pëson një herë është e mira të vësh mend.

Më kishte marrë malli për shtëpinë, megjithëse nuk kishte as drita dhe as ujë, përsëri brenda saj ndjehesha shumë më i sigurtë se sa kudo tjetër. Kur je pas mureve të shtëpisë, je i qetë se nuk mund të të ndodhin ngatrresa të tilla.

9

GJAH DHE GJAHTARË

Kur nuk e di se për ku je nisur, asnjëherë mos ki frikë se mos humbasësh, sepse kudo që të ndodhesh, je pikërish në vëndin e duhur.

Meçon nuk e kisha parë prej më shumë se një muaj, megjithëse gjithnjë e ndjeja që ishte diku aty pranë dhe më vëzhgonte, ndaj u befasova kur më doli përpara në një shteg të ngushte kur po kaloja nëpër Hijet e Mëdha.

Ai ishte një vënd i futur, një shteg i ngushte, i veshur me dushk të zi, poshtë strehës së shkëmbit dhe në ditët më me diell të vitit, rrihej a s'rrihej për një orë ose dy orë nga dielli. Vazhdimisht ishte freskët dhe në sy e në shpirt të rëndonte një muzg i pandjeshëm. Ndaj ia kishin vënë atë emër, *Hijet e Mëdha*.

Kur kaloje nëpër ato rrëza ndjeje një ankth të pakuptueshëm që vinte nga ai muzg i përhershëm dhe nga ajri i rëndë që binte erë moçal, torfë dhe gjethe të kalbura.

Aty, në atë pyll edhe për dru nuk vinte askush, sepse dihej që dushku i zi, po të ishte në vend më hije nuk digjej as si dru zjarri, se vetëm tym e blozë nxirte. Nuk mund të bësh zjarr e të ngrohesh me një copë dru që vetëm tymos dhe nuk bën flakë.

Meçua më qëndroi përballë, u ngrit më këmbë pa nxjerë asnjë zë, më pa drejt në sy sikur të donte të më thoshte diçka dhe për çudinë time që kisha shtangur, u kthye ngadalë duke mos m'i

77

ndarë sytë, vazhdoi tatëpjetë nëpër shteg duke humbur midis pyllit të dëndur.

Nuk donte shumë mënd, për ta kuptuar, që egërsira po më ftonte t'i bija pas. Edhe një njeri, do të kishte bërë të njëjtat shënja po të donte të më ftonte të shkonim të dy së bashku diku.

E dija që ishte marrëzi, por unë kisha shumë besim tek kafshët, kafsha ose të sulmon ose jo, nuk është si njeriu, që po të mori me të mirë dhe po të qeshi, atëhere duhet të ruhesh se të ka pregatitur ndonjë kurth. Kafsha i bie shkurt, është e sinqertë në egërsinë e vet, po të ka mik të fal miqësinë për tërë jetën, dhe po të të konsiderojë armik të hidhet përsipër dhe të çan.

Të paktën këtë gjë e kisha provuar me shumë nga ata njerëz që në ndonjë fazë të jetës i kisha konsideruar miq e shokë, se kishin qënë ata që më vonë ishin shfaqur si armiqtë e mi më të egër. Aq sa të vinte çudi me aftësinë e tyre për ta fshehur hipokrizinë aq mjeshtërisht.

Por ja që hipokrizia është vetëm prona e njerzve, se mos vetëm ajo, të gjitha tiparet e ligësisë dhe të pabesisë janë krijuar vetëm nga njeriu dhe për njeriun. Kafshët janë të zhveshura nga ato, sepse po të flasim për tipare njerëzore dhe të fillojmë t'i numurojmë, njerëzore janë vetëm tiparet e këqia.

Dashurinë dhe besnikërinë e kanë edhe kafshët, por kafshët nuk e njohin trathëtinë, pabesinë dhe servilizmin.

Ariu donte të më shpinte diku dhe të më tregonte diçka.

Bëra gati armën, i futa dy fishekë me mbushje të rënda dhe me hapa të lehtë, për të bërë sa më pak zhurmë i rashë pas.

Pas nja njëqint metrash, tamam atje ku pylli i lartë vithisej në një gropë dhe kthehej në shkurrishte, pashë shpinën e errët të Meços. Kishte zënë pusi dhe po priste.

U afrova ngadalë.

Gjethurinat para meje lëviznin me zhurmë, diçka ndodhej aty, e fshehur nga lëmshi i degëve të njoma e të holla. Pas një trendafili të egër kishte diçka të gjallë, që nga zhurma që bënte duhej të ishte mjaft e madhe, por që unë e kisha të pamundur ta dalloja. U zhvendosa djathtas dhe dola në pikën më të lartë. Doja të kisha një pozicion nga mund të qëlloja në shënjë.

Ariu i mbante sytë të nguluar në atë drejtim sikur të donte pa fjalë të më tregonte vëndin. Pra ai më kishte sjellë aty, për të gjuajtur së bashku.

Ishte i mënçur Meçoja.

Më në fund dallova diçka, ishte një shpinë bojë hiri, një shpinë e një kafshe mjaft të madhe, nuk mund të ishte lepur, as sorkadhe se do t'ia kisha dalluar brirët, pastaj grija e sarkadhes është më e errët dhe ka më tepër ngjyrën e miut, kurse kafsha para meje ishte mjaft e zbardhur, me një gri të lehtë argjëndi.

Edhe ujk nuk ishte, se Meçua nuk ishte i çmëndur të më çonte për të vrarë një ujk i cili nuk shërbente për t'u ngrënë.

Megjithatë, nuk u mendova gjatë.

E kisha mjaft pranë, nuk më kishte ndjerë, ndaj e mora shënjë me kujdes. Preka këmbëzën e parë dhe qëllova.

Qëllova edhe për herë të dytë.

Kafsha lëshoi një zë të përvajshëm dhe u rrokullis duke u zhdukur midis ferrave. E rimbusha pushkën, ia ngrita çarqet dhe fillova të afrohesha me kujdes. Meçua më shikonte nga lart. Isha i sigurtë që e kisha vrarë, por nuk dija se ç'kisha vrarë. Nuk doja të kisha qëlluar mbi ndonjë kafshë që nuk vlente për të ngrënë.

E kisha bindje, që në këtë botë duhej të qëllojmë vetëm për të siguruar ushqim dhe jo për të bërë dëm.

Po e vrave dhe nuk ke mundësi ta hash, atëhere ku e gjen të drejtën t'ia marrësh jetën një gjallese tjetër.

Dola me vrap pas shkurres së madhe të trëndafilit të egër dhe gjeta trupin pa jetë të dhisë. Ishte një nga ato dhitë e zakonshme që mbanin fshatrat përreth, dhe nuk merrej vesh se ç'kërkonte e vetme aty në mes të pyllit. Ndoshta tufa e dhive mund të ndodhej aty pranë ose të kishte humbur dhe të kishte ditë që endej nëpër atë pyll. Por edhe kjo nuk ma mbushte mëndjen, se pylli ishte i mbushur me ujq e me dhelpra dhe po qe se ajo ishte endur pa zot në ato anë, egërsirat do t'ia kishin treguar vendin me kohë.

Megjithatë nuk ia vlente të vrisja mëndjen dhe të gjeja *"psetë"*, sepse pasi një gjë ka ndodhur nuk ka rëndësi në se pyet apo jo, përderisa nuk ke mundësi ta ç'bësh atë që ke bërë.

Dhija ndodhej aty e vrarë, me zot ose pa zot, unë nuk kisha mundësi ta ngjallja dot.

Por të gjitha hamëndjet ishin të kota. Ia preva qafen duke e lënë që t'i kullonte gjaku ende i ngrohtë dhe e hodha në sup. Nxitova të largohesha sa më parë nga ai vend.

Nuk ishte çudi që të ndeshja në pyll të zotin e dhisë, dhe kjo do të ishte një bela e madhe për mua. Por edhe ta lija kafshën e vrarë në atë vend e t'ia mbathja nuk doja. E kisha vrarë, ishte e imja dhe nuk doja të shkonte dëm, pastaj kisha për të zhgënjyer edhe Meçon, në sytë e tij kisha për t'u dukur një budalla i vërtetë.

Të lësh prenë që mezi e ke siguruar është si të jesh në panair me një fëmijë dhe të mos e marrësh arushin prej pellushi megjithëse e ke fituar duke i hedhur të tre rrathët në çengel. Për atë fëmije ke për të qënë budallai më i madh në botë, ashtu siç do të isha edhe unë për Meçon po qe se braktisja dhinë.

Mora rrugën më të shkurtër për në shtëpi. Ariu më ndiqte pas sikur të ishte një zagar gjahu. Po ktheheshim të dy prej gjahut dhe kishim me vete trofenë tonë. Pra ajo dhi nuk ishte vetëm e imja, në të kishte pjesë edhe ariu im.

Isha i lodhur, mezi po mbushesha me frymë, dhe po mendoja se si ta gatuaja më mirë atë dhi, që dukej tepër e madhe. Mishi i dhisë nuk është edhe aq i pëlqyer për njerëzit, por mua nuk më kishte rënë rasti të gatuaja ndonjëherë vetë mish të kësaj kafshe.

Vendosa ta mbushja me erëza, ta kripja mirë dhe ta piqja në hell me zjarr të ngadaltë. Barkun do t'ia mbushja me të brëndëshmet dhe do t'i fusja edhe ndonjë kile oriz. Kështu kisha për t'ia hequr erën e rëndë. Megjithatë me të parë e me të bërë, unë do të haja pak sa për ta provuar dhe pjesën tjetër po ja lija shokut tim. Nuk besoja që ariu të kishte shijen e hollë të ne njerzve, aq më tepër që atij i pëlqente mishi i pjekur.

Arinjtë nuk hanë mish të freskët, sepse nuk kanë dhëmbët prerës të qenve dhe të ujqërve. Perëndia i ka bërë si ne njerzit, që më tepër të përtypin se sa të presin, ndaj ushqehen më shumë me fruta pylli.

Ndërsa ecnim kështu, unë para dhe ai një dhjetë metra pas meje dëgjova lehjet e qenve. Ishin zëra të largët, diku pas kodrave dhe me siguri po ndiqnin ndonjë lepur të arratisur, por jehona e lehjeve të tyre, përplasej në ndonjë faqe kodre dhe vinte tek ne.

Unë nuk u shqetësova, por Meçoja e ndali hapin dhe hungëriu. Instikti i tij i vetmbrojtjes ishte më i zhvilluar se tek unë dhe ai parandjeu të keqen që na priste.

Qëndrova edhe unë. Dhija që mbaja në sup duhej të ishte më shumë se njëzet kile dhe vërtet kisha filluar të ndjeja lodhje. Më ishte mpirë supi, por frika se mos qentë binin në erën tonë, nuk më linte të ulesha nja dhjetë minuta dhe të çlodhesha.

Duhej t'u jepja këmbëve me sa të mundesha.

-Hajde, Meço, - i thashë me zë të butë, se tek kafshët nuk kanë rëndësi shumë fjalët që u thua se sa toni i zërit. – Hajde, mos ki frikë se më ke mua... jemi apo nuk jemi shokë... të premtoj që do të të mbroj edhe sikur njëqint qenër të tërbuar të të vihen pas...

U nis si me përtesë, sikur kishte dy mëndje, por ama më ndoqi pas.

Vazhdova përpara, nëpër një vënd të hapur ku mund të vrapoje drejt, se vetëm aty këtu kishte shkurre dëllinje të kuqe. Mendova të mblidhja ndonjë ditë dëllinja, apo gollogunga siç u thoshim ne kokrrave të tyre dhe të bëja pak nga ajo vera e lehtë e gazuar që binte erë xhin. Degët e shkurreve ishin mbushur plot e përplot dhe po të mos i mblidhte askush do të shërbenin si ushqim për mëllënjat dhe për cëret gjatë dimrit.

Mund të vija që të nesërmen me një shkop dhe me një thes dhe të mblidhja sa të mundesha.

Por lehjet e qenve ma tërhoqën përsëri vëmëndjen. Kësaj rradhe m'u bë sikur lehnin nga ana e kundërt, pas një zabeli me shkurre bushi dhe ishin shumë afër. Llogarita me mënd, që po t'u jepja këmbëve mirë, pas dhjetë minutash do të isha në shtëpi dhe aty qentë nuk kishin për ta ndjekur më Meçon.

Me siguri kishin rënë në gjurmën e tij dhe tani po na ndiqnin pas erës. Këtë ndjekje e bënin zakonisht vetëm qentë e mësuar për të ndjekur derra dhe kafshë të trasha.

-Meço, luaji këmbët, mos m'u hallakat sikur ke dalë për shëtitje, se e kemi punën keq! - i thërrita ariut çalaman dhe vetë ia mora gati me vrap.

Nuk doja të ndeshesha me qentë, sepse e dija që po të ishte ndonjë zagar, jo vetëm Meçoja por edhe unë kisha për ta patur

81

pisk. Ata nuk janë tamam as qen e as zagarë, por një përzjerje që mbart vetitë e të dy rracave, i krijojnë gjahtarët duke përzjerë zagarët, sidomos dakelin apo seterin me qëntë e barinjve.

Egërsinë dhe forcën e trashëgonin nga këta të fundit dhe kur ishin në tufë ishin trima dhe të pamëshirshëm.

Por vrapi im shërbeu për t'i nxitur ndjekësit. Ata tani ishin kthyer drejt e tek ne dhe na ishin vënë këmba këmbës, sepse dëgjoja se si lehjet bëheshin më të forta dhe më të egra. I kishim fare pranë. Dhe nuk kisha aritur as tek mesi i asaj pllaje të veshur me bar e me shkurre kur u gjenda i rrethuar nga pesë gjashtë qen gjahu.

I dallova menjëherë që nuk ishin qen bariu, nga ata që përdornin tufat e dhënve, por ishin zagarë nga ata që përdoreshin në gjuetinë e derrave.

Meçua u afrua fare pranë meje si të kërkonte ndihmë, kurse qentë na kishin vënë në mes, lehnin, ckërmisnin dhëmbët, sulmonin dhe tërhiqeshin. Si të gjithë qentë, dhe familja e tyre e madhe e mishngrënësve të egër, donin të na trëmbnin dhe të na detyronin të vraponim, për të na sulmuar nga prapa.

Qeni e ka të vështirë të sulmojë ballë për ballë dhe me sa duket edhe Meçua e dinte këtë hile, se më kishte kthyer shpinën mua dhe luftonte me putrën e shëndoshë duke u çuar më këmbë që t'i godiste turinjtë e tyre të shkumëzuar dhe t'i mbante sa më larg. Por situata ishte e pashpresë për të dy ne, kjo luftë do të vazhdonte derisa të mbrrinin gjahtarët dhe atëhere ky do të ishte fundi për shokun tim.

Për një moment u kujtova, që kisha me vete pushkën dhe aq fishekë sa që mund të bëja luftë me një lukuni ujqërish të shkurtit dhe jo më me disa zagarë që u shërbenin njerzve dhe jo vetes së tyre, pra me disa të punësuar që gjithçka e bënin për një kockë.

Hodha dhinë e vrarë mënjanë dhe mora pushkën në dorë.

Ndoshta nuk do të kisha qëlluar, por gjëndja ishte bërë shumë kritike dhe rrethi i qenve ishte ngushtuar aq sa që arrita dy herë ta flakja një qen të zi me një njollë të bardhë në kokë duke e goditur fort me shkelm në turinjtë e jargavitur. Me siguri ishte buçja e grupit, femra që e drejtonte dhe nxiste meshkujt, se ajo ishte më agresivja dhe i ndërsente të tjerët të sulmonin.

Ngrita pushkën, dhe pa marë shënjë, ashtu kuturu qëllova në drejtim të kokëbardhit. Vetëm një kujisje, një rrotullim në vënd sikur të ishte një i dehur dhe zagari u plas përtokë.

E kisha vrarë.

Qente e tjerë shtangën.

Ndoshta i ranë më të, që nuk ishim dy arinj, por një ari dhe një burrë i armatosur. Me lehje të përvajshme ia mbathën vrapit, nuk e kthyen kokën prapa derisa dolën në kreshtë të kodrës dhe u zhdukën matanë. Lehjet e tyre vazhduan të vinin gjithnjë e më të dobta aty ku ndodheshim ne.

U lehtësova, ndoshta ishin frikësuar aq shumë sa të mos ktheheshin më, ose të paktën na kishin dhenë mundësinë që të kishim kohen e mjaftueshme sa të futeshim në oborrin e shtëpisë. Rrëmbeva përsëri dhinë, e hodha në sup dhe i bërtita Meços që kishte shkuar pranë qenit të vrarë, që kishte ngrirë i kthyer më shpinë me këmbët përpjetë dhe po i binte erë:

-Meço, vrap, se tani do të vijnë njerëzit! Me ata nuk bëhet shaka!

Unë fillova të vrapoja drejt faqes së zabelit, aty ku ndodhej shtegu që do të më nxirrte mbi shtëpinë time. Edhe ariu më ndoqi pas. Ndoshta e dinte që në atë situatë kishte nevojë për një shok më të fortë se veten, sepse edhe kafshët e dinë që miqtë dhe shokët janë për të të mbrojtur krahët dhe shpinën në situata të vështira. Unë që kisha vrarë një prej qenve dhe u kisha futur lemerinë të tjerëve, nuk do ta kisha për gjë të vrisja edhe ca të tjerë, dhe ariu megjithëse nuk ishte shumë i mënçur, kaq pak gjë e dinte.

***

Më në fund arrita në shtëpi. Doja ta fshija Meçon diku, në një vënd të sigurtë dhe ngela pa mend kur e pashë se si ai vrapoi çalë çalë dhe u fut nëpër derën e hapur të bodrumit të shtëpisë. Edhe sikur ta kisha mësuar unë nuk do të kishte vepruar në atë mënyrë, por pas disa ditësh do ta gjeja që pikërisht ai bodrum shtëpie i shërbente ariut sakat si shpellë për t'u fshehur e për të fjetur.

Atë ditë mendova se ishte thjesht një veprim instiktiv vetëmbrojtje, dhe gjeti vëndin më të përshtatshëm për të futur kokën.

Aty poshtë shtëpisë, do të ishte më i sigurtë, se ajo ishte kështjella ime dhe unë do ta mbroja me çdo kusht. Tani, duke patur ndjenjën dhe vetëdijen e pronës, jo nga qentë që s'kisha frikë, por edhe sikur të vinin gjahtarët, do t'u tregoja vendin.

Unë isha në mes të oborrit me pushkë në dorë, ariu ishte zhdukur, dhija e vrarë shtrihej pranë këmbëve të mia, kur në rrugë u shfaqën katër burrat e armatosur të ndjekur nga zagoria e qenve.

E kisha pak të paqartë situatën.

Nuk dija si t'i prisja. Si mysafirë që po më shkelnin në pragun e shtëpisë, apo si mësymës që po vinin të kërkonin llogari për qenin e vrarë. E dija që në grykën e pushkës kisha vetëm një fishek të pashkrehur, kurse ata ishin të armatosur me karabina dhe automatikë. Pra raporti ishte krejtësisht i pabarabartë, qoftë në numur njerëzish, qoftë në gryka zjarri.

Po të mos ishin qentë që u vinin pas, as që do të më shkonte ndër mënd se kisha të bëja me gjahtarë, sepse asnjëri prej tyre nuk kishte pamjen e një gjahtari profesionist. Gjahtarët njihen si në veshje, si në armatim dhe nga rregullat e vendosura një herë e mirë të gjuetisë, kurse ata thjesht ishin katër banditë të armatosur gjer në dhëmbë, që ratësisht kishin edhe zagoronë e qenve me vete.

Qentë u derdhën drejt derës së bodrumit. Ngrita pushkën dhe u bërtita:

-*Ndalojini zagarët, ndryshe do t'i vras! Jeni në oborrin e shtëpisë sime dhe s'keni të drejtë të bëni asnjë hap përpara! Mos më detyroni të qëlloj përsëri...!*

Por pas kësaj pashë katër veta që më kishin marë në shënjë. I kishin ngritur armë të katërt në drejtim të kokës sime. Po të qëlloja me siguri do të isha i vdekur. Atëhere u tërhoqa pas dhe mbulova ne trupin tim derën shpartalluar të bodrumit.

Nuk doja t'i lija ata njerëz ta vrisnin ariun, jo se më vinte keq për kafshën, por nuk doja ta vrisnin aty, në shtëpinë time, atë që vetë e kisha sjellë aty për ta marrë në mbrojtje.

84

Se ç'kisha edhe një parandjenjë, që ata njerëz, ishin thjesht policë të veshur civilë, që me armët e punës kishin dalë të gjuanin derra. Asnjëri prej tyre nuk kishte lejë gjuetie. Po të ishin policë nuk do të guxonin të qëllonin mbi një njeri që po mbronte pronën e vet.

Sepse sido që të ndodhte, vrasja ime do të merrej vesh dhe për më tepër vetëm unë dhe Meçua e dinim që në atë fshat të braktisur nuk kishte njeri tjetër përveç meje. E rimbusha armën i bindur që nuk kishte për të ndodhur asgjë dhe e ngrita. Mora në shënjë njërën nga kafshët, atë që kisha më pranë dhe bërtita:

-Largojini ose i vrava dhe ju do të më hani munë! Qënkeni vërtet koqe që vini e më trimëroheni në pragun e shtëpisë sime!...

Edhe qentë me sa duket e ndjenë rrezikun se u tërhoqën pak më tej dhe nuk lehnin me inatin e parë, si të donin të merrnin një urdhër të dytë, më të arsyeshëm dhe t'ia mbathnin që aty. Dukej që unë isha i vendosur të mos hapja rrugë. Por pikërisht kur gjithçka dukej sikur kishte marrë rrugë të mbarë, njëri prej tyre, ai më i shkurtri dhe më i shëndoshi pa dhinë e vrarë.

E goditi me majën e këpucës dhe më tha duke ulur armën:

-Është e mira të vish me ne, do të shkojmë në qytet në komisariat, sepse për ty ka një padi nga një fshatar se i ke vjedhur dhinë... dhe nuk ke si e mohon se të kemi zënë me presh në dorë...

Aty u binda që kisha të bëja me policë. Me mutër me uniformë, që atë moment ishin civilë, ishin duke gjuajtur pa lejë, ishin duke përdorur armët e shtetit dhe mua vetëm mund të ma rruanin. Duhej t'i mbaja larg. Të mos i lija të më kapnin dhe nuk kishin se ç'të më bënin.

Sa kohë që e kisha armën në dorë, ata do të më qëndronin larg dhe nuk do të guxonin të më afroheshin.

Ua drejtova armën. Jo se do t'i qëlloja, por që t'u tregoja se nuk kishin të bënin me ndonjë budalla që kishte frikë nga shteti. Pastaj brënda atij oborri, kaq larg nga qëndrat e tjera të banuara, ata duhej ta dinin mirë, se isha unë shteti dhe jo ata.

I thashë i nxehur, dhe u kapa pas dialektit të tij verior:

-Or koqe, a nuk e shikon që ke shkelur në një pronë private. Siç është oborri i imi, ashtu është edhe dhija. Po deshe pyete se e kujt është, me që po më bën si bythë e zgjuar... ndoshta ke

mësuar edhe gjuhën e dhive, para se të bëheshe oficer i Salës dhi e cjepër ke kullotur... maloku i mutit, që nuk di as të mbash pushkën...!

E njihja stilin e të folurës me inat dhe me arrogancë.

Këta rrogëtarë me uniformë, kur ndeshnin me ndonjë që fliste më tepër se ç'duhej, stepeshin, sepse menjëherë u shkonte mëndja se mos kishin të bënin me ndonjë zyrtar të lartë nga kryeqyteti dhe po ta anagasnin sherrin mund të fluturonin edhe nga puna. Të gjithë rrogëtarët i binden piramidës së frikës, janë trima me ata që kanë nën vete dhe dhjesin gjak nga frika me ata që kanë sipër kokës, sepse gjithnjë janë të rrezikuar të flaken nga punë e paguar mirë.

Nuk e dija se si do të vazhdonte ky sherr. Sepse ata vërtet hezitonin, por ama inatin e kishin të madh dhe nuk donin të largoheshin ashtu pa marë diçka si kompesim për qenin e vrarë dhe për sharjet që unë ua kisha dhënë pa kursim.

Më e keqja ishte se nervat e mia kishin filluar të lëshoheshin. Nuk do ta duroja për një kohë të gjatë këtë situatë të nderë, aq më tepër që dhembët e bardhë e të mprehtë të qenve i kisha kaq pranë vazhdimisht.

Po qe se do të më suleshin edhe një herë do t'i qëlloja dhe do t'i vrisja.

Edhe ariu i strukur në brëndësinë e errët të bodrumit ishte i nevrikosur dhe hungërinte pa reshtur. Kisha frikë mos dilte dhe hidhej mbi njerëzit dhe mbi qentë, siç do të bënte çdo ari i kërcënuar në pyll.

Ngrita pushkën dhe qëllova në ajër për t'i paralajmëruar dhe për t'i trëmbur. Isha në pronën time dhe për t'u vetëmbrojtur edhe mund të qëlloja në mish. Këtë domethënie kishte e shtëna e armës sime.

Pikërisht në atë momen, kur nuk ishte shojtur jehona e krismës së parë, u dëgjua breshëria e gjatë e kallashnikovit që vinte menjëherë pas shpinës së atyre të katërtve. Pas breshërisë befasuese u vendos një farë qetësie dhe u dëgjua britma e njeriut të fshehur pas shkurreve të manaferrave, që ndodheshin matanë rrugës së ngushte:

-Or mutër, po nuk ia mbathët për tre sekonda, ta dini që jeni të katërt të vdekur! Mbathjani!... mbathjani apo doni të filloj të numuroj!...

Për gjahtarët-policë kjo ishte befasia më e madhe, sepse edhe unë që kisha dijeni për ekzistencën e *Njeriut pa Emër*, kjo ndërhyrje ishte e papritur.

Ata të katërt panë njëri tjetrin, kthyen edhe kokën pas për të dalluar se ku ndodhej njeriu që u kishte zënë pusi, por ishte e kotë. Po qe se mua më kishin përballë, atë tjetrin nuk e dinin se ku ndodhej dhe nuk mund të bënin asgjë.

Atëhere unë ngrita armën dhe mora në shënjë atë që ndodhej më afër, një burrë gjysmë tullac, me sy të bardhë si të peshkut të ngordhur. Të paktën atij dhe të dytit që ndodhej pranë tij do t'ua hidhja trutë në erë pa ndonjë problem, kurse me dy të tjerët që ndosheshin më pranë gardhit le të merrej njeriu që kishte vendosur të më vinte në ndihmë.

Pra, doni apo nuk doni ata, këtë lojë e kishim fituar ne. Tani nuk kishte më rëndësi numuri, sepse askush nuk e dinte se sa veta qëndronin të fshehur përreth.

Edhe Meçua, sikur ta ndjente që situata kishte kaluar në anën tonë, ishte afruar tek dera dhe ia ndjeja frymëmarrjen pas zverkut. Kurse qentë ishin tërhequr të trëmbur dhe kishin dalë në rrugë, duke kaluar në një zonë neutrale.

-Ikni, - u thashë i qetë, si të isha duke bërë muhabet me katër të njohur të vjetër. – *Ikni, kësaj rradhe po ju lë të largoheni, por po hytë herë tjetër në fshatin tonë, atëhere bëjini llogaritë mirë. Ikni dhe armët merrini me vete, sepse nuk janë tuajat, por të shtetit. Megjithëse do të kisha qef t'ua mbaja peng!*

Pushkën vazhdoja ta mbaja të ngritur dhe tani e kisha kthyer nga shulaku me fytyrë idioti që kishte qëlluar dhinë me shkelm...

U larguan të heshtur. Nuk folën. Ndoshta frika ua kishte tharë fjalët në gojë dhe preferonin të ndodheshin sa më larg nga tre të çmëndur, që nuk merrej vesh se ç'bënin në atë fshat të vdekur.

Për çdo njeri normal, ajo ngatrresë e paparashikuar me disa njërëz të panjohur, në një vënd aq të largët dhe të harruar do të kishte qënë një mësim i mirë për të mos u ngatrruar me të panjohur, se askush nuk mund ta dinte se ç'kishim ne ndër mënd dhe se cili do të ishte përfundimi.

87

Pas dhjetë minutash, kur lehjet e qenve dëgjohëshin poshtë fshatit, andej nga ishte rruga e vjetër automobilistike, doli nga ferrat edhe njeriu pa emër. E falenderova, kurse ai vetëm tundi kokën, sikur të thoshte se nuk kishte bërë ndonjë gjë të madhe.

Pastaj mbështeti automatikun tek trungu i dardhës plakë dhe shkoi dhe i hodhi një sy trupit të dhisë që kishte filluar të ngrinte. Dukej që ishte fshatar, se ia vuri dorën tek kërrbishja për të parë në se ishte e majme apo jo.

-*Më sill një thikë, -* më tha. *– Do të të mësoj se si gatuhet dhia, që të mos i bjerë erë mishi. Ke për të parë se si e gatuajnë barinjtë dhe do të ngelesh i kënaqur.*

I solla thikën, atë me majë të hollë që e përdorja për të rrjepur kafshët.

U bëra ndihmësi i tij.

Merrej vesh që zanatin e kasapit e njihte shumë më mirë se unë. U detyrova të kthehesha në çirakun e tij. Edhe ariu kishte dalë nga vrima ku ishte futur dhe ishte shtrirë në rrëzë të murit duke na ndjekur disi i habitur me ata sytë e tij të mëdhenj e të lëngëzuar. Kafshët kanë një kureshtje prej fëmije, duan të vëzhgojnë gjithçka të re që bëjnë njerzit, rrinë me orë të tëra pa t'i ndarë sytë, a thua se duan të mësojnë se si bëhet kjo punë dhe ajo punë.

I paemri më kërkoi edhe një kazan, një enë sa më të madhe metalike. Pastaj vendosi dy gurë të mëdhenj, nga ata që ishin rrëzuar nga avllia e rrënuar, vuri kazanin mbi ta dhe e mbushi poshte me shkarpa dhe kopaçe druri, si dhe degë të thata të rrëzuara nga pemët e kopshtit, të cilat unë i kisha mbledhur ditët e para kur erdha në këtë vënd, në një cep të oborrit.

Më në fund pashë diçka që nuk e kisha menduar kurrë. Lau plëncin e dhisë, më mirë të them e shpëlau me ujë të bollshëm, pa ia krruajtur të faqen e brëndshme siç bëjmë zakonisht kur e gatuajmë, e ktheu sëprapi dhe gjithë trupin e coptuar të kafshës së vrarë e futi brënda në plënc. Ai ishte kthyer në një thes, brënda të cilit sa më shumë copa mishi të futeshin, aq më shumë zgjerohej, duke marrë brënda edhe kokën, edhe të brëndshmet.

Më në fund para se ta lidhte thesin-plënc hodhi brënda tre kokra qepë, dy kokra hudhra dhe tre-katër patate të lara por të paqëruara. Pastaj mbushi një grusht me kripë dhe një grusht me rigon dhe e shpërndau mbi pjesën e sipërme të mishit. E lidhi me kujdes grykën e thesit dhe e futi brenda kazanit. E mbushi enën me ujë, ose të dy vrapuam ta mbushnim sa më shpejt me ujin e burimit që ndodhej prapa shtëpisë.

Plënci me gjithë mishin për fat u fut në atë kazanin që nuk e di përse e kishin përdorur dikur në shtëpinë e gjyshërve, por që ishte i nxirë dhe i shtrëmbëruar vënde vënde, dhe për fat ende nuk kishte ndonjë vrimë nga të rridhte.

Kur ndezi zjarrin, dhe gjuhët e tij filluan të përdridheshin dhe të lëpinin faqet e kazanit, hodhi mbi shkarpat e flakëruara edhe disa degë të trasha dhe u ul i lodhur disa metra mënjanë në krah tim dhe më tha:

-Tani ulu edhe ti se duhet kohë për t'u zjerë, dhe na jep nga një cigare ta ndezim...

U ula, ia bërë me dorë edhe Meços të afrohej, por ariu na shikonte që nga muri ku ishte mbështetur dhe nuk kishte qef të vinte pranë zjarrit, që kishte marë furi dhe e kishte mbështjellë gjithë oborrin me dritën e tij të kuqërremtë.

Ky flakërim më kujtonte gjithnjë fëmijërinë dhe se ç'kishte diçka festive brënda vetes. Ndoshta flakët kanë vazhdimisht një magji të pakuptueshme, që për njerzit është joshëse.

Po binte muzgu.

Gjithnjë zjarri i ndezur në natyrë më sillte kujtime të largëta, më kthente në fëmijë dhe unë shkova nëpër mënd atë djalin e vogël, me pantallona të shkurtra dhe gjunjë të degëzuar, që sillej përqark zjarrit të dëllinjave ditën e verës.

Por për çudi, veç vetvetes, e kisha të pamundur të përfytyroja njerëz dhe fytyra të tjera në ato grumbullime të largëta. Ajo kohë ishte aq e largët, sa që më shumë kujtoja ëndrrat e mia, ëndrrat e fëmijërisë, se sa vetë fëmijërinë. Bile ndonjëherë më dukej se ajo nuk ishte tamam fëmijëria ime, por unë ia kisha vjedhur dikujt tjetër dhe e përdorja për vete, ashtu të ngatrruar, të pa lidhur dhe herë herë me skena, që tani e kisha të pamundur t'i shpjegoja.

Ndërsa tani asgjë nga ato të shkuara nuk kishin vlerë, sepse ndodhesha këtu, ndoshta në të njëjtin vend, në një kohë tjetër dhe në një realitet të ri tepër të sikletshëm për mua, por megjithatë edhe realiteti i ri dhe sikletet e mia në një natë si kjo, në shoqërinë e dy miqve të mi të panjohur, nuk kishte ndonjë vlerë të madhe.

Sepse më thoni, a kanë vlerë ato që bëjmë ne gjatë gjithë jetës?

Mendoni vlerën e tyre pasi ne kemi vdekur dhe nuk jetojmë më. Thjesht kemi jetuar, kemi bërë diçka, e kemi katranosur siç na ka ardhur, që po të mos e kishim bërë ne, nuk do ta bënte askush tjetër, por edhe po të mos e kishim bërë fare, jeta njësoj do të vazhdonte të rridhte dhe botës nuk do t'i shkaktohej asnjë dëm.

-Nuk kam parë ndonjëherë të gatuhej mishi në plënc, - i thashë sa për të hapur bisedën. – *Kam parë në bidon, kam rastisur në një manastir, ku murgjit e piqnin dashin në gropë, por kjo e plëncit më duket një gjetje fantastike, aq më tepër që brenda plëncit mund të futet krejt trupi i kafshës... nuk më kishte shkuar kurrë mëndja...*

Ai buzëqeshi, duke zbuluar dhëmbët e tij të krrimbur edhe të rallë, se ç'kishte një buzëqeshje që shëmbëllente me ckërmitjen e ujkut kur bëhej gati t'i hidhej përsipër presë së vet.

Ndoshta nga mjekrra e tij e paqethur, që zbulonte vetëm pjesën e gojës, pa buzë.

Tha:

-Kur kam qënë i ri, kam punuar si bari me disa lebër, nga ata e kam mësuar këtë marifet, dhe mund të gatuash edhe cjapin përçor dhe ta hash me lezet, se nuk bije erë fare... pastaj mishi sado i vjetër të jetë, shkërmoqet sikur të jetë mish keci... ndoshta plënci, që është bërë për të tretur barin dhe gjethet, mund të tretë edhe mishin e vet... Dhe ata thonë se çdo mish, sado i madh të jetë, ka vend të mjaftueshëm brenda plencit të vet.

Më ngeli në kokë shprehja *"kur kam qënë i ri"*, sepse kjo ishte një kohë që nuk mund ta përcaktoje kurrë, ai njeri dukej pa moshë.

Kishte trupin e një tridhjetvjeçari të marrë me sport, të lidhur e të fuqishëm, kurse duart dhe fytyra ishin aq të rrudhura sa të kujtonte një plak afër të njëqintave, për më tepër, që prej kohësh nuk ishte rruajtur, nuk ishte qethur dhe nuk ishte krehur.

Nuk mund ta kuptoja se si një njeri pa moshë mund të thoshte aq qetësisht *"kur kam qënë i ri"*, sepse më dukej sikur ai nuk do të kishte qënë ndonjëherë i ri në jetën e tij të gjatë e të stërgjatë.

Sa për të ngarë bisedën i thashë:

-*Kurse unë jam rritur në qytet... jam fëmijë betoni dhe asfalti dhe s'para marr vesh nga këto punët e barinjve...*

Ma preu fjalën duke u ckërrmitur:

-*Nuk ka nevojë ta thuash se duket... ke pamjen dhe hijen e një qytetari. Je rritur në qytet por ama je nga këto anë? Flet si toskë dhe jo si tiranas, nuk e ke ndrruar gjuhën...*

-*Nënën e kam nga ky fshat dhe kjo është shtëpia e gjyshit, pra tani më ka ngelur mua... kur isha fëmijë... fare i vogël, prindërit më sillnin që ta kaloja verën këtu... por ka kaluar aq kohë sa që shumë gjëra i kam harruar... edhe atëhere ishte një fshat fare i vogël, që për fat e kishte një rrugë të pashtruar makinash... kurse tani banojmë vetëm ne të tre, -* bëra me kokë nga Meçua që kishte filluar të dremiste, -* edhe rruga ka marrë fund... E kanë harruar të gjithë...*

Ai përsëri qeshi sipas mënyrës së vet:

-*Është pikërisht ashtu siç na duhet neve... pa njerëz, pa rrugë, me sa më pak sy që mund të na shikojnë dhe të na njohin... sikur të mos ishin ata të hashashit dhe gjahtarët, do të ishte vëndi më i bukur dhe më i humbur në botë... por edhe ata nuk të bien më qafë po qe se nuk e kërkon belanë vetë...*

Pastaj u çua dhe i futi një krah të ri me dru e shkarpa zjarrit që kishte filluar të fashitej. Uji brënda kazanit po valonte dhe në ajër çlirohej era e plëncit të zjerë. U nisa edhe unë të mblidhja një krah me dru. Vërtet ishte bukur të kaloje një natë vjeshte jashtë, duke gatuar një specialitet barinjsh, por ama kisha frikë, se po të më zinte dimri në këtë vënd, do ta kisha pisk.

U bë më shumë se një muaj e gjysëm që jetoja në atë humbëtirë, si një i humbur i vërtetë, me dy qënie të humbura, që vështirë se mund t'i barazoje me njerzit e vërtetë, dhe po qe se kaloja edhe dimrin aty, pastaj do ta kisha të vështirë që të largohesha më. Do të kapesha rob i një jete të lehtë e pa halle, një jetë ku frikën e ke gjithnjë përballë dhe jo pas shpine si në qytet, dhe pastaj do ta kisha të vështirë të dilja nga ai rreth ku kisha futur veten.

91

Kur mësohesh me diçka, e ke të vështirë ta hedhësh hapin që do të sjellë ndryshime, sepse ndryshimet gjithnjë janë të panjohura dhe nuk ke se si ta dish në se do të vijnë për mirë apo për keq. Duke mos bërë asgjë, duke qëndruar në një vend, nuk ka asnjë rrezik se mund të bësh ndonjë gjë gabim.

Kisha arritur në atë pikë, kur me të drejtë pyesja veten. E ç'dreqin bëja aty?

Përse nuk vrisja mëndjen, që të gjeja një rrugë për t'u kthyer përsëri në jetën time të mëparëshme. Kur shikoja *Tëpaemrin* më kapte frika, ai mund të kishte disa vjet që ndodhej në atë vend, për arsye që nuk doja t'i dija dhe nuk më interesonin, por ama edhe unë pas disa vjetësh do të merrja pamjen e tij.

Do të humbisja nocionin e kohës, do të përshtatesha me egërsinë. Por unë kisha para, kisha shtëpi në kryeqytet, pa çka se nuk kisha as shokë dhe as miq, sepse shokët dhe miqtë ose i kisha trathëtuar vetë, ose më kishin trathëtuar dhe më kishin shitur ata.

Por shokë dhe miq njeriu mund të zërë lehtësisht dhe përsëri t'i trathëtojë ose ta trathëtojnë, sipas të gjitha rregullave të qytetëruara njerëzore. Shpesh mundohesha të gjeja emrin e ndonjë njeriu, të cilin ta konsideroja vërtet mik, një njeri që mund t'i besoja diçka të shtrënjtë dhe me keqardhje konstatoja se në jetën time nuk ekzistonte një njeri i tillë.

Të gjithë, ajo paradë emrash që më kalonte përpara, ose ishin të pabesueshëm, ose kishin dhënë prova se ishin maskarenj, ose kishin vdekur. Pra ndër të gjallët, tek ata që ende merrnin frymë dhe ecnin, nuk kishte qoftë edhe një njeri, mashkull apo femër, tek i cili unë të isha njëqint përqint i sigurtë se nuk do të më trathëtonte dhe do të më shiste për një aspër, se për tridhjetë aspra shitëm birin e Perëndisë dhe lëkura ime e dija që nuk vlente aq shtrënjtë.

Nga e nesërmja duhej të vrisja mëndjen dhe të gjeja një rrugëdalje, ose të bëja punën më të mënçur dhe me kosto më të vogël. Të kaloja kufirin, të hidhesha në Greqi, të ndrroja identitet dhe të shpëtoja nga kjo humbëtirë.

Ajo puna e Greqisë ma prishte mëndjen, do të isha hedhur me kohë përtej kufirit, por nuk dija asnjë fjalë greqisht dhe kur nuk di gjuhën në një vënd të panjohur, ku nuk ke as të njohur, atëhere ke fatin e qorrit. Mund të biesh në vëndin e gabuar kur të duash.

Kur shkel në një vend ku nuk të njeh askush ke komoditetin e të qënit askushi, të atij që mund të shkojë ku të dojë dhe të mos jetë asgjëkundi, të njeriut që ka lindur vetëm për të ngrënë, për të thithur ajër dhe për të dhjerë.

10

NESËR ËSHTË GJITHMONË NESËR

Kur e ke kohën me tepëri, je njeri pa kohë. Sepse kur koha nuk të duhet, nuk të vlen për asgjë, atëhere zëre se nuk e ke fare. Të lumtur janë ata që e kanë kohën me të tepërt dhe s'e vrasin mëndjen se sa e gjatë është jeta.

Pas gostisë që kaluam të tre me atë mish të zjerë në plënc, dhe që vërtet për mendimin tim ishte një shpikje e madhe e guzhinës barbare të barinjve, që kishin pjellë me mendjet e tyre një makabritet të tillë, sa që të zjeje vetveten në plëncin tënd, hapa edhe një shishe verë, nga ato që kisha blerë ditën e parë kur erdha këtu.

Fjetëm si të vdekur aty jashtë, përreth zjarrit, të mbështjellë me bataniet që solla nga shtëpia dhe të nesërmen u zgjuam nga vesa e ftohtë e mëngjesit. Të flesh jashtë, pavarësisht nga trualli i fortë, bën një gjumë përrallor, a thua të kanë mbaruar të gjitha hallet dhe preokupimet për jetën.

Megjithëse kishim ardhur në fundin e vjeshtës së dytë, përsëri koha po mbante aq mirë, sa mund të thoshe që ishte një pranverë e ngrohtë dhe e thatë, një pranverë që kishte humbur rrugën dhe tani ishte gjendur pa dashur në mesin e vjeshtës.

Bile pata përshtypjen se ishin mëllënjat, që më zgjuan me këngën e tyre, që të kujtonte zërin e bilbilave në pranverë, atëhere kur kërkonin partnerët e tyre në dashuri. Por shpezuria dhe kafshët kanë stinët e tyre të shumimit, i kanë të përcaktuara më së miri dhe nuk gënjehen nga lajthitjet e motit. Vetëm familja e kumbullave është budallaqe, se gënjehet dhe çel edhe në fillim të dimrit dhe të gjithë ne kemi patur rastin të shikojmë kumblla dhe bajame të mbushura me lule para se të fillojnë borërat e para dhe pastaj e paguajnë budallallëkun e tyre duke u tharë.

Qëndrova ulur, me batanien të hedhur krahëve, yjet megjithëse ishin ralluar, përsëri shkëlqenin ende në kupën e zezë të qiellit. Venera shkëlqente mbi kreshtat e Gramozit, si një sy i madh dhe i ndritshëm që ishte duke përgjuar zgjimin e ditës së re.

Dy shokët e mi ia kishin këputur gjumit për shtatë palë qefe, secili i shtrirë më krah dhe gërrhisnin me të madhe duke krijuar vërtet një duet të hatashëm.

Qesha.

Ndoshta mund të isha i vetmi njeri në botë që dëgjoja se si një ari dhe një njeri me pamje ariu kombinonin të gërhiturat e tyre dhe një vesh dashamirës mund të gjente edhe një farë harmonie në gërrhitjet e tyre gërrvishtëse. Ishte vërtet diçka e rrallë që të sillte në humor, sepse të gërhitura të tilla të çjerra edhe sikur të doje t'i sajoje nuk do t'ia arrije kurrë.

Kisha kohë që e kisha të pamundur të flija në atë mënyrë. Më kishte marë malli të shtrihesha, të vendosja kokën në jastëk dhe t'ia këpusja gjumit deri sa të zbardhte plotësisht dita.

Mezi flija dhe pastaj zgjohesha herët.

Kur të zjen koka nga mendimet e ke të pamundur të mbyllësh sy, por edhe kur fle, e ke gjumin të trëmbur. Është e nesërmja që të shqetëson. Fjala më idiote në gjuhën e njeriut është fjala *"nesër"*.

Do të bësh diçka, dhe pret të vijë e *nesërmja*. Nuk arrin ta kryesh dhe përsëri i var shpresat tek e *nesërmja*. Dhe kështu papushim, pret një të *nesërme*, që është aty në pragun e ditës tjetër, që do të vijë, por që nuk mbart asnjë energji të re, vetëm ushqen një shpresë të pakuptimtë. Sepse çdo ditë e sotme mbar potencialisht

95

një të *nesërme*, që është po aq e pashpresë dhe e kotë sa edhe të gjitha ditët e tjera që kanë kaluar dhe që do të vijnë.

Pikërisht, shpresa për një të *nesërme* të pasigurtë dhe të mjegullt, më mbante aty të mbërthyer, duke i rrjeshtuar ditët e mia, kohën time, si rruzaret në dorën e një murgu, që sillen e sillen përqark, shtyjnë njëra tjetrën, por nuk kanë asnjë funksion, sepse janë në të njëjtën fije dhe vetëm sa numurohen, duke qënë të njëjta, binjake dhe trinjake.

Edhe jeta jonë i ngjet asaj ruzareje që numurohet pa pushin, në pafundësi dhe vjen dita që filli të hollohet, të bëhet delikat dhe të këputet duke e ndërprerë numurimin.

Ai fshat, ato pyje, ata përrenj, ato bokërrima, ato shkurrishte e korije, kishin marë pamjen e një pusi, brënda të cilit kisha rënë, dhe veç qiellit të pafund, nuk isha në gjëndje të shikoja asgjë nga ato që ndodhnin përreth. Kur fshihesh dhe nuk do të të kapin, nuk duhet ta mbulosh kokën si struci, duhet të fshihesh mirë, por ama sytë duhet t'i mbash hapur dhe jo vetëm të kontrollosh se mos po vijnë ndjekësit e tu, por edhe të shikosh se ç'ndodh përreth dhe se për ku shkon ajo botë që për ty është armiqësore.

Kurse unë kisha bërë një budallallëk. Për të shpëtuar kokën, i kapur nga paniku fillestar, isha futur aty, si një derr në thes dhe përreth kisha një terr të vërtetë lajmesh dhe informacioni. U bë një kohë kaq e gjatë që nuk kisha marrë vesh asgjë të re, sepse jetoja brënda errësirës sime, pa asnjë fije drite nga jashtë, që do të më ndriçonte mëndjen dhe do të më këshillonte se ç'duhej të bëja më tej.

Pasi isha menduar gjatë, i kisha rënë më të, që nuk kisha armik gjithë botën.

Me shtetin nuk kisha asnjë problem, sepse për punën e kontrabandës, prokuroria dhe policia kriminale, ishin duke kërkuar bariun nga Skrapari, në emër të të cilit ishte regjistruar firma dhe në emrin e të cilit ishte zhvatur shteti. Pra, kushdo që të hetonte dhe sado të hetonte, asnjëherë nuk kishin për të arritur tek unë. Unë nuk ekzistoja dhe nuk mund të jetë fajtor një objekt që nuk ekziston.

Ne mallkojmë për çdo të keqe djallin dhe jo fatin, kur fati është konkret, sepse është jeta jonë, kurse djalli është një nocjon i thatë, që është ngulitur në trurin tonë, por që nuk kemi mundësi ta kapim. Pra edhe në rastin tim, unë mund të isha vetëm një nocion, kurse bariu skraparlli, ai analfabet që ruante dhitë andej nga Tomorica, ai ishte fajtori real për shtetin. Por atij shteti nuk kishte ç't'i bënte, vetëm t'i sekuestronte pleshtat e dhive dhe morrat e gunës.

Kur i shikoja gjërat me gjakftotësi, pa frikën që më kishte kapur momentin e parë, dilja vetëm në këtë përfundim, unë isha i pafajshëm, sepse në atë histori vjedhjesh e zhvatjesh isha inekzistent. Edhe po të dyshonin, që shefi kishte qënë dikush tjetër dhe jo bariu i dhive, nuk kishin se si të më gjenin, se unë nuk figuroja në asnjë bilanc dhe në asnjë trasaksion bankar.

Rreziku real ishin vetëm tre persona, ose të themi tre emra, të cilët kishin humbur paratë në këtë lojë dhe të cilëve unë u detyrohesha miliona euro. Ata tre emra, të bindur që nuk kishin për t'i marrë kurrë milionat, do të kërkonin vdekjen time për dy arsye, një, se kishin humbur para të madhe dhe e kishin edhe inatin e madh, dhe e dyta se ishin në pushtet, dhe sa kohë që një njeri si unë sillej i gjallë nëpër botë, ekzistonte rreziku që e vërteta e dallavereve të tyre me postet zyrtare që mbanin të dilte në shesh.

Skraparlliu me dhi nuk mund të fliste, se s'kishte ç'të fliste kur nuk ia kishte haberin asaj pune, kurse unë po, se kisha diku edhe të gjitha letrat dhe bilancet reale të firmës ku ndodheshin dhe borderotë e pagesave që u ishin bërë atyre, le t'i quajmë në mënyrë konvencinale, aksionerë.

Aq më tepër, që njeriu kur do të shpëtojë kokën, nuk e ka për gjë që të shkojë në duart e policisë, të dorzohet, të bashkëpunojë dhe t'i vjellë të gjitha. Po t'i shikoje punët me gjakftohtësi, unë të vetmen rrugë shpëtimi kisha policinë, dhe policia ata i trëmbte po aq sa edhe mua.

Ata tre njerëz ishin rreziku im real dhe vërtet, po qe se e gjenin se ku isha fshehur, do të kërkonin vdekjen time. Këtë nuk e kishin të vështirë ta realizonin, sepse kishin edhe njerëzit edhe paratë, edhe mjetet e tjera që ua siguronte karrigia ku ishin ulur.

Ishin aq të pasur dhe aq të fuqishëm, sa të vinin një çmim për kokën time dhe të ndersenin disa vrasës me pagesë. Në Shqipëri të hiqnin qafe për njëqint mijë lekë dhe jo më për njëqin milion.

***

Kurse unë qëndroja pa bërë asgjë në atë vrimë të humbur me shpresën se do të më harronin dhe do të më linin të qetë. Prisja se mos më gjenin dhe isha i sigurtë që po më kërkonin, po më kërkonin edhe jashtë shtetit bile dhe kishin për të më gjetur një ditë. Se kur do të vinte kjo ditë, kjo e nesërme pritjeje, nuk dihej, por ama me siguri që do të vinte dhe atëhere për mua nuk do të kishte më *"nesër"*.

Nesër njeriu shpreson që të jetë më mirë, kurse unë me *nesër* prisja të më ndodhte më e keqja.

Domethënë, duke pritur, i fshehur në atë vënd, unë nuk bëja asgjë tjetër veçse zgjasja periudhën e të qënit gjallë, gjë që në fakt ne e bëjmë të gjithë, për ditë, për javë, e për muaj. Shkojmë drejt vdekjes, dhe nuk e dimë se ku është fshehur dhe na pret dhe për të keqen tonë, megjithëse jemi të sigurtë që prej saj nuk kemi për të shpëtuar, përsëri vazhdojmë t'ia afrohemi dhe bëjmë të gjitha përpjekjet të harrojmë ekzistencën e saj reale.

Vdekja nuk është një ide, siç janë shumica e nocineve që mbushin kokën tonë, por pikërisht nga që ajo është konkrete, ne e shmangim, duke e quajtur në shumicën e rasteve një pjellë të fantazisë, ose një të keqe që nuk ka asnjë punë me ne.

Harrojmë, se ashtu si lindja edhe vdekja janë krejtësisht personale.

Vdekja nuk është një sajesë boshe brënda kokës sonë, por një fakt real, një domosdoshmëri që për fatin tonë të mirë nuk e ka të përcaktuar kohën kur do të na trokasë në derë dhe të bëjë takimin dhe bashkëbisedimin fatal me ne.

Pikërisht atë mëngjes, në atë të ftohte vese të vjeshtes së dytë, i mbështjellë me batanie, pranë një tepsie ku ishte derdhur mishi i dhisë i zjerë në plënc, në shoqëri të një *Tëpaemër* topall dhe të një ariu sakat që quhej Meço, bëra zbulimin e madh, zbulimim më të madh dhe më fantastik të jetës sime prej bohemi. Ata që kërkonin vdekjen time dhe që e dinin lidhjen që kisha me kontrabandën dhe paratë e shumta që ishin fituar, ishin vetëm tre njerëz.

Tre njerëz që kishin të gjitha mundësitë të më gjenin dhe të më hiqnin qafe. Po të doja të dilja pa lagur nga kjo histori, po të doja të shpëtoja kokën dhe paratë, atëhere kishte vetëm një rrugëzgjidhje, ajo treshe e mallkuar duhej të vdiste.

Të gjithë vdesim një ditë, kur mund të vdisja unë, atëhere edhe ata mund të vdisnin njësoj si unë. Vetëm vdekja e atyre të treve më jepte jetë edhe për një farë kohe, ndryshe, ajo që unë e quaja *"nesër"*, do të ishte shumë afër dhe nuk më jepte asnjë shpresë.

Ideja më erdhi nga lart, dhe me siguri ishte hyjnore se u jepte zgjidhje përfundimtare të gjitha halleve të mia.

"Neser" duhej të punonte për mua, dhe jo për ata derra. Po qe se ata kishin filluar gjuetinë kundër meje, dhe me siguri e kishin filluar, atëhere unë gjahtari i vjetër, që dija huqet dhe manierat e gjahut dhe të gjahtarëve, duhej të dilja për gjah dhe t'i qëroja para se të më qëronin.

Deri atë ditë nuk kisha patur rastin dhe mundësitë të vrisja ndonjë njeri, por kjo nuk do të thotë, që po të më paraqiteshin rrethanat nuk do ta bëja. Ne jemi të gjithë gjah për të tjerët, por edhe të tjerët janë gjah për ne, varet se kush nga të dyja palët arrin që ditën e nesërme, të mos e lërë për nesër po ta realizojë që sot.

Nuk e di në se ka ndonjë gjë të gjallë mbi dhè që njëkohësisht të mos jetë edhe gjah edhe gjahtar. Pra pozicioni ku ndodheshe varej vetëm nga raportet që vendosje me realitetin.

Dhe, ashtu siç vijnë idetë e mëdha, rrallë, por të ngarkuara me një energji dhe dritë hyjnore, ashtu më shkrepi në kokë edhe ideja madhështore, që është më mirë të jesh gjahtari, se sa gjahu, më mirë të vrasësh se sa të të vrasin dhe unë kisha aty, pranë meje, duke gërrhitur i lumtur në egërsinë e vet, një armë që nuk e kishte askush.

Unë kisha një qënie që mund të vriste dhe të shqyente pa as më të voglën dhimbje. Nuk ma kishte thënë se mund ta bënte këtë, sepse edhe unë nuk e kisha pyetur, por ama isha i bindur, e ndjeja me intuitë që ai ishte vrasës dhe mund të vriste me lehtësinë më të vogël, gjithkënd, mjafton që të kishte motivin e mjaftueshëm për ta bërë këtë.

Kurse unë kisha mundësi që t'ia afroja këtë motiv. Nuk ka punë në botë që nuk bëhet, po qe se gjendet motivi i mjaftueshëm.

Iu afrova. Fytyra e mbuluar me lesh gjysmë të përthinjur dhe ajo gojë zgavër e hapur nga dilte ajo gërrhimë gërrvitëse, dhembet e brejtur nga karjesi dhe të rrallë, me të vërtet nuk kishte asgjë njerëzore. Bile me mënd e kisha krahasur shumë herë me Meçon dhe Meçoja ishte vërtet një super star në krahasim me atë, megjithëse ashtu i dobët dhe me qime të rëna nuk mund të pretendonte se zinte ndonje vënd nderi në hierarkinë e bukurisë së sojit të arinjve.

Por Meçoja ishte një ari dhe kishte pamjen e një ariu, kurse *Ipaemri* ishte një njeri që kishte marrë pamjen e një ariu, ndaj krahasimi midis atyre dy gjallesave për mua ishte i goditur.

E preka lehtë në sup dhe ai kërceu menjëherë më këmbë i trembur, kurse dora i kërkoi instiktivisht automatikun.

Ishte instikti i vetmbrojtjes i zhvilluar gjatë atyre viteve arratie.

Por u qetësua kur më pa mua, bile edhe bëri edhe një nga ato buzëqeshjet e tij ngërdheshëse.

-Do të bëja kafe për vete, - i thashë si për t'u shfajësuar, *- dhe doja të të pyesja në se doje edhe ti një? Më fal që të zgjova. Por kur ke një njeri pranë, kafja nuk të shijon vetëm...*

U shtriq, gromësiu, shqeu gojën e vet si shpellë të errët e të thellë dhe tha:

-Mirë do bësh, se u bë një jetë e tërë që nuk kam pirë kafe. Bile edhe shijen ia kam harruar dhe nuk e di se çngjyrë ka...

Edhe ariu ishte zgjuar dhe po na shikonte, por ai nuk donte kafe, ndaj i dhashë një copë nga mishi i ftohur i dhisë. Si të thuash, secili do ta fillonte atë ditë të re duke marrë pjesën e vet.

Bëra kafet dhe u ulëm t'i pinim në oborr. Ndezi edhe një cigare, dhe e vura re me kujdes që tymin nuk e thithte brënda. Kështu veprojnë ata që nuk e kanë pirë kurrë dhe vetëm ndezin ndonjë për hir të muhabetit, por edhe unë atë ftesë kafeje dhe cigareje për muhabet e kisha bërë.

Kisha një plan në kokë dhe doja që ta parashtroja me atë njeri, që lusja zotin të më kuptonte dhe të binte dakort.

E pyeta papritur, pa i rënë rreth e rrotull, sepse mendova që fjalët
e shumta do të ishin të tepërta:
-A ke vrarë njeri deri më sot!
Më qepi sytë e përkuqur, më pa me dyshim si të donte të futej
brënda kokës sime dhe të zbulonte se ku e kisha hallin dhe pastaj
pa e prishur terezinë, i qetë, sepse kishte një farë besimi tek unë,
tha:
*-Pse po të mos kisha vrarë njeri, do të bridhja këtyre maleve me
arinjtë dhe ujqërit?! Kuptohet që vetëm ata që vrasin ose bëjnë
ndonjë hata të madhe vijnë dhe fshihen nëpër shpellat e maleve...
ndoshta jo të gjithë, por kështu duhet të jetë...*
Nuk kishte shumë të drejtë, se ja unë nuk kisha vrarë njeri deri
më sot dhe përsëri po bridhja maleve në shoqërinë e një ariu dhe
të atij njeriu.
Unë nuk fshihesha se kisha vrarë, por kisha humbur që të mos
më vrisnin.
Megjithatë nuk e shtyva më tej këtë temë.
Edhe sytë e Meços, që qëndronte përballë meje, dukej sikur
thoshin se edhe ai kishte qënë dikur vrasës, se kishte vrarë edhe
arinj edhe njerëz, por me Meçon nuk u ngatrrova, ai nuk futej në
planet e mia për të ardhmen, bile më dukej sikur do të më
ngatrronte. Nuk më kishin pëlqyer kurrë lidhjet e forta me
kafshët, sepse nga ato një ditë do të ndahesh, dhe ndarja pa bërë
një shpjegim më parë është një peng që të ndjek gjithë jetën.
Meçua le të qëndronte atje tej duke ngrënë mishin dhe duke
brejtur kockat se nuk kishte punë me ne.
Ndërsa surba kafenë e zezë, dhe shijoja aromën dhe shijen e saj,
vazhdova:
*-Një njeri që ka vrarë, nuk e ka problem të vrasë përsëri. Mendoj
se vetëm hera e parë është e rëndë... të krijon vështirësi... pastaj
mësohesh, e kupton se jeta e njeriut nuk ka më shumë vlerë se
jeta e një derri apo e një dreri...*
Ai ra në mendime. Shikonte diku para këmbëve të veta me sy të
përhumbur, sikur të donte të sillte diçka nëpër mend, një ngjarje
a një skenë që kishte ndodhur kohë përpara dhe pastaj tha:
*-Nuk di ç'të të them. Njeriu kur vret nuk është në gjëndje ta
mendojë mirë se ç'është duke bërë. Duhet një inat dhe një shtysë
e madhe që të të bëjë të tërheqësh gishtin. Por po të ndodhesha*

përsëri në ato kushte, e di që do ta kisha vrarë përsëri atë maskara. Janë disa njerëz që e kërkojnë vetë vdekjen, dhe ai ishte një nga ata. Këtë e them për vete, se për të tjerët nuk e di, nuk është e lehtë të vrasësh, por detyrohesh ta bësh këtë dhe e bën, pa menduar se ç'do të ndodhë më vonë, pa bërë llogari dhe hesape për atë që do të heqësh pasi ke tërhequr gishtin...

Pa dashur më ishte larguar nga tema ime e bisedës, por unë e gjeta menjëherë shtegun për t'u kthyer në pikën nga isha nisur. Nuk më interesonin përsiatje e tij dhe për më tepër pishmanet dhe brerjet e ndërgjegjes, përkundrazi më prishnin punë dhe më prishnin planet.

Murmurita nëpër dhëmbë, sikur të isha duke folur me vete:

-E kush nuk ka në këtë botë ndonjë njeri që ia ka bërë borxh dhe që e meriton vdekjen. Por për shumë njerëz është e vështirë ta bëjnë, sepse nuk e kanë bërë ndonjëherë, kurse për ata që e kanë provuar nuk është edhe aq e vështirë... shumë gjëra mjafton t'i bëjmë një herë, të ketë një herë të parë dhe pastaj mësohemi...

E keqja ishte se njeriu pa emër, ai që unë shpesh e barazoja me një kafshë të egër, nuk ishte budalla. Ishte shumë më i zgjuar se sa ajo që ti kishe krijuar si përshtypje të parë, kur e kishe parë të vinte ashtu çalaman, me rroba të pista e të grisura, me flokë dhe mjekërr të shpupurisur, me gojën e stërmadhe pa dhëmbë. E kapi menjëherë se ku doja të dilja, nuk më la të lodhesha dhe ta sillja bisedën atje ku doja unë, për të qënë bindës, por i ra shkurt vetë:

-Sa njerëz janë në listën tënde, që ta kanë bërë borxh, uroj të mos shkruash një listë që të mbushet një çarçaf dopjo... shumë njerëz kanë aq shumë armiq sa nuk do të mjaftonte një luftë e tretë botërore për t'i fshirë nga faqja e dheut- dhe buzëqeshi duke u ckërrmitur, në të folurën e tij kishte një ironi dhe një cinizëm, që mua vërtet po më pëlqente dhe po më dukej argëtuese.

Ishte vërtet shumë më i mënçur se sa kujtoja unë.

Përgjigjen e kisha në majë të gjuhës, sepse i kisha përmendur emrat e atyre njerëzve me mijëra herë me vete, isha zënë dhe isha përleshur me ta, kisha sharë dhe kisha mallkuar fatin që më kishte lidhur me plehra të tilla dhe nuk më duhej të bëja ndonjë llogari.

Po qe se të tjerët, inatçinjtë e zakonshëm krijojnë armiqësi me të gjithë botën dhe futin në listen e tyre të afërm e të largët, të njohur e të panjohur, unë nuk isha si ata, e kisha inatin të përqëndruar, nuk shpërndahesha poshtë e lart, ndaj edhe inati im ishte më i koncentruar dhe lidhej me emra dhe fytyra konkrete.

Ndaj pa e tjerrë gjatë, pa u menduar për të bërë listën, i thashë:

-Janë vetëm tre njërëz që më prishin punë, sikur ata të tre të ikin nesër nga kjo botë, atëhere unë jam i qetë. Nuk kam probleme me shtetin, por me njerëzit. Vetëm me tre, ata janë problemi im dhe unë jam problem për ata, më duan të vdekur ndaj edhe unë i dua po të vdekur...

11

BOTA ËSHTË AQ E MADHE SA NE DUAM QË TË JETË

Kur qëllon me gur një mur, ka shumë mundësi që guri të përplaset fort dhe të kthehet në kokën tënde, ndaj mate dorën mirë, qëllo, por ruaj kokën, se pastaj nuk ke kujt t'ia nxjerrësh inatin.

Dhe unë i thashë prerë, për çdo shërbim që do të më bënte, çdo emër i shpallur si udhëtar në botën e përtejme, do të kushtonte pesëdhjetë mijë euro. Ishte një shumë, që do të kishte kënaqur këdo, por unë nuk isha budalla që po tregohesha kaq dorë lëshuar. Secili nga objektet jetonte në Tiranë, shumë larg prej aty, dhe për më tepër nuk ishin njerëz të parëndësishëm, kleçka e bulazhga që kalonte përroi dhe i rrëmbente, por zyrtarë të lartë, në poste të rëndësishme.

Vdekja e tyre nuk mund të kalonte pa rënë në sy dhe do të bënte zhurmë të madhe. Tre herë nga pesëdhjetë mijë euro ishin një pasuri e tërë. I premtova, që pasi të kryente porosinë, veç parave

104

do ta pajisja edhe me një pashaportë udhëtimesh me emër të rremë dhe le të largohej ku të donte.

Pas kësaj as ishim parë dhe as ishim njohur ndonjëherë, secili në punën e vet.

Kjo ishte një punë e pastër dhe do të kishte një llogari të qëruar.

Nuk përmënda asnjëherë emra apo mbiemra. Nuk doja që objektet e marrëveshjes sonë të ishin njerëz konkretë, por ama u morëm vesh për të gjitha. Sepse unë u mundova që të zbërtheja çdo detaj të planit tim, që ai nesër ose pasnesër, kur ta kishim mbaruar punën të mos ndjehej i mashtruar.

Ai ishte dakort që të vihej në shërbimin tim dhe për çudinë time me tha:

-Nuk e bëj më shumë për paratë, megjithëse më duhen dhe më nxjerrin nga halli ku kam rënë, por e bëj edhe për ty, e marr vesh që je ngatruar kot në një mesele të keqe dhe me që kemi ngrënë bashkë dua të të ndihmoj... ndoshta për ju që jetoni në qytet miqësia ka tjetër emër, kurse ne në male miqësinë e matim edhe me sofrën ku ulemi dhe hamë së bashku...

Dhe unë e besova, sepse e kisha kuptuar me kohë, që njerzit sa më primitivë të jenë, aq më pak hile dinë të bëjnë dhe aq më pak e njohin armën moderne të hipokrizisë. Doza e poshtërsisë tek njeriu rritet në progresion të drejtë me sasinë e kulturës që merr. Sa më shumë shkollë, sa më shumë kualifikime, sa më shumë dije, aq më i poshtër, lapangjos dhe i pabesë bëhet, kurse e kundërta ndodh tek të pakulturuarit, se ata janë vetëm shejtanë budallenj.

Meçua përlau mishin që i kisha dhënë, u çua dhe ngadalë-ngadëlë u nis në drejtim të pyllit. Dukej sikur u tërhoq me qëllim mënjanë, për të na lënë ne njerzve që të merreshim vesh për hallet tona. Më ishte mbushur mëndja, që ai ari plak dhe sakat kishte mënd po sa një njeri dhe kuptonte fjalët dhe gjestet tona. Megjithëse ishte një bishë e egër, mjaftonte ai ushqim që kishte marë nga duart tona, për t'i ngjallur besimim që nga ne nuk mund t'i vinte asnjë e keqe dhe ndjehej më se i sigurtë duke qëndruar pranë nesh.

Dhe kjo gjë nuk ndodhte tek njerzit, se njeriu ka vesin e keq që ta kafshojë dorën që e mbron dhe e ushqen.

Jo se këtë e ka thënë ndonjë shkrimtar si Shekspiri, por sepse
këtë gjë e provojmë ne vetë në shpinën tonë përditë, vazhdimisht
trathëtohemi dhe e shikojmë që rrethi i miqve që në rini është i
gjërë, me kalimin e kohës ngushtohet papushim, deri sa më në
fund nuk ka më rreth, por ngelet vetëm qëndra e tij, pra vetëm ti
me vetveten tënde, që je plakur dhe nuk ke kuptuar asgjë nga
natyra e poshtër njerëzore.

Kur arriti në anë të korijes, ktheu edhe një herë kokën, na pa në
se po i shkonte ndonjëri prej nesh pas dhe pastaj humbi midis
pemëve. Ai ishte një qënie e egër dhe e lirë dhe nuk kishte përse
të qëndronte gjatë gjithë kohës me dy njerëz, që nuk kishin punë
tjetër por vetëm të dërdëllisnin.

Ipaemri tha duke qeshur:

-*Vë bast, që Meçua do të na sjellë për darkë ndonjë dele ose
ndonjë dhi,* -dhe pastaj shtoi duke u ckerrmitur me buzën e tij të
shtrëmbër. – *Kur niset të rrëmbejë ndonjë kafshë, ka një ecje të
tillë, si prej një trimi që niset në luftë... E ka bërë në kokë planin,
e di edhe se ku është kopeja në kullotë dhe niset sikur të jetë duke
mbledhur gorrica për atje ku e ka fiksuar në mëndjen e vet...*

Shtova:

-*Unë nuk vë baste kurrë, aq më tepër për një ari, sepse t'i ke më
shumë kohë që e njeh dhe ja di huqet... por m'u duk se do të futet
nën hijen e ndonjë lisi për të fjetur tre katër ditë, derisa ta marë
urija prapë.*

Por mëndjen e kisha në një vend tjetër.

Po bëja plane, mirëpo ndodhesha kaq larg, në një vënd kaq të
harruar, kurse planet duhej që të viheshin në jetë në Tiranë. I
kisha menduar e stërmeduar gjërat me netë të tëra, me kokën të
mbështetur në jastëkun e fortë, pa mundur të mbyllja sy, por tani,
kur vinte puna për t'i vënë në jetë, vendi ku ndodhesha më dukej
një pikë aq e vogël dhe aq e largët në botën e madhe, sa që vërtet
më kapte frika se të gjitha ishin vetëm fjalë dhe nuk do të
viheshin kurrë në jetë.

Kishin kaluar kaq muaj dhe nuk mund të thosha me siguri që
edhe në kryeqytet kishin ngelur po kaq të pandryshuara. Në këtë
kohë mund të kishin ndodhur kaq shumë ndryshime, sa që të
gjitha ato që kisha bërë unë hesap të mos dilnin kurrë.

Të planifikosh, të thurësh e të thurësh, do të thotë të jesh në kufirin e një ëndrre-zhgjëndër, por kur duhet të vësh në jetë makinën që ke ndërtuar lehtësisht në kokë, është vërtet e vështirë. Kur planifikon bota bëhet e vogël, është një grusht dhe t'i e sjell nëpër duar pa vështirësinë më të vogël, por ama kur pesha e asaj botë të bie vërtet në dorë, e kupton sa e madhe është dhe se është e pamundur ta lëvizësh nga vendi.

Gjyshja ime nuk e thurte trikon dhe çorapet me fjalë por me fije dhe i duhej gjithë ajo punë derisa trikon e leshtë ta vishja unë.

Së pari duhej ta ndryshoja pamjen prej egërsire të njeriut tim.

T'ia zbuloja fytyrën dhe ta bëja më të pranueshëm, po qe se kjo do të ishte e mundur, për botën tjetër, atë të qytetëruarën. Ashtu leshator si neandertalas do ta kisha të pamundur ta shpija në qytet, se do të më ndizte menjëherë belaja.

Duhej ta vishja e ta mbathja në atë mënyrë sa që të mos binte në sy në rrugët e një qyteti të madh dhe për më tepër t'i siguroja mjetet, t'i jepja në dorë armë më të përshtatshme, sepse me kallashnikov në dorë do ta kishte të pamundur të bridhte nëpër rrugët e Tiranës.

Për më tepër, isha i bindur që ai njeri pylli, i mësuar të përshtatej e të mbijetonte në mes të natyrës pa asnjë problem, kur të ndodhej në mes të atij qyteti të madh, midis mizërisë së njerëzve, pluhurit, zhurmës, rrëmujës dhe makinave do të ndjehej sikur ishte futur në një xhungël të panjohur, të egër e pa rrugë dhe mund të bënte ndonjë gomarllëk.

Pra, doja apo nuk doja unë, isha i detyruar që të shkoja me të dhe të bëja punën e udhërrëfyesit.

Për mua bota nuk kishte përmasa edhe aq të mëdha, por për një njeri që jeton për vite e vite me rradhë në një pyll, bota është e pafund dhe krejtësisht e panjohur.

Po të doja që punët të shkonin ashtu si duhej, ishte e nevojshme të shkoja edhe unë me të si udhërrëfyes, ta mësoja të ecte dhe të orjentohej, të gjente rrugët dhe adresat, ta kuptonte që në një qytet të madh njeriu nuk mund të orjentohet me lindjen dhe perëndimin e diellit, por me ca tabela dhe numura të varura nëpër mure dhe dyer banesash. Nuk je si në fshat që të parin që ndesh në rrugë e pyet se ku e ka shtëpinë Kiçua i Sevos dhe ai ta tregon që larg me dorë, në Tiranë as mund të ndalosh njeri dhe as mund ta pyesësh, sepse askush nuk ka qef të ndalojë dhe të të përgjigjet, të gjithë vrapojnë dhe nuk duan të kenë punë me të panjohur.

Të gjitha këto vështirësi në fillim më ishin dukur të papërfillshme, sepse kur i bëjmë planet me mëndjen tonë, kujtojmë se të gjithë e shikojnë botën me sytë që kemi ne në ballë. Nuk e vrasim mëndjen që të gjithë ne e shikojmë botën ashtu siç duam dhe siç mundemi.

Po qe se një qytetar do të vdiste nga pamundësia për t'u përshtatur në mes të një pylli të panjohur dhe do të bëhej pre e urisë, në mos qoftë darka a dreka e një egërsire, e njëjta gjë do të ndodhë edhe me një njeri të pyjeve po të gjendet në mesin e një pylli të pafund ndërtesash dhe rrugësh të asfaltuara, ka për të qënë pre e egërsirave që bredhin me lukuni nëpër çdo qytet.

Po të ishte për mua do të preferoja të përballesha me egërsinë e pyllit para asaj të qytetit, sepse pylli është shumë më i thjeshtë, ka më tepër mundësi të mbijetosh, të gjuash diçka, të gjesh disa fruta, të kacaviresh nëpër pemë, të futesh në ndonjë shpellë dhe të mbrohesh nga ato që janë rreziqe të dukshme.

Por ec dhe mbrohu në qytet, përshtatju një vëndi ku nuk ka rregulla, ose regullat ndryshojnë sa herë që t'i kujton se i ke mësuar.

Po të ndezësh një zjarr në mes të pyllit, dhe dru e shkarpa ke sa të duash, jo vetëm që ngrohesh dhe nuk ngordh nga të ftohtit, por mban larg edhe egërsirat, kurse në qytet më thoni mjetin që do t'i detyronte bishat me fytyrë njerzish të qëndronin larg teje dhe të të mos të të bënin keq. Në qytet nuk ka mjete të tilla, aty je i pambrojtur dhe vetëm është fati, apo perëndia ajo që të mbron nga të gjithë ata që duken në pamjen e parë si njerëz normalë, por që në të vërtetë janë më të egër dhe më të pamëshirshëm se sa bishat e pyllit.

Pyeteni shitësin që ka hapur një dyqan poshte pallatit tuaj, cilat janë bishat më të egra që kërcënojnë jetën e tij dhe të familjes së tij. Ai e ka përgjigjen në majë të gjuhes, do të përmëndë faturuesin e dritave, faturuesin e ujit, policinë bashkiake, policinë tatimore, policinë rrugore.

Pra në pyll ai do të kishte frikë vetëm nga ujku, dhe do të ndizte një zjarr që ta mbante atë larg, por hajde gjej një mjet efikas për të mbajtur gjithë atë lukuni bishas që të derdhen sipër dhe të marrin edhe qindarkën e fundit.

Ndaj po qe se nuk je mësuar në xhunglën qytet, ta dish që ke mbaruar me të gjitha porsa ke shkelur aty dhe e keqja nuk të vjen nga vjedhësit e xhepave nëpër autobuzët, apo nga rrëmbyesit e çantave të grave nëpër rrugicat pa dritë, por nga nëpunësit e shtetit.

Nuk ka hajdutë më të mëdhnj se sa punonjësit e shtetit qofshin me uniforma ose me kollaro.

Një hajduti në autobuz mund t'ia thyesh edhe turinjtë duke e rrahur, por ec dhe provo t'i futësh ndonjë shpullë faturueseve të dritave që të shkruan fatura me shifra marramëndëse pa ardhur fare që të të lexojë matësin. Ta dish që pastaj ka për të të pirë e zeza.

Pra me një bishë në pyll mund të luftosh me të gjitha mjetet, edhe mund ta vrasësh, por me një bishë qyteti je i paaftë të kundërveprosh, se atë e mbron shteti dhe ligji.

Ndaj egërsirat ndahen në dy lloje, në ato që jetojnë në pyje dhe janë jashtë ligjit dhe në ato që jetojnë në qytete dhe janë të mbrojtura nga ligji.

Deri këtu fola vetëm për bishat e vogla, nuselalet, kunadhet, çakejtë dhe hienat, por po të përmëndim kafshët e mëdha, bishat e vërteta, ata që qëndrojnë në majë të piramidës shtetërore, atëhere është e kotë të flasim, me ta dashtë zoti të mos ngatrrohesh e të mos kesh punë, se je i mbaruar me të gjitha.

Ndaj, kur mendoja që *Ipaemri* do të nisej në xhunglën e betontë për të kryer dy tre porosi më zinte frika.

Në fillim e kisha menduar të lehtë, e kisha planifikuar si një shëtitje të zakonshme, por tani që plani duhej të vihej në veprim e dija që ai do ta kishte të pamundur të arrinte në destinacion pa qënë i shoqëruar nga unë. Por jo vetm duhet ta shoqëroja, e para e punës duhej t'i jepja një pamje dhe një fytyrë të re që të mos dallohej nga egersirat e tjera të qytetit.

Të kishte pamjen e tyre, të vishej si ata, të qethej si ata, të rruhej si ata, të fliste si ata dhe të qeshte si ata.

Dhe e gjitha kjo mund të duket një fjalë goje, një gjë që kur e mendon shkarazi nuk përbën ndonjë problem, por ama hajde dhe bëje, shndërro një njeri të kromanjonit në një qënie njerëzore të epokës sonë. Bëje që të mos dallohet nga ty dhe nga unë.

Ju siguroj që kjo nuk është e lehtë, duhet shumë punë, punë dhe para, si të marësh fëmijën ujk të gjetur në pyjet e Indisë dhe ta përshtatësh me jetën e zakonshme, ta integrosh në shoqërinë njerëzore. Pra ta marrësh ujkun, ta veshësh me kostum dhe ta vësh të kanditojë për deputet. Je i dështuar, se nuk kanë për ta lënë të gjallë deputetët e tjerë që janë shume herë më të rrezikshëm se ujqërit.

***

Pas bisedës që bëra me *Tëpaemrin* dhe pasi ramë dakort që ai e merrte përsipër porosinë, u mendova disa ditë me rradhë. Më kishin dalë shumë pyetje përpara dhe të gjitha prisnin të merrnin përgjigje. Vërtet nuk ishte e lehtë të gjeje zgjidhje, por po t'i mendoje gjërat hollë-hollë gjithçka kishte një zgjidhje.

12

NË NJË FSHAT TJETËR

Ç'duhet të bëjmë kur qeni bije në pus? Qenin edhe mund ta ndëshkojmë, por më parë duhet ta dimë në se është hedhur vetë, i ka shkarë këmba, apo dikush e ka shtyrë. Por edhe këto nuk kanë rëndësi, sepse në fillim duhet të shikojmë në se qenin do ta nxjerim të gjallë apo të mbytur nga pusi. Sepse po të ketë ngordhur nuk kemi ç'ti bëjmë se e ka marrë vetë ndëshkimin.
Hë se mënd harrova kryesoren, po me pusin ç'do të bëjmë, do ta mbyllim, do ta pastrojmë, apo do të vazhdojmë të pijmë ujë?

Një nga shpikjet më të mrekullueshme të skotës njerëzore duhet të ketë qënë brisku.
Pasi ia shkurtova flokët me një gërshërë të vjetër, që gjeta tek sepetet e gjyshes dhe pasi u rruajt, iu zbulua një fytyrë e kuqërremtë, me një nuancë të bardhë dhe rozë, që nuk ngjiste aspak me atë kokën kaleshe si një drizë të pakrasitur, që kishte disa orë më parë.

Pastaj veshi një bluzë, një palë xhinse, një xhup ngjyrë bezhë dhe mbathi një palë atlete të bardha. Përpara meje qëndronte një burrë që porsa i kishte mbushur të tridhjetë e pestat, me një trup mesatar, me shpatulla pak të krrusura, por që gjithsesi tregonte se ishte një tip atleti, i cili ose ishte marrë me sport ose me punë fizike gjithë jetën.

Deri atë ditë nuk i kisha dhënë rëndësi briskut, e kisha marrë si një instrument të thjeshtë dhe të dhënë ashtu kot, por kur e pashë se si një përbindësh mund ta kthente në njeri, e vendosa në pjedestalin e shpikjeve më të rëndësishme të njerëzimit. Ishte më i rëndësishëm edhe se mikroproçesori, sepse vlente për të rritur ndjenjën e të vetëndjerit tek njeriu, pra lidhej direkt me dinjitetin e tij, dhe gjithçka ka vlerë reale, qoftë edhe një kafshë e egër, kur ka dinjitet dhe di ta vlerësojë veten e vet se vlen shumë më tepër edhe se një nënëpunës apo ministër servil.

Pra brisku dhe dinjiteti i burrit janë pothuajse të barasvlershëm.

Por hoqa dorë nga këto përsiatje prej budallai. Se po ia futja kot. Brisku ishte thjesht brisk, një copë e hollë dhe e mprehtë metali që shërbente për të hequr qimet e trupit. Një gjë që vërtet kishte rëndësi të madhe, por në fund të fundit nuk kishte shpëtuar njerëzimin nga zhdukja.

U bëmë gati për rrugë.

Të nesërmen në mëngjes duhej të shkonim në një vend të banuar, ku kishte dyqane dhe magazina, që të blinim që aty ato që do t'i nevojiteshin atij për të vajtur në Tiranë. Duhej patjetër që ai të kishte pamje sa më normale, dhe vetëm një problem kisha, dhëmbët e rënë e të brejtur nuk do të isha në gjëndje t'ia rregulloja shpejt e shpejt, ata do të më hanin një farë kohë, se nuk mund të vendoseshin të rinj thjesht duke hyrë në një supermarket.

Pastaj duhej t'i gjeja edhe armë të përshtatshme, që të mbaronin punë dhe të fshiheshin në trup pa i rënë askujt në sy. Armë të vërteta, të një kalibri të madh, që të ishin bërë për të vrarë dhe jo për të gudulisur.

***

Nga mbasditja u kthye Meçoja dhe vërtet po sillte gjahun e tij, një ftujë rreth pesëmbëdhjetë kilëshe, që e kishte mbërthyer me dhëmbë dhe e mbante duke qëndruar me kokën lart. Megjithëse i çalë, duke shkeluar vetëm në tre putra, ecte mjaft shpejt, sikur vërtet t'i ishin vënë prapa të zotët e dhisë së re.

Erdhi, e lëshoi para këmbëve tona dhe u shtri, si të thuash unë e bëra punën time, tani e keni rradhën ju për ta shpënë deri në fund. Sytë e tij kishin marrë një dritë të ëmbël kafe, dhe ndoshta në këtë mënyrë donte të shprehte kënaqësinë e vet, për atë që kishte bërë dhe për atë që do të hante pak më vonë.

Unë i dhashë Meços një brinjë të pjekur ku kishte ende mish dhe dhjamë dhe që kishte ngelur nga gjahu i mëparmë, kurse *Ipaemri* mori thikën dhe filloi ta ripte me mundim trupin e kafshës që kishte filluar të ngrinte. Meçoja do ta kishte rrëmbyer shumë larg, se nga forma se si kishte shtangur kafsha dhe se si i ishte mpiksur gjaku dukej që kishin kaluar më tepër se dy orë.

E lashë të merrej me punën e guzhinierit, kurse unë për vete pregatita dy çanta, futa brënda konserva, një llampë gazi për të gatuar, një kusi të vogël alumini, një pako me pjata plastike dhe dy pirunj. Do të ecnim gjatë dhe nuk isha i sigurtë se sa larg që aty ndodhej Pilkati.

E dija që ndodhej matanë Gramozit, menjëherë matanë, por nuk e kisha bërë kurrë atë rrugë dhe nuk mund ta merrja me mënd në se do të na duhej një ditë, apo vetëm disa orë. Problem tjetër ishte kalimi i kufirit. Po qe se do të kishte polici kufitare, do të na duhej të prisnim orë të tëra të fshehur derisa të na lirohej shtegu dhe të hidheshim matanë.

Ishte e para herë që po më binte rradha ta kaloja kufirin pa dokumenta si një klandestin i zakonshëm dhe të them të drejtën nuk e mendoja që kjo ishte një punë e lehtë.

-Ushtarët nuk janë gjithnjë aty, por kur presin të kalojnë mbjellësit e hashashit, i zënë shtigjet dhe rrinë me ditë të tëra pa lëvizur. Tani është sezoni kur shqiptarët dhe grekët takohen në kufi për të shitur dhe për të blerë mallin. Do zoti, kalojmë pa ndonjë problem, - më dha mënd ai, se ai e kishte bërë disa herë atë rrugë dhe ishte hedhur deri matanë për të shitur qingja për shën Gjergj dhe për pashkë.

-E rëndësishme është që të kalojmë, - i thashë. *– Dhëmbet e tu dhe punët e tjera është e mira që të mos i bëjmë këtu, se mund të të njohin, por mund të më njohin edhe mua dhe nuk dua që të hyjmë në bela. Pastaj, që të bëjmë pazar, do të na duhej patjetër të shkonim ose në Korçë ose në Ersekë dhe është po kaq larg...*

Kisha vendosur që ta transformoja krejtësisht, të zhdukja gjithçka nga pamja e tij e vjetër prej njëriu të egër.

Thonë që njeriu e ka të vështirë të ndryshojë nga brenda, por nuk është kështu, mjafton të ndryshosh pamjen e jashtme, të veshësh një kostum të shtrënjtë, të mbash një orë që i përket një firme të njohur, të kesh një telefon të prodhimit të fundit, një palë këpucë që llamburijnë dhe ja që t'i je një njeri i rëndësishëm në sytë e të tjerëve, por fillon e vetë të ndjehesh i rëndësishëm, dhe të sillesh si i tillë.

Kur thonë që veshja nuk e bën njerinë, ia këputin kot, se është veshja, makina, unaza dhe celulari ato që e bëjnë njerinë, ia rritin vlerën disa mijra herë.

Njeriu kur luan me të tjerët njëkohësisht fillon të luajë dhe me veten, në fillim mund ta ketë pak të vështirë, sa të futet plotësisht në guaskën e re, por kur e mbush krejtësish hapsirën e kësaj guaske, pastaj është transformuar plotësisht.

Ja mendojeni vetë sa trapa, militantë partiakë kanë ardhur në Tiranë nga Tropoja dhe nga Skrapari, barinj dhish, që kanë zënë vënd në ndonjë drejtori ministrije. Në fillim, të porsa ardhur janë qesharakë, me kostume të prera në seri, me kravata si gjuhë të varura lopësh, të ngathët e të trembur, por pas tre muajsh, kur mësohen me guaskën e tyre të re, e barazojnë veten me forcën e shtetit dhe bëhen të papërmbajtshëm. Kërkojnë menjëherë të bëjnë dallavere, të xhvatin nga tenderat, të blejnë kostume të shtrënjtë, dhe të shkërdhejnë sekretaret dhe vartëset.

Më kujtohet një fshatar kur isha mësues, ishte një qurrash që nuk e kishte shokun, por një ditë e vendosën komandant skuadre, pra kishte për detyrë që në fund të ditës t'u maste punën me zhallon shokëve të vet. Maste sipërfaqen dhe cilësinë e punës.

U transformua menjëherë, trashi zërin, filloi të mos ua merrte punën edhe kushërinjve të tij, të haej dhëmb për dhemb me të gjithë. Dhe kur e pyeta me të qeshur se sa i ishte shtuar rroga, më tha se nuk merrte asnjë kacidhe më tepër. Pra jepi dikujt një zhallon në dorë, vetëm një shkop si i thonë, mos e paguaj për këtë punë, vetëm i thuaj se është përgjegjës mbi pesë fshatarë të tjerë dhe ai ka për t'u transformuar krejtësisht. Sepse i duket vetja i rëndësishëm, i mënçur, trim, vetëm se i kanë dhënë një shkop në dorë që ta tundë dhe t'u prishë punë të tjerëve.

Mendo që hajvanë të tillë gjen sa të duash nëpër ministrira dhe një drejtor ministrie ka më shumë se një shkop në dorë. Dhe shkojmë tek shprehja e vjetër:

"I afti të bën punën, kurse i paafti të bën gjëmën!".

Edhe gomarit po t'i vësh një samar të ri i duket vetja sikur është kalë shale i racës arabe dhe fillon të tundë veshët. Kurse barkthari, kur bie në bollëk harboet, si evgjiti kur gjeti kos.

Kjo është trampolina e jetës.

Mund të jesh një bari, që vetëm firmën e hedh me mundim, dhe mund të përfundosh në ministrinë e arsimit si kryeinspektor, në mos edhe më lart. Dhe që nga ai moment fillon të mendosh të bësh reforma për të modernizuar arsimin. Të shpikësh çudira të tilla, që një i mënçur nuk do t'i kishte bërë kurrë.

U nisëm herët në mëngjes.

Në fillim mendova që të mos i merrnim armët, por me që do të kishim rrugë të gjatë le të ishim të armatosur, se të keqes nuk ke ç'i bën me duar të zbrazura. Hodhëm çantat në kurriz dhe morëm rrugën. Më duhej ta hidhja hapin sipas tij, se me që këmbën e kishte të dëmtuar dhe mezi e thyente, nuk mund të çapitej aq shpejt sa edhe unë.

Asnjëherë nuk e pyeta atë njeri se ç'e kishte gjetur me atë këmbë, por isha i bindur që nuk e kishte sakatllëk të lindur, sepse ata që lindin të çalë kurrë nuk çalojnë në atë mënyrë, tunden e shkunden dhe këmbën s'e tërheqin zvarrë.

Edhe Meçoja u nis pas nesh. U ktheva dhe i thashë me të mirë:

-*Ti Meço qëndro këtu dhe na ruaj shtëpinë! Nuk ke përse të lodhesh deri në Greqi, se mund të të shënojnë për emigrant...*

Por ai hungëriu sikur të donte të më kthente përgjigje dhe po të më kishte kuptuar të më kundërshtonte. A nuk ishim ortakë, a nuk i bënim shumë punë bashkë, atëhere edhe ai do të vinte me ne, kudo që të shkonim.

Kështu ndodhi që e mora atë rrugë të gjatë e të lodhshme, midis maleve, përrenjve dhe pyjeve i ndjekur nga dy çalamanë. Dhe si për çudi, pasi kishim ecur nja dy orë në drejtim të maleve të Gramozit, ndjeva një dhimbje therrëse në pulpë, një si tërheqje muskuli të fortë dhe fillova të çaloja edhe unë.

Tre të çalë, tre të humbur e të harruar nga bota që ngjiteshim përpjetë nëpër shtegun e pjerrët, vazhdonim të ecnim me kokfortësi përpara për të arritur në majën e qafës së malit. Ndoshta është e vërtetë se me ata që shoqërohesh si ata bëhesh, rrija me të çalë dhe më duhej edhe mua të çaloja që të mos dalloja nga grupi im.

Nuk dua t'i bije gjatë, vetëm po ju them se pas dy ditësh, pasi hëngrëm një pjesë të mirë të ushqimeve dhe fjetëm në truallin e fortë e të ftohtë të vjeshtës së tretë, më në fund u gjendëm mbi Pilkat, fshatin që gjendej në rrëzë të kodrës.

Ishte më të ngrysur.

Gjetëm një vënd që ishte disi i mbrojtur nga era, se ishte nëntor dhe megjithëse nuk binte, përsëri bënte shumë ftohtë, ndezëm një zjarr, hëngrëm fasule dhe mish, që i ngrohëm në një nga gavetat që kishim me vete. U mbështollëm mirë, aq sa mund të mbështilleshim me kuvertat, që kishim mbajtur gjatë gjithë kohës në shpinë, dhe ia këputëm gjumit.

Për fat u kishim shpëtuar punonjësve të policisë kufitare, që bridhnin në ato anë për të kapur kontrabandistët e hashashit dhe të bagëtive, kishim dalë në një vënd që mund ta quanim të sigurtë dhe menduam se do të bënim gjumë të qetë, sa ç'mund të jetë gjumi i qetë kur të pret i ftohti i natës dhe të përcëllon pjesët e zbuluara të trupit bryma e mëngjesit.

Por duke qënë disi larg vijës së kufirit mendonim se nuk do të kishim të bënim me policinë dhe ushtarët, se ata nuk kishin ç'kërkonin kaq thellë.

***

Kishte ende yje në qiellin e ngrirë kur më nxori nga gjëndja kapitëse e gjumit hungërima e mbytur e Meços. Hapa sytë, edhe bashkëudhëtari im ishte ngritur, qëndronte ndënjur. Zjarri ishte fikur dhe shpuzën e kishte mbuluar shtresa e trashë e hirit. Edhe ariu e kishte ngritur kokën, lëshonte atë tingull të mbytur grykor dhe shikonte diku në drejtim të errësirës.

Atje midis territ kishte diçka që po e shqetësonte kafshën. Mendova se do të ishte ndonjë kafshë e egër.

Pas pak Meçua u ngrit dhe në heshtje, duke shkelur me putra maceje u zhduk midis shkurrëve, një si punë gardhi që rrethonte një parcellë të mbjellë me mollë. Pra nuk ishte kafshë ajo që po afrohej, por një njeri, se ariu ishte aq i mënçur sa t'u trëmbej vetëm njerëzve, edhe kur ishte i shoqëruar me ne.

Unë u çova menjëherë, mora automatikun dhe armën time dhe i futa thelle një trëndafili të egër të mbështjellë me kulpër, duke e shkelur ferrën me këmbë. Nuk doja të na gjenin të armatosur në atë zonë të panjohur që i përkiste Greqisë. Mundohesha që të gjitha këto veprime t'i bëja në heshtje të plotë dhe duke ruajtur qetësinë. Pastaj vajta përsëri tek vëndi ku kisha qënë pak më parë dhe u ula, mora pamjen e një njeriu që nuk dyshonte për asgjë dhe po qëndronte i qetë në pritje të asaj që do të ndodhte dhe që nuk e dija se çfarë ishte.

Kur çdo gjë ngriu dhe heshtja u bë e plotë, si në çdo natë ngrice pa erë, kur edhe ajri duket sikur kthehet në një copë të ftohtë akulli, në të gjitha anët u shfaqën pesë gjashtë silueta që na kishin drejtuar armët. Vetëm pas kësaj na ndriçuan dhe na folën greqish, në një gjuhë që unë nuk e kisha haberin fare.

Pra, udhëtimi i qetë kishte mbaruar aty, tani do të kishim të bënim me njerëz.

U ngritëm ngadalë më këmbë duke i mbajtur duart lart mbi kokë. Shoku im i rrugës u foli greqisht. Për zotin u habita, se nuk më kishte shkuar mëndja kurrë, që një njeri i mbuluar me lesh e lecka si ai mund të dinte edhe ndonjë gjuhë të huaj. Por unë nuk e njihja kush ishte, ç'kishte bërë para se të merrte malet, se nga vinte dhe në se kishte bërë ndonjë shkollë apo jo. Por ja që më habiti dhe njëkohësisht më shpëtoi. Fliste rrjedhshëm, pa u menduar dhe mundohej të shpjegohej.

Pasi foli gjatë, gjuhë e huaj është vërtet e bekuar. Pashë që ushtarët e kufirit u qetësuan dhe ulën armët, po ashtu edhe ne i ulëm duart. Kishim kaluar menjëherë në një gjëndje paqeje dhe ne nuk ishim më të rrezikshëm për ta.

-U thashë që jemi kushërinj të parë, djem xhaxhallarësh, dhe se po vimë në fshat se na kanë thënë që aty gjendet një dentist shumë i mirë. Më besuan se unë dhëmbët i kam vërtet për ibret. Dhe me që nuk kemi as ngarkesë dhe as bagëti me vete ata nuk kanë punë me ne, me sa duket do të na lënë në hallin tonë...
E pyeta:
-Kë kanë shef këta?
Më tregoi njërin, që dukej edhe më i madhi në moshë.
Nxora një kartmonedhë qindshe, që e kisha futur në një xhep të vogël pranë jakës së xhypit dhe i thashë:
-Jepja këtë dhe u thuaj se ua jap për t'u qirasur me ndonjë birrë. U thuaj se më duken njerëz të mirë dhe do të na ndihmonin shumë po të na linin të kalonim e të futeshim në fshat...
Greku e kontrolloi nën dritën e fenerit kartmonedhën e gjelbër, falenderoi dhe e pranoi qirasjen. Pastaj na shoqëruan deri në të hyrë të fshatit, duke llomotitur papushim me shokun tim dhe u ndamë miqësisht.
Nga greqishtja e tyre nuk kuptoja asgjë dhe më vinte inat, se gjyshërit e mi e kishin folur atë gjuhë, kurse unë çun qyteti e kisha quajtur një mundim të kotë për ta mësuar. Por njeriu duhet të mësojë ç'i del përpara në jetë, se ja vjen një ditë dhe pa gjuhen e huaj, që dikur nuk kishte qënë e huaj për fisin e nënës sime, je vërtet memec.
Vetëm se u kishte thënë që mjeku i atij fshati ishte shumë i mirë dhe i kishte shkuar nami deri në Shqipëri, ata u ndjenë krenarë dhe na lanë të kalonim pa asnjë problem. Kjo është krenaria kombëtare, pëlqeja serbit *shlivovicën* dhe e zë mik, pëlqeja bullgarit *kosin* dhe është gati të të quajë edhe vëlla. Lëvdoja grekut një *dentist plak* të një fshati të humbur dhe është gati të bëjë dy orë rrugë më këmbë që të të shpjerë tek ai mjek, që ka nam edhe matanë kufirit.
Nga ai moment fillova ta ndrroja mendim për shokun tim të vetmisë, nuk ishte aq budalla, bile ishte goxha i mënçur dhe dinte të manovronte në situata të vështira, pastaj kishim qëlluar edhe me fat, që atje kishte vërtet një dentist plak, që kishte lënë Selanikun dhe e kalonte shumicën e kohës në fshatin e tij. Një pensionist, që donte t'i ngryste ditët e fundit të udhëtimit në atë vend nga kishte nisur rrugën e jetës.

13

TRANSFORMIMI

Qentë shikojnë në ëndërr kocka, macet cironka, arinjë mjaltë, ujqërit qingja, dhelptat pula, kurse lepujt karrota. Vetëm nuk e di se ç'shikojnë në ëndërr të marrët, besoj se nuk shikojnë mënd.
Pastaj ç'rëndësi kanë ëndrrat kur janë vetëm ëndrra dhe nuk shërbejnë për asgjë? Vetëm që ushqejmë shpresën për atë që na mungon, nuk e kemi dhe e ëndërrojmë.

Qielli, një qiell gri, i murrmë, ai fytyra e një vejushe hallemadhe, që ka për të rritur një karvan fëmijë dhe nuk di ku të përplasë kokën, e vonoi agimin atë mëngjes në atë fshat, që vërtet kishte shtëpi e vila të ndërtuara bukur, dhe rrugica të pastra e të veshura me kalldrëm zajesh të lëmuar, por dukej i pa jetë, se të gjithë ishin strukur dhe bënin gjumin e dimrit.
Dëgjohej vetëm kënga e ndonjë gjeli të rrallë e të përgjumur. Gjeli që vononte t'i nxirrte pulat e veta nga qymezi.
Për çdo njeri, që jetonte në ato anë, si ajër i ftohtë dhe ato re të dëndura paralajmëronin rënien e borës së parë. Kishim qënë me

119

fat që arritëm të kalonim qafat e malit në një kohë të thatë, se përndryshe nuk dihej se ku do të ishin bllokuar dhe se si do të kishte vajtur fati ynë më vonë.

Një stuhi bore në mal do të thoshte të humbje rrugën dhe të të gjente pa mundim vdekja e bardhë. Kishim dëgjuar me dhjetra raste që fëmijë se në Gramoz kishin vdekur edhe njerëz të mësuar me vështirësitë dhe natyrën, dimri në ato anë është i pabesë, fillon papritur dhe vazhdon suferina, apo *goreni* siç i thonë vëndasit, për ditë me rradhë.

Por megjithatë ishim në rrugët e fshatit, jashtë dhe të ftohtët po na hynte në palcë. Meçua, ishte treguar aq u zgjuar sa të mos na ndiqte pas dhe kishte qëndruar i fshehur diku jashtë fshatit. Kurse ne endeshim rrugëve pa folur, të strukur në rrobat tona, që nuk na ngrohnin më dhe pa ditur se si t'ia bënim.

Më në fund fati na buzëqeshi, se në një shesh të vogël, që ndoshta shërbente si qëndra e fshatit, pamë një dritë të ndezur, dhe një derë të xhamtë, që jepte shpresë se aty duhej të kishte njerëz.

Dhe vërtet ishte një kafene e vogël, nga ato kafenetë tipike të fshatrave të Ballkanit, ku një fshatar, nga fshatarët e shumtë, merrte iniciativën të bënte një lokal, ku njerëzit të mblidheshin, të pinin ndonjë gotë, të cëmbithnin ndonjë kukurec dhe të bënin muhabet për të vrarë kohën. Këta lokale shërbenin si qëndra thashethemesh, si tribuna politike, si vënd mbledhjesh dhe njëkohësisht si limer sherresh të vjetra dhe të reja për banorët e mërzitur nga mosgjëja e vazhdueshme që i rrethonte.

U futëm brënda.

Ishte pas banakut vetëm një burrë i vjetër, flokëthinjur, që na pa me dyshim dhe përshëndetjes sonë në gjuhën shqipe nuk iu përgjegj. Megjithatë, ne shkuam tek një tavolinë të mbështetur pas murit, u ulëm dhe shoku im porositi kafe dhe nga një gotë uzo. Pronari pas banakut u mendua një çast, na pa sikur të donte të vlerësonte se sa na kushtonte lëkura dhe pastaj na solli porosinë.

Asgjë miqësore nuk kishte në sjelljet e plakut banakier dhe kamarier. Ndoshta e kishte menduar që edhe të na dëbonte, por kishte ndrruar mëndje, duke parë se jashtë ne e kishim të pamundur të qëndronim.

Ipaemri e pyeti diçka, ose i tha që ne po vinim që përtej malit, gjë që plaku i lokalit e kishte marrë me mënd.

Dhe për çudinë time ai foli në dialektin e vjetër, në atë dialekt që kishim folur ne në fshat kur unë isha i vogël, por që nuk përdoret më asgjëkundi, sepse brezi i vjetër që e fliste kishte vdekur dhe ishte harruar prej kohësh bashkë me dialektin dhe tha:

-Këtu tek ne spara i kanë qef shqiptarët, sidomos gegët, se vjedhin dhe bëjnë dëme, janë si lukunia e ujqërve në shëndre, por ju jeni nga soji ynë... ju jeni ndryshe nga ata...

Si në të gjitha zonat pranë kufirit brezi i vjetër i fliste të dyja gjuhët, dhe u qetësova disi kur mora vesh, që të gjithë banorët vëndas, sidomos ata që ishin në moshën e thyer, e flisnin toskërishten, se e kishin folur nëpër shtëpia, si gjuhë kryesore dhe vetëm kalamajtë, ata që iknin dhe bënin shkolla nëpër qytete e kishin harruar.

Pra edhe unë futesha në brezin e ri që nuk më ishte dashur greqishtja dhe nuk e kisha mësuar, ashtu si kishin bërë të rinjtë e tyre me toskërishten.

Të paktën sa të qëndronim aty kishim për t'u marrë vesh dhe *Ipaemri* nuk do të lodhej duke më përkëthyer çdo fjalë edhe mua. E ftova plakun të ulej me ne, të merrte diçka dhe të bisedonim.

Na tha që në një bujtinë tjetër, në atë që ndodhej përtej sheshit dhe që hapej më vonë, aty nga ora dhjetë, kishim mundësi të gjenim edhe vënd për të fjetur, dhe se dentisti që kërkonim ne ndodhej ende në fshat dhe se e kishte shtëpinë në krye të fshatit, në majë të kodrës.

Po ta zinte dëbora këtu, bashkë me gruan e vet kishin për të qëndruar gjatë gjithë dimrit, sepse klinikën që kishte në Selanik ia kishte dhënë dhëndërit për ta punuar.

Por edhe sikur të mos kishte dentist, ne e kishim të pamundur të ktheheshim në Kolonjë. Dhe vërtet, si për të përforcuar fjalët e tij, kishte filluar të binte një dëborë flokëmadhe, sikur të lëshoheshin copa të mëdha leckash të bardha nga qielli.

Shikoja nga dritarja dhe kujtoja fëmijërinë kur ngjisja hundën pas xhamit dhe shikoja me habi këtë borë të shtruar, që binte me orë të tëra dhe vendoste shtresën e parë të dëborës, duke e mbuluar gjithçka me jorganin e vet të butë. Ishte e njëjta pamje dhe e njëjta dëborë ndaj më dukej sikur papritur kisha ndeshur në rrugë një shok të vjetër të fëmijërisë. Nuk e dija, që duke parë se si lëshohej e qetë nga qielli, se si ngjitej nëpër degët e pemëve dhe çatitë e shtëpive, do të mallëngjehesha.

M'u njomën sytë, por ktheva kokën mënjanë sepse nuk doja të më shikonin ata të dy të përlotur dhe të më përqeshnin. Ne gjithnjë kemi patur turp nga shfaqja e ndjenjave tona.

Pastaj, pasi kishte kaluar ndonjë orë dhe ne po ndjeheshim rehat dhe ngrohtë erdhën edhe ata të kufirit, u qirasa edhe ata me nga një uzo dhe me nga një meze. Pak nga pak po ndjehesha i sigurtë në atë fshat, që të paktën ishte i banuar, vërtet vetëm me pleq e plaka, por ama kishte një farë jete.

Vija re me kujdes që të gjithë ishin mikpritës me ne, ndosha se ishim në një moshë të pjekur dhe nuk flisnim dialektin e veriut, por atë të tyren. Kishin marë lemeri nga gegët dhe mundoheshin t'i mbanin sa më larg fshatit të tyre.

Më thanë se si në fillim i kishin pritur si mysafirë, i kishin futur nëpër shtëpia, i kishin ushqyer, i kishin veshur dhe i kishin mbathur, por ata vetëm vidhnin, vidhnin dhe shkatrronin. Të mirën ua shpërblenin duke u bërë dëme.

Njëri nga ushtarët tha:

-Të hash qershi, nuk i bën dëm askujt, haj sa të duash se qershia është një pemë që rron me orë, por nuk e kuptoj përse duhet ta shkyesh degën, ta ulësh poshtë mbi bar dhe pastaj ta hash!? Përse e bën dëmin më të madh se ç'është, dhe këtë bënin ata djem kur futeshin nëpër kopështijet e fshatit, më shumë thyenin e dëmtonin se sa hanin.

Por pyetjes së tij nuk doja t'i jepja përgjigje dhe vetëm mblodha supat, sikur të ishte diçka që unë nuk e kisha parë dhe nuk e kisha ndeshur kurrë në Shqipëri.

***

Vajtëm tek ndërtesa që shërbente si restorant dhe si hotel, tek bujtina e fshatit. Kishte dhoma të lira. Pagova për dhjetë ditë dhe pastaj Jorgoja, një plak llafazan, që fliste një shqipe të shpartalluar, pa gjini, veta e rasa, na shoqëroi tek shtëpia e Thomait, doktorit.

Ai e kontrolloi mikun tim, i bëri edhe një grafi të gojës, dhe pastaj dha çmimin, një mijë e pesëqint euro. Mu duke një çmim tepër i lartë, por nxorra paratë dhe ia parapagova, doja që të mbaronte punë sa më shpejt. Do të na duhej të qëndronim për rreth njëzet ditë, në mos e më shumë derisa dhëmbët të ishin gati. Qesha dhe i thashë dentistit, me syze dhe fytyrë të zymtë:

-Edhe sikur t'i bësh më parë, ne nuk na duhen, se me sa shoh unë, siç ia ka marrë shtruar dimri, këtu jemi deri në pranverë. Do të dimërojmë në fshatin tuaj, siç bëjnë vllehët kur shkojnë pranë detit...

-Koha do të hapet shpejt, - tha plaku tjetër, Jorgoja. – *Nuk ka më dimra si më parë, bije borë, fryn juga e zezë dhe shtigjet hapen përsëri, se mbaj mënd, në kohën e luftës, të gjithë ata që mundoheshin të kalonin qafat e malit vdisnin ose i çanin ujqërit, kurse tani ndryshon puna... rrugët në më të shumtën e kohës janë të hapura, edhe ujqërit nuk janë aq të këqij sa dikur, janë më të ngrënë.*

Në mbrëmje vajta tek vëndi ku kishim fshehur armët, i kërkuam në atë vend të ndryshuar nga dëbora, as shënjat e zjarrit tonë nuk dalloheshin më, por më në fund i gjetëm. I gjetëm më shumë nga gjurmët e Meços që pas largimit tonë ishte sjellë aty rrotull. Pushkët ishin lagur dhe kishin zënë shtresën e parë të kuqërremtë të oksidit. I lyem me vaj, një shishe të tërë me vaj ulliri që e kishim blerë në dyqanin e fshatit, e mbështollëm me më shumë rroba të vjetra dhe i futëm nën një grumbull shkurresh, të cilën u mundoam ta mbanim mënd sa më mirë.

Për fat vazhdonte të binte ajo dëborë e madhe dhe e shtruar dhe të gjitha gjurmat tona do të mbuloheshin pas dhjetë minutash. Nuk donim që në fshat ta dinin se ishim të armatosur, por edhe që t'i humbnim nuk donim, se do të na duheshin edhe kur të ktheheshim dhe kur të arrinim në shtëpinë tonë. Nuk e mendoja se si mund të mbijetoje dhe të ngeleshe gjallë në atë vend të egër pa patur armë në shtëpi.

Meçon nuk ma zuri syri gjëkundi. Do të kishte gjetur ndonjë bërlog të ngrohtë e të sigurtë dhe do t'ia kishte këputur gjumit. Ai vetmitar nuk e kishte problem të përshtatej me çdo vënd të ri ku gjendej i flakur nga fati, ndaj nuk ia kisha merakun shumë.

E dija që do të shfaqej tamam në çastin e përshtatshëm, atëhere kur edhe ne do të ishim bërë gati për rrugën e kthimit.

Ishte e çuditshme, por po të më thoshte dikush disa muaj më parë që do të lidhesha pas miqësisë së një ariu dhe të një vrasësi do të kisha qeshur dhe do ta merrja si shaka, kurse tani në atë vetmi të madhe midis botës së pafund, ndjeja nevojën që ato dy qënie t'i kisha sa më pranë. Më kujtohet shprehja e nënës sime, kur ne vonoheshim netëve dhe ajo na priste:

"Njeriun nuk e zë gjumi kur nuk i kthehet edhe një pulë në qymez, dhe jo të mos i kthehet evlati. Nuk të lë meraku të mbyllësh sy!"

Kështu ishte edhe me mua.

E mbaja mëndjen tek Meçoja, megjithëse Meçoja aty ndodhej në abitatin e vet, dhe sido që të ishte puna, do të dinte t'ia bënte dermanin vetes. Të gjitha qëniet ose përshtaten ose zhduken, ky është rregulli më i rëndësishëm i jetës. Por unë dhe Meçoja ishim nga ai soj që nuk zhdukeshim kollaj, dinim t'i kalonim situatat, se nuk ishim trima dhe nuk i dilnim rrezikut përpara, siç do të kishte bërë çdo kokëkrisur apo gomar. Ishim qëniet e përshtatura me jetën moderne të qytetërimit të fundit, u bënim ballë situatave të komplikuara duke ia mbathur situatës dhe duke e lënë problemin për ta trajtuar në një kohë tjetër më të favorshme për ne dhe më të disfavorshme për ata që na hapnin probleme.

Më kujtohet një shprehje interesante, që në këtë botë nuk ka gra të shëmtuara, ka vetëm gra dembele. Pra gratë po të duan mund të zbukurohen dhe të bëhen tërheqëse dhe janë vetëm ato që e lëshojnë veten dhe përtojnë ta bëjnë këtë, ndaj na duken neve të shëmtuara. Pra, çdo grua, sido që të jetë, më pak punë dhe me pak fantazi mund ta transformojë veten dhe të bëhet e bukur.

Por kjo aksiomë ka vlerë edhe për burrat, po të përkushtohen mund të bëhen të pashëm, simpatikë dhe impozantë. Fillova ta vija në punë fantazinë, të kombinoja kostume dhe këmisha për të sajuar nga *Ipaemri* një njeri normal, një banor tipik të Tiranës. Nga ata që i gjen me shumicë nëpër rrugët dhe lokalet e saj.

Tirana ka një karakteristikë që vështirë se mund ta ndeshësh në ndonjë kryeqytet tjetër. Njerëzit i kushtojnë vëmëndje të madhe pamjes së jashtme dhe burrat, pothuajse të gjithë përdorin veshjen zyrtare si një rrobë të përditshme. Ndaj edhe unë krejt fantazinë time, mundohesha ta fusja në këtë hulli, rroba serioze, të pranueshme për ambjente zyrtare, por që të mos kishin asgjë të veçantë, të mos binin në sy dhe të mos ngeleshin në kujtesën e dëshmitarëve të rastësishëm.

Ngjyra e zezë, bluja e errët dhe grija e plotë ishin pikërisht ngjyrat që vishnin shumica e njerëzve që mbanin kostume, ndaj bleva tre të tillë, të cilët i binin pas trupit *Tëpaemrit*.

Po kështu edhe me këmishat, të bardha, ose të kaltra me vija të hollë të bardha, kurse kollarot me ngjyra neutrale, jo të çelura por të errta, njëngjyrëshe ose me romba të vegjël. Dymbëdhjetë këmisha dhe gjashtë kollaro. Kurse të tre palët e këpucëve i bleva të zeza nga ato që u kishte kaluar në një farë mase moda, por që ende ndesheshin me shumicë tek të gjithë ata që kalonin rrugëve.

Ky ishte transformimi më i habitshëm që mund të ndodhte.

Për fat të keq nuk kisha asnjë fotografi për të parë në se mund të kishte ngelur ndonjë gjë nga ai njëri i egër që kisha ndeshur herën e parë në pyllin e Hijes së Madhe. Por nuk besoja, sepse pamja e tij e re, mund të përqasej me çdo nëpunës të mesëm të shtetit tonë. Asgjë nuk kishte mangut, por edhe asgjë nuk kishte me tepëri. Po ashtu edhe pardesyja dhe palltoja që blemë, ishin të një standarti të mesëm, nga ato që mbahen në ditët e ftohta ose me shi në Tiranë.

Përgjithësisht burrat që kishin të ardhura të mjaftueshme vishnin nga këto pardesy dhe nga këto pallto treçerekshe.

E kalonim ditën nëpër ato dy-tre kafenetë që kishte fshati, pinim uzo, hanim turshi të kripura dhe pikante, bënim muhabet me pleqtë e fshatit dhe arritëm të bëheshim të njohur me të gjithë banorët. Në dimër në atë fshat ishte e pamundur të shikoje të huaj dhe ne ishim të vetmit të ardhur, që vështirë të na quante dikush për turistë. Por as emigrantë nuk ishim, sepse nuk kërkonim punë dhe çdo gjë, që nga kafet, deri tek shërbimet më të shtrënjta i paguanim kesh në dorë.

Edhe policia kufitare na shërbente për çdo hall që kishim dhe askush, asnjëherë nuk u kujtua të na pyeste se si quheshim dhe se a kishim dokumenta me vete. Kur sillesh në mënyrë bindëse të gjithë të pranojnë ashtu siç je dhe askush nuk çan kokën të gërmojë në të kaluarën tënde.

Nga Meçoja nuk kisha asnjë shënjë dhe shpesh kujtohesha i shqetësuar për atë, por nuk mund t'i vija në ndihmë. Edhe një të shtunë e të djelë kur erdhen nja pesë gjahtarë me zagarë e langoj nga Follorina, prita me ankth se mos dëgjoja ndonjë gjë, por ata ishin gjahtarë lepujsh e thëllzash mali dhe as që e kishin në plan të vrisnin kafshë më të mëdha. Bile aty mora vesh që po të qëlloje në ari, apo në sarkadhe e kishe burgun të sigurtë dhe vërtet Meços sonë nuk i ndodhi asgjë e keqe.

Në ato male miku im ari ishte i mbrojtur nga ligji dhe kishte një kod të tërë penal dhe një ligj special gjuetie që i dilte në krah.

***

Dhe erdhi dita, kur dhëmbët ishin gati, dentisti ia ngjiti, goja e *Tëpaemrit* u mbush si me magji dhe krejt fytyra e tij ndryshoi menjëherë, nga e gjatë dhe e lëshuar u bë më e mbushur dhe më e plotë dhe mori një pamje krejtësisht të re. Kur buzëqeshte nuk e kishte më atë ckërrmitjen e shtrëmbër të njeriut që edhe fjalën e mirë e thoshte duke kërcënuar.

Një fytyrë me dhëmbë të bardhë si rruaza është gjithnjë një fytyrë që afron buzëqeshje qetësuese dhe paqe.

Borërat kishin pushuar, kishin filluar cingërimat dhe bora e trashë kishte krijuar një cipë të fortë e të qëndrueshme. Frynte një veri i vazhdueshëm dhe i lehtë që i mbante temperaturat poshte zeros dhe nuk lejonte që të afroheshin retë e ngarkuara me borë të dimrit.

Të gjithë na thanë se po të donim të ktheheshim në Shqipëri, të kalonim malet e rrezikshme të mbuluar me akull, pikërisht kjo ishte koha e përshtatshme.

Mora me qira një mushkë dhe një udherrëfyes dhe një mëngjes i shoqëruar edhe nga policët e kufirit u nisëm për rrugë. Ecëm nëpër një shteg që nuk e kishim ditur më parë, i cili shkurtonte orë të tëra nga ajo rruga ku kishim ardhur dhe ishim hallakatur më kot përrenjve dhe honeve dhe në të ngrysur u ngjitëm në qafën e Gramozit, pikërisht në atë vënd ku kishim kaluar kufirin në ardhje.

Nuk ndjeheshim të lodhur, përkundrazi na dukej sikur kishim bërë një shëtitje të gjatë në natyrë, megjithëse kishim ecur me pushime të shkurtra që nga mëngjezi deri në darkë. Kur je gjahtar, udhëtime të tilla janë më shumë si një shëtitje, që e bën shtruar shtruar dhe nuk të shkaktojnë asnjë lodhje. Pastaj edhe motivi se po ktheheshim në shtëpinë tonë na bënte që t'u jepnim këmbëve sa më shpejt.

U ndamë nga grekët, dëgjuam porositë e tyre që të ecnim edhe gjatë natës, deri sa të arrinim në rrëzë të malit ku nuk kishte rrezik për ndonjë stuhi të papritur dëbore, të trokisnim në ndonjë derë për të pritur agimin dhe pastaj të vazhdonim rrugën deri në shtëpinë tonë.

Mushkarit i dhashë dyqint euro, pesëdhjetë më tepër se ç'e kishim bërë pazarin. Kurse katër ushtarëve u dhashë nga një qindëshe. U ndamë si miq të vjetër, dhe të dy palët dukeshim shumë të kënaqur nga ai bashkëpunim. Po të kesh para dhe të paguash në çdo vënd të botës je i mirëpritur dhe të gjithë njerëzit janë të mirë me ty, se kanë atë dreq paraje në mes që ua rrit besimin në mirësinë dhe seriozitetin tënd.

Pritëm disa minuta, derisa ata u zhdukën poshtë tatëpjetës, po ende ua dëgjonim zërat dhe pasi hodhëm çantat e rënda në shpinë filluam të zbrisnim në anën tjetër të malit. Dita ishte në orët e fundit të saj dhe tej në horizont shikonim një diell të madh, të kuq dhe të ftohtë.

Shumë njerëz nuk e kanë idenë se ç'është dielli i ftohtë, sepse kujtojnë që dielli është bërë vetëm për të ngrohur, por kur je mbi dymijë e pesëqint metra lartësi, në mes të dëborës së ngrirë dhe akujve që varen në çdo gur e në çdo shkëmb, dielli nuk ngroh më, ta djeg lëkurën me shkëlqimin e tij. Të nxin sikur të jesh në ndonjë plazh të Afrikës, dhe është i ftohtë sikur ka dalë nga zëmra e akullnajës. Ai diell nuk jep jetë por sjell vdekjen. Pikërisht kur është duke perënduar temperaturat fillojnë të bien dhe para se të vijë muzgu t'i gjendesh midis një ajri të ngrirë, të thatë dhe pa pikë oksigjeni, që t'i bllokon mushkritë.

127

Filluam të ecnim menjëherë, duke e ditur që ndodheshim në pikën më të rrezikshme dhe vetëm e ecura e shpejtë, avulli që do të dilte nga brënda trupit do të na mbante të gjallë duke na shërbyer si një kalorifer, që vetëm djeg e djeg dhe harxhon energjitë e fundit të trupit. Ec vetëm përpara, duke zbritur në çdo hap që hidhje disa centimetra më shumë dhe duke u zhytur vazhdimisht në një ajër më të dëndur, që të mbushte mushkritë dhe të pastronte gjakun.

E dinim që do ta kishim të vështirë, sepse kur ke barrë në shpinë dhe je duke zbritur, këmbët tensionohen më shumë, pesha bie në majë të gishtërinjve dhe harxhon më tepër energji, sepse muskujt janë vazhdimisht të tendosur, duke patur gjatë gjithë kohës peshën e dyfishtë të trupit, të çantës dhe të pjerrësisë së mprehtë të një mali, që ngrihet mënjëherë drejt qiellit, siç është Gramozi.

Ishim duke zbritur pa pushim kur pamë se si dielli u krodh në detin e bardhë të dimrit dhe ra menjëherë nata e plotë, pa pritur që të ndriçohej qielli nga aureola e muzgut. Ishte hera e parë që shikoja se si nata erdhi pa u paraprirë nga një muzg i natyrshëm.

Hëna ishte e plotë dhe e lante gjithçka me dritën e vet të argjëntë, aq sa nuk kishte nevojë ta ndriçonim rrugën, kishim qëlluar me fat që kishim për shoqëri një hënë të tillë, të madhe, të plotë dhe të bardhë që na qëndronte drejt e mbi kokë, aq sa po të zgjateshim edhe pak mund ta preknim me gishta.

Por si të gjithë ata që jetonin në male e dinim shumë mirë, që kjo qetësi dhe kjo dritë mund të ishte çështje minutash, Papritur, sikur të bënte magji dikush, mund të fillonte një erë e fortë, që vinte nga ftohja e menjëhershme e fushëtirës së ngrohur gjatë ditës nga dielli, të fillonte era dhe bashkë me të të vinte edhe stuhia e dëborës.

Kjo do të thoshte vdekje e sigurtë për këdo që ndodhej në rrethanat tona, do të humbisnim orjentimin, nuk do të merrnim vesh se nga ishte fusha dhe nga ishin humnerat që prisnin faqet e malit, do ta kishim të pamundur të shikonim edhe majat e këmbëve tona dhe do të ngeleshim në dëborë për të pritur vdekjen e bardhë, po qe se nuk do të kishim rrëshqitur në ndonjë greminë më parë dhe të kishim thyer kokat.

Po luanim me jetën. Ishim si në majën e një tehu të mprehtë, që nuk do të pranonte as lëkundjen më të vogël.

Ndaj pa folur, ecnim vazhdimisht, duke u mundur të mos rrëshqisnim mbi sipërfaqen e fortë e të lëmuar të dëborës.

Ecnim dhe shikonim me shpresë se si pllaja e Kolonjës poshtë këmbëve tona, me qytetin dhe fshatrat përreth, që ndriçonin si ishuj drite, na afroheshin gjithnjë e më shumë.

14

PËRSËRI TË TRE

Një maçok ishte duke kërkuar ushqim në një kazan plehrash, një zonjë i hodhi plehrat e saj mbi kokë dhe kur e pa se ç'kishte bërë i kërkoi të falur, kurse maçoku mendoi që kishte të bënte më një budallaqe, se kur jeton në plehra, kur je plehrë vetë, asnjë lloj plehre nuk mund të të bëjë më plehrë se ç'je.

Shtëpia, e ëmbla shtëpi.

Më në fund të dërrmuar nga rruga, nga e ftohta, nga ecja e vështirë mbi dëborë, gati pa frymë, me shpirtin nëpër dhëmbë, arritëm. Hymë brënda, shkarkuam bagazhet. Për fat kisha mundur ta merrja edhe dëngun ku kisha mbështjellë edhe armët dhe municinet. Ndeza sobën për të ngrohur ajrin e kallkanosur të shtëpisë dhe u lëshuam mbi dyshemenë e shtruar me qilimin e trashë të leshit.

E ndjeja që shpirtin më kishte ardhur deri tek dhëmbët dhe mezi mbahej fort pas trupit tim për të mos dalë.

Në oborr u dëgjuan hapa të rëndë, kërcitja e dëborës së ngrirë që jep një tingull të veçantë të ngjeshjes së kristaleve dhe thyerja e degëve. Ishte Meçua që na kishte ndjerë dhe kishte dalë nga bodrumi. Mora një konservë me fasule dhe mish, e hapa, e hodha në një pjatë dhe dola tek shkallët. Ariu kishte qëndruar në fund të shkallëve dhe sytë e tij të mëdhenj kafe me pyesnin, se përse isha vonuar kaq shumë, përse e kishim lënë vetëm për një kohë kaq të gjatë.

Por nuk mund t'i përgjigjesha.

Tani isha i lodhur dhe kisha nevojë për një gjumë të thellë. Zbrita shkallët dhe ia vura pjatën përpara. Ai filloi të lëpinte me uri fasulet dhe te kollofiste mishin e coptuar. Nuk e di as vetë se përse e bëra, por u përkula dhe i përkëdhela kokën. Atë kokë të stërmadhe që kishte ngrohtësinë e gëzofit të ashpër. Ishte hera e parë që e prekja me dorë, dhe ndoshta ishte dora e parë njerëzore që po e prekte atë bishë.

Hungëriu mbytur, por unë vazhdova ta lëmoja gëzofin e tij të ashpër e të lagur dhe ai nuk u ndje më. Vazhdoi të hante me uri dhe pa i ngritur sytë e tij të butë si të një kau të lodhur nga puna. Kishte fituar besimin e plotë, që ne ishim të njëjtë me të dhe nga ne s'kishte për t'i ardhur asnjë e keqe. Ai ishte pjesë e grupit tonë dhe shokët ia fërkojnë kokën dhe shpatullat njëri tjetrit.

U largova, dhe ndersa po ngjisja shkallët i thashë:

-*Nesër shikohemi përsëri, do të dalim për gjah. Tani jemi të lodhur dhe na duhet të çlodhemi... edhe t'i tani hëngre ndaj shko dhe këputja gjumit...!*

Zjarri bubullinte në sobë. Po ashtu edhe tenxherja e mbushur me ujë dhe me çaj mali. Ajri ishte ngrohur. Vetë u shtriva në shtrat, kurse *Tëpaemrit* i shtrova një dyshek në dysheme dhe i nxora dy velënxa të trasha nga një musëndër. Velënxa të rënda, të punuara në shtëpi, që binin erë bar moleje. Më kapi gjumi porsa mbështeta kokën në jastëk. Isha vërtet i lodhur për vdekje. Ndoshta, po të mos arrija të shtrihesha, do të më zinte gjumi më këmbë.

U zgjova herët, shumë herët. Jashtë ishte ende errësirë e plotë. Futa disa kopaçe të trasha dushku në sobën që kishte ende prush nga zjarri i mbrëmshëm. Mora armët, i zbërtheva dhe i pastrova me kujdes duke u hequr çdo njollë të kuqërremte ndryshku, megjithëse nën dritën e qirinjve kjo punë ishte tepër e vështirë. Kurse ai u zgjua kur jashtë kishte filluar të zbardhte dita e re.

Preva disa feta nga proshuta e derrit të egër që kisha pregatirur vetë dhe kur jashtë kishte zbardhur plotësisht u nisëm për gjah.

Nuk ishte se donim të vrisnim ndonjë gjë, por thjesht për t'u futur në rutinën e ditës, për të filluar përsëri atë jetë që kishim bërë më parë.

Mëndjen e kisha në Tiranë, ishte bërë një kohë kaq e gjatë që isha zhdukur nga sytë e njerzve, sa që edhe armiqtë e mi më të mëdhenj, ata që më donin të vdekur, më kishin hequr nga tefteri i të gjallëve. Por për këtë nuk isha i sigurtë, se inatet e njerzve shpesh rrojnë edhe më gjatë se vetë njerëzit, të paktën tek raca ballkanike.

Morëm përpjetë, nëpër pyllin e veshur nga dëbora dhe okita. Nuk e di në ju ka rënë rasti të shikoni një pyll me okitë, kur të gjitha degët e zhveshura të lisave, frashërve, shkozave dhe dushqeve janë veshur me një shtresë të mrekullueshme kristalesh dhe ajri bashkë me tokën e veshur me dëborë kanë ngrirë në një qetësi të plotë e të vdekur.

Vetëm herë pas herë, dëgjohet një goditje e largët, diku, dikush po ngul diku një gozhdë. Goditja kumbon në ajër dhe e ke të pamundur ta kuptosh së nga cila anë po vjen. Është qukapiku i vogël, që bredh trung më trung dhe përgjon për disa çaste larvën e drurit, sigurohet se ku është dhe pastaj fillon të punojë si një marangoz me sqepar duke gdhëndur vrimën e thellë, deri sa të mbërthejë larvën e bardhë dhe të shijshme.

Kumbimi i goditjeve të tij në një pyll të ngrirë, është si sinjali i vetëm, që edhe në ditë të tilla kur gjithçka ka ngrirë nën shtresën e dëborës, dikush është gjallë dhe vazhdon të gjuajë, sikur të ishte në një ditë të zakonshme. Qukapikët janë shpendë interesantë dhe të vetmit që njerzit nuk i vrasin dhe nuk i hanë, megjithëse ushqehen vetëm me insekte.

Ishte shpendi më interesant, ai që dinte të përgjonte, të priste me veshin e ngjeshur pas trungut, dhe porsa larva gryente pakëz nga likoja e pemës, ai sulmonte, sulmonte me vrull, me një përpikmëri që nuk kishte shoqe dhe gjahu ishte i kapur.

Pikërisht këtë dëshiroja të bëja edhe unë me gjahun tim në Tiranë. Ta përgjoja, të prisja momentin kur ai të mos e shkonte nëpër mënd rrezikun dhe pastaj të lëshoja *Tëpaemrin*, qykapikun tim të pamëshirshëm, për ti hequr qafe si disa larva të dëmshme.

Më ishte mbushur mëndja top se ishin vetëm tre me numur ata që kërkonin vdekjen time dhe se po qe se ata nuk ishin më ndër të gjallët unë do të jetoja i qetë, do të kisha para për të prishur dhe për të bërë një jetesë modeste, dhe të vdisja në shtrat nga pleqëria siç është e udhës për çdo njeri.

Por po të kesh armiq edhe sikur të jetosh, jeta do të behet ferr nga frika e vdekjes.

***

U futëm në atë pjesë ku rriteshin lisat e mëdhenj të bardhë, që prodhonin me bollëk lëndë të mëdha dhe të ëmbla. Kuptohet që lëndet fshiheshin tani diku thellë nën shtresën e deborës, që kishte rënë ditë më rradhë dhe e kishte kaluar trashësinë prej gjysmë metri. Por në ato vënde ku era e kishte holluar shtresën e borës tufat e dërrave vinin e gërmonin me feçkë për të gjetur ushqimin e tyre të preferuar. Nën lisa gjithnjë shtresa e dëborës ishte më e hollë dhe era e veriut e kishte lëpirë me ditë me rradhë duke i flakur kristalet diku më tej.

Pikërisht një vënd të tillë po kërkonim edhe ne, vëndin ku derrat, që nuk dinin të flinin gjatë dimrit, vinin të uritur dhe kërkonin ushqimin e shijshëm e të bollshëm, por të fshehur.

U endëm gjatë nëpër pyllin e heshtur si një varrezë. Ecnim të pafjalë, larg njëri tjetrit, por jo ama aq larg sa të humbisnim lidhjet dhe të bëheshim pre e ndonjë sulmi të papritur të lukunisë së uritur të ujqërve, që në atë stinë jetonin në grupe të udheheqër nga ndonjë ujkonjë e fuqishme, që i ndërsente kundër gjithçkaje që mund të shërbente si gjah dhe që mund të shqyhej.

Unë isha në mes, *Ipaemri* në krahun tim të djathtë, kurse Meçoja mbante krahun e majtë dhe na drejtonte për tek një luginë e thellë. Edhe ne mbanim atë krah, se të dy besonim tek nuhatja dhe intuita e tij prej gjahtari të vjetër. Pasi u sorollatëm për ndonjë orë, më në fund Meçua na shpuri tek vëndi ku derrat bënin gostinë e tyre.

Poshtë lisave bora ishte nxirë nga dheu i gërmuar dhe dukej qartë se aty duhej të ngrinim pritë. Unë dhe gjahtari tjetër u vendosëm në të dy anët e luginës. U fshehëm mirë midis shkozave. Kurse ariu u largua duke marë të përpjetën në drejtim të kundërt me zgjatjen e luginës së pyllëzuar. Ai e dinte mirë se ç'po bënte. Donte të gjente tufën e derrave, t'u binte përqark si një gjahtar që e njeh mjeshtërinë e tij, dhe kur t'u dilte përsipër, në pjesën e sipërme, t'i trëmbte në drejtimin tonë. Një skemë fare e thjeshtë dhe e qartë. Shpjere gjahun drejt pritës dhe pastaj varet nga aftësia e atyre që janë aty në se gjahu do të vritet apo do të shpëtojë.

Të njëjtën skemë përdorin edhe grupet e gjahtarëve, por ata nuk kishin për shok ndonjë ari, kishin qentë në vend të tij.

Të kalosh dy orë të tëra, i mbërthyer midis degëve të veshura nga okita, duke u bërë njësh me terrenin, duhet të jetë hajvanllëku më i madh që kanë shpikur gjahtarët. Në këtë rast gjuetia nuk është më një sport, por një gomarllëk dhe një torturë e vërtetë. Sado trashë të jesh veshur, mosqarkullimi i gjakut fillon të bëjë të vetën dhe gjymtyrët pak nga pak fillojnë të mpihen, të ngrijnë dhe të drunjëzohen. Gjaku nuk shkon më atje për të shpënë ngrohtësinë e tij, dhe vetëm trupi vazhdon të ngelet i ngrohtë.

Po më digjnin majat e gishtërinjve të këmbëve dhe të duarve dhe kisha arritur në kufirin e fundit të durimit. E ftohta më kishte kaluar në një dhimbje therëse që dukej sikur dilte nga palca e kockave. Më dukej se sikur të qëndroja edhe disa minuta i mbërthyer në atë vënd, të mbahesha ende pas marrëzisë sime prej gjahtari do të ngrija plotësisht dhe nuk do të mundja të ngrihesha më më këmbë.

Pra po e kërkoja vetë vdekjen me këmbënguljen e një maniaku që nuk ka mëshirë as për jetën e vet.

Por erdhi deri tek unë, midis asaj heshtjeje të acartë, ulërima e Meços. Ulërima e një ariu nuk shëmbëllen me asgjë tjetër në pyllin e mbuluar me dëborë, sepse është një përzjerje e pëllitjes së kaut dhe ulërimës së ujkut në shkurt. Isha i sigurtë që ajo britmë ishte kushtrimi i ariut tonë për të dhënë sinjalin se gjuetia filloi. Ai e kishte gjetur diku në luginë tufën e dërrave, u kishte dalë nga sipër dhe tani ishte lëshuar mbi ta duke i trëmbur dhe duke i drejtuar për tek prita jonë.

Dëgjova edhe zhurmën e degëve dhe të thuandrave që sa vinte dhe shtohej.

Ngrita pushkën, megjithëse gishtat më ishin bërë dru dhe mezi i lëvizja. Pashë që edhe silueta e errët e *Tëpaemrit* lëvizi diku në grumbullin e shkozave matanë. Edhe ai po bëhej gati të qëllonte. Pas pak u dëgjua qartë troku i thundrave të derrave të trembur. Vinin me rrëmujë nga lart. Në këtë rast duhej të ishe më se i qartë. Nuk duhej të hutoeshe nga rrëmuja e figurave që lëviznin pa rregull para teje, por duhej të përcaktoje nga larg kafshën që do të qëlloje, ta ndaje me mënd nga turma, të mos shikoje asgjë tjetër, dhe ato dy sekonda kur të ndodhej përballë teje, të qëlloje duke e mbajtur shënjestrën rreth gjysmë metri para kokës me feçkën e zgjatur.

Po qe se do të qëlloje në shënjë, mirë, për ndryshe krej tufa do të zhdukej në çast. Kur një tufë derrash është lëshuar me vrap ke vetëm një mundësi për të qëlluar.

E zgjodha derrin tim, një mashkull trupmadh që po vinte drejt e tek shkoza ku isha fshehur unë. M'u duk shënjestra më e mundshme. E ndoqa duke ia mbajtur shënjestrën para kokës dhe kur nuk e kisha më shumë se gjashtë-shtatë metra larg tërhoqa të dyja këmbzat njëra pas tjetrës. Derri vrapi edhe disa hapa i shtyrë nga inercia dhe pas kësaj u qorrollis.

Pas pak u dëgjua edhe breshëri e automatikut dhe klidhja e një derri të plagosur.

Kërceva më këmbë, në vrap e sipër ndrrova gëzhojat e zbrazura me dy fishekë të mbushur dhe u nisa drej derrit që kisha qëlluar. E dija që po të mos kishte ngordhur, po të kishte ende shpirt dhe forcë, do të përpiqej të më sulmonte, dhe një derr i egër që sulmon në agoninë e vet është kafsha më e rrezikshme, por kur iu afrova, e pashë që ishte shtrirë pa frymë dhe njolla e gjakut kishte krijuar një pellg të madh mbi borën e ngrirë.

E ula pushkën, dhe pikërisht në atë moment pashë një derr të madh, që kishte qëndruar pranë trungut të një lisi, ishte mbështetur, mbahej akoma më këmbë, kurse nga brinjët i derdhej curila e kuqe. E kisha fare pranë. Aq pranë sa që do ta kisha të pamundur të shmangesha po të më sulmonte.

Dhe ndodhi ashtu siç kisha frikë unë. Mashkulli i madh, që ndoshta peshonte mbi dyzetë e pesë kilogram, me çatajtë e bardhë që i ngriheshin deri pranë syve, u kthye nga unë, më pa dhe u lëshua.

E ndjeva vdekjen fare pranë dhe vetëm mendova që do të kisha një vdekje idiote, që nuk do të vinte nga armiqtë e mi, por nga një kafshë e plagosur, që donte të kryente hakmarrjen e vet të fundit para se të jepte shpirt. Derrat janë hakmarrës, edhe duke vdekur nuk duan të shkojnë vetëm në atë botë, por kërkojnë edhe vrasësit të tyre t'ia bëjnë këtë shërbim.

Sado i shkathët të isha, as armën nuk mund ta hiqja nga supi dhe as mund t'i shmangesha vrullit të kafshës së tërbuar nga dhimbjet e plagëve, por një masë e zezë, një top i stërmadh u fut midis meje dhe derrit që ishte hedhur në sulm, dhe pashë se si kafsha fluturoi në ajër dhe u përplas një dhjetë metra në dëborë.

Atje u përpoq edhe një herë të ngrihej më këmbë, por një krismë e vetme, që erdhi nga shumë pranë e la pa frymë. Të gjitha këto ndodhën vetëm për dy-tre sekonda, sikur të ishin sekuencat e përshpejtuara të një filmi.

Kisha shpëtuar për mrekulli.

Të gjithë atë skenë të frikshme, e kishin ndjekur edhe Meçoja edhe Ipaemri, por njeriu kishte aq mënd sa të mos qëllonte, për sa kohë plumbi kishte mundësinë më të madhe të më kapte mua që isha në një vijë me derrin e plagosur, kurse ariu ishte futur midis nesh dhe me një goditje të panxhes së tij të shëndoshë, më kishte shpëtuar jetën duke e dërrmuar përfundimisht kafshën që kishte humbur shumë gjak.

Në atë kohë shoku im, që e kishte gjahun në krahun tjetër, kishte arritur ta qëllonte dhe ta vriste.

Pra gjuetia kishte mbaruar dhe kishim arritur të vrisnim dy meshkujt më të mëdhenj të asaj tufe, që mund të kishte edhe tridhjetë krerë, të përzjerë me dosa dhe gica. Ua premë fytin që t'u kullonte gjaku, sepse kafshët e egra kanë më shumë gjak se ato të butat dhe po nuk u pastruan mirë mishi i tyre e humbet komplet shijen, Pastaj i lidhëm nga këmbët me rripat tanë të mesit dhe filluam t'i tërhiqnim zvarrë. Nëpër dëborën e ngrirë kjo punë nuk ishte shumë e vështirë. Trupat e vrarë dukeshin sikur ishin dy slita, që ecnin vetë përpara me lehtësinë më të vogël, sidomo kur terreni ishte i sheshtë apo pakëz i pjerrët.

-*Duhet të nxitojmë, - më tha ai duke parë nga horizonti, - kemi edhe një orë ditë. Ujqit kanë për të ndjekur vazhdën e gjakut dhe po nuk arritëm me kohë në fshat mund ta kemi pisk. Lukunisë së uqerve edhe me armë nuk ke ç'u bën se i ndërsejnë ulkonjat që nuk pyesin për plumbat dhe për ujqërit e tjerë të vrarë... tek ata urija është aq e papërballueshme sa që nuk kanë frikë nga vdekja...*

Edhe Meçua po vraponte bashkë me ne, sepse nuk ka ari në botë të mos ketë frikë nga lukunia e ujqërve, të cilët janë armiqtë e vetëm natyralë të arinjve. Në këto raste i vetmi shpëtim për të ndjekurit është që pa panik të hipin në ndonjë pemë sa më të lartë dhe të fillojnë lojën e nervave me ujqërit që sillen poshte trungut, ata presin që viktima të ngrijë dhe të bjerë poshtë, kurse viktima qëndron e mbërthyer pas degëve. Po të jetë ari mund të durojë edhe me ditë të tëra, kurse njeriu pas dy-tre orësh do të bjerë përtokë dhe do të shkyet. Pra rreziku më i madh ishte për ne se sa për Meçon, megjithëse në atë pyll të heshtur nuk dëgjoheshin ulërimat e ujqërve që mblidheshin në lukuni.

Kishte filluar thëllimi i mbrëmjes.

Era e lehtë dhe e pandjeshme, që si një bisturi të priste hollë dhe dhimbshëm çdo pjesë të zbuluar të trupit, fytyrën, veshët, duart. Temperaturat e ajrit fillonin të binin me shpejtësi, dhe vlerat negative të termometrit të dukeshin të pabesueshme.

Kur arritëm në oborrin e shtëpisë dhe pashe termometrin e vendosur në njërën nga shtyllat e drunjta të verandës, kishte rënë nën dymbëdhjetë gradë minus, dhe do të vazhdonte të binte gjatë natës. Ndoshta në atë vend ajo natë do të ishte dita më e ftohtë e vitit dhe pas kësaj, si me magji koha do të kthente, do të arrinte dimri pikun e vet, do të bënte aq sa kishte mundësi brënda llogjikës së vet vrasëse dhe pastaj vinte zgripi, koha zbutej, ditët zgjateshin dhe pranvera do të jepte shënjat e para.

Megjithatë nuk kishim mbaruar punë dhe nuk mund të futeshim brënda. Po t'i linim derrat në oborr, të nesërmen kishim për t'u gjetur vetëm skëletet e brejtura. Ashtu si tek kopeja e njerzve, edhe tek kafshët ka gjahtarë dhe hajdutë, puntorë dhe xhvatës.

Era e gjakut do të sillte aty ujqërit ose dhelprat dhe dy derra të ngrirë mbi dëborë do të ishin për ta një gosti e paparë. Një gosti që do t'ua zgjaste jetën derisa pylli të rilindte dhe të gjallërohej përsëri.

Meçoja u fut në bodrum, nën dhomën ku ne ndiznim sobën, kurse ne të dy, duke u munduar dhe shpejtuar që të mbaronim

137

punën sa më shpejt, me rripat që u kishim lidhur këmbët, arritëm t'i varrnim me kokën poshtë në dy degët e dardhës së vjetër, që nga pesha kërciste me dhimbje a thua që na ankohej dhe na shante që po ia shtonim vuajtjet, ndërsa i duhej të duronte edhe cingërimën.

Derrat duke qënë mbi një metër e gjysëm mbi tokë, nuk kishte rrezik që të bëheshin pre e bishave. Për fat kafshët e egra, nuk mund të kërcejnë dhe të fluturojnë. Pasi u siguruam që degët ishin të forta dhe nuk do të thyheshin nga pesha, u futëm në shtëpi.

Zjarrin e ndezëm menjëherë, dhe duke pasur aq mish të fresket në oborr, darkuam duke hapur dy konserva më peshk e perime. Një lloj gulashi, me erë të këndshme, i shijshëm, por pa asnjë vlerë ushqimore. Nga buka që kisha bërë vetë kishte ngelur një copë bajate, e fortë si gur që ne e gëlltitëm të uritur.

Dhe kur dhoma ishte ngrohur mirë, e mbushëm sobën përsëri, ai u shtri në dyshekun e dyshemesë, kurse unë kapa një libër kuturu dhe nën dritën e zbehtë të qiririt fillova ta lexoja. Libri po më dukej idiot, një histori bajate dashurie, një libër pa pikë vlere, por nuk doja të flija, doja të shtyja disa orë, të mendoja për ato që më takonte të bëja. Megjithëse ngadalë, shumë ngadalë, kisha arritur të ecja përpara në ato që kisha planifikuar dhe tani më ngelej vetëm që ta vija atë në jetë.

***

Deri tani plani im kishte ecur siç duhej, kurse tani që vinte pjesa më e vështirë, kisha ngelur i mbërthyer aty. Por dimrit nuk kisha si t'ia bëja. Planet tona, në më të shumtën e rasteve nuk varen nga ne. Mund të planifikojmë çfarë të duam, mund të jemi edhe shumë të zgjuar dhe shumë të aftë, por ama asgjë nuk është nën kontrollin tonë, por në kontrollin e dikujt që qëndron mbi ne dhe që ne nuk e shohim.

Mirë thonë që hesapi i shtëpisë nuk del kurrë në pazar, sepse hesapet e pazarit tonë i bën dikush tjetër dhe nuk pjerth se ç'mendojmë ne në shtëpi.

138

Ja sot, mund të isha plagosur ose mund të kisha vdekur. Sikur të kisha ecur pak më shpejt, sikur Meçoja të ndodhej një metër më larg, sikur Ipaemri të mos ndodhej në një kënd më të përshtatshëm, unë do të isha bërë viktimë e atij derri të egër të plagosur. Ndërsa të gjitha këto nuk do të kishin ndodhur po të kishim qëndruar pranë sobës së ngrohtë në shtëpi, të kishim bërë muahabet, të kishim pirë kafe dhe të kishim tymosur cigare. Por edhe mund të mos kisha rrezikuar sikur plumbi ta kishte marrë derrin e egër dy gisht më lart dhe t'i kishte shpuar zëmrën. Pra e gjitha do të ndodhte dhe nuk do të ndodhte vetëm për çështje sekondash dhe milimetrash dhe këto sekonda dhe milimetra nuk jemi ne që i përcaktojmë, por dikush tjetër.

Po të vdisja ose të pësoja ndonjë çarje të pamjekueshme në bark, të gjitha ato që kisha planifikuar unë dhe po i vija në jetë për muaj me rradhë me kujdesin më të madh duke duruar këtë jetë qeni midis kësaj humbëtire, të gjitha do të shkonin në djall.

Do të shkonin në djall edhe paratë që kisha nxjerrë duke vënë kokën në rrezik dhe duke prishur gjumin për netë me rradhë. Kurse armiqtë e mi do të jetonin të lumtur, pa ju hyrë gjëmb në këmbë dhe do të gëzoheshin pa masë kur të merrnin vesh që unë kisha ngordhur në një humbëtirë, i harruar dhe i braktisur nga të gjithë.

Punë muti si i thonë, sepse ne jemi të paaftë ta komandojmë jetën tonë dhe është jeta ajo që na merr përpara dhe na çon nëpër shtigje dhe monopate, që ne nuk i kemi shkuar kurrë nëpër mënd.

Pra, të bësh plane afatgjatë është marrëzi. Ne nuk e dimë se ç'do të na ndodhë pas gjysmë ore, pas një minute, në se do të jemi gjallë, në se do të kemi mundësi, në se do të jemi këtu, apo aty, në se do të na dalë e mira apo e keqja përpara dhe jo më të bëjmë plane për muajt dhe vitet e ardhshme. Të mënçurit që bëjnë plane afatgjata shumë vjeçare janë në fakt budallenjtë më të mëdhenj, se s'kanë mënd të kuptojnë, që edhe ne vetë jemi produkt i sekondave dhe i milimetrave.

Sa më shumë që ta dëshirosh diçka, aq më shumë ka mundësi që ajo gjë të mos realizohet kurrë. Shumë nga ato që ndodhin, që i japin drejtim jetës sonë, janë në dukje të parëndësishme, gjëra koti, ndodhi pa peshë, por ama shkaktojnë kthesa të tilla, që

vërtet duken si mrekulli, edhe një takim i rastësishëm në rrugë,
edhe një udhëtim i pa planifikuar edhe një bisedë e pakuptimtë,
mund të kenë shumë herë më tepër vlerë se sa vite e vite të tëra
mund dhe planifikime.

Planet tona nuk varen asnjëherë nga ne, por nga rastësi të vogla,
nga shënjëza që shpesh janë aq të kota sa që nuk ia vlen t'i
përfillësh dhe t'i analizosh. Por po të ulesh në fund të ngjarjes
dhe të bësh llogarinë e atyre që kanë ndodhur do të arrish në
përfundimin se të gjitha kanë ndodhur ashtu, për mirë apo për
keq, jo se kemi dashur ne, por se ashtu ua ka patur qefi.

Unë doja të realizoja diçka, të kthehesha në jetën time normale,
të haja i qetë paratë e kontrabandës pa patur frikë se dikush do të
vinte të kërkonte pjesën e vet ose kokën time, por ama duhej ta
dija se asgjë nuk varej nga unë.

Duhej në rradhë të parë të lutesha që ato që dëshiroja unë të
realizoheshin dhe pastaj t'i futesha punës.

Ishte dikush tjetër që e kontrollonte jetën time dhe e kishte
paracaktuar fatin tim. Pra po lodhesha kot, po hallakatesha në
labirintin e mendimeve të mia për të gjetur rrugën më të shkurtër
e më të favorshme, kur mund të shtrihesha, t'ia këpusja gjumit,
bile edhe të pija një gotë verë për ta bërë gjumin sa më të rëndë
dhe të prisja të nesërmen e të pasnesërmen që të më sillte
mundësitë e reja.

Leximi i librave idiotë nuk mund të më qetësonte, nuk mund të
më hiqte stresin dhe nuk mund të më vinte në gjumë.

Ktheva me një frymë një gotë vere argjentinase, që kishte erën e
butit të vjetër me dru lisi, mbylla librin duke e flakur mbi
grumbullin e vogël me pesë gjashtë libra të blera kuturu në një
librari ditën e parë të arratisjes sime, futa dru të tjera në sobë, u
mbështolla me vëlënxat e trasha, shuajta qiririn që po lotonte
shtrëmbër dhe kishte shkuar afër fundit dhe mbylla sytë për të
fjetur. I bindur që në jetë të gjitha dëshirat tona janë të kota,
sepse ato nuk mund t'i kontrollojmë ne, po qe se do të ndodhin
do të ndodhin, sepse ka dëshirë të ndodhin ai, kontrollori i madh
i jetës sonë, i jetës të njerëzve të vegjël, që enden mbi tokë si
milingona të trëmbura.

Ishte vërtet për të qeshur, kur pas ahengut dikush ulet dhe bën
pyetjen idjote *"përse"*. A mund të pyesësh se përse ra kana nga

140

cepi tavolinës dhe u thye. Nuk ia vlen, sepse *"pseja"* jote nuk mund ta kthejë përsëri në vend dhe ta ngjitë. Ç'është bërë nuk ç'bëhet më. Nuk mund të themi përse shkuam nga rruga e gjatë dhe nuk i ramë nga rruga e shkurtër. Nuk mund të themi se përse u lidhëm me filan femër, dhe nuk shkuam pas asaj tjetrës, që vite më vonë do të bëhet deputete dhe ministre. Nuk mund të themi se përse e lamë autobuzin të ikte dhe morëm autobuzin e dytë ku na vodhen portofilin dhe na lanë pa para dhe pa dokumenta.

Ka një rrotë fati, një mekanizëm që ndodhet diku, dhe ato që na duken rastësi të vogla, që ndodhin pavarësisht nga njëra tjetra, që nuk dihet se përse ndodhin, kur bashkohen dhe krijojnë të tërën, e kupton që kjo ishte shkruajtur që të ndodhte kështu dhe nuk mund të ndodhte ndryshe.

Ngjarjet e mëdha, vijnë nga një shumë totale e grimcave, ndodhive dhe rastësive të vogla. Pa qënë kjo shumë totale, nuk ka për të ndodhur ajo që ndodh dhe asnjë nga këto vogëlsira ne nuk i kemi bërë me koshiencë të plotë, ato kanë ndodhur se ashtu duhej. Kur të ndodh diçka e keqe, nuk duhet të dëshpërohesh, sepse pas saj dhe si rezultat i saj, t'i do të marrësh një drejtim tjetër në jetë, që ka shumë mundësi të të dalë për mirë.

Po ashtu, kur ke një arritje të shkëlqyer, kur të realizohet një dëshirë, mos u gëzo shumë, sepse ajo do të të drejtojë në një drejtim të caktuar, do të të futë në një shteg, fundin e të cilit nuk je në gjëndje ta shikosh dhe që sipas ekperiencës në të shumtën e rasteve është fatal.

Mos u gëzo o i gëzuar dhe mos u hidhëro o i hidhëruar. E kush jemi ne, miza pa kokë, që shkojmë andej ku dikush na i komandon këmbët.

15

SHKRIRJA E AKUJVE

Fshatarit i erdhi në shtëpi nuk dihej se nga një kalë i shkëlqyer i një rrace të zgjedhur. Bashkëfshatarët shkuan për ta uruar dhe përgëzuar dhe ai u tha, mos më uroni se nuk e di se përse më erdhi në shtëpi, për mirë apo për keq. Dhe vërtet djali i fshatarit i hipi kalit i cili e rrëzoi dhe i theu këmbën. Bashkëfshatarët shkuan për ta ngushëlluat dhe ai u tha mos më ngushëlloni, se nuk e di përse ndodhi, për mirë apo për keq. Perandori shpalli një luftë të madhe dhe i mobilozoi të gjithë djemtë e fshatit, djalin e fshatarit me që ishte sakat nuk e morën. Të gjithë u vranë, asnjë s'u kthye, kurse djali i fshatarit jetoi gjatë.

Vetëm aty nga fundi i muajit shkurt filloi të zbutej moti, dhe të kthente juga. Ditët u bënë më të gjata, dëbora shkriu, në vëndet ku dielli rrihte mirë dhe toka nxirrte avull shpërthyen lulet e para të thundërmushkës, trumbëzat e verdha me erë mjalti. Nëpër bokërrima të zhveshura trumbat e tyre të verdha të ngjallnin shpresën se më në fund dimri i gjatë dhe i ashpër i atij viti ishte

142

duke dhënë shpirt. Kështu vdiste për vit dimri për të ardhur stina e re plot jetë dhe ngjyra.

Konservat kishin mbaruar plotësisht, zjenim vetëm fasule, fusnim ndonjë copë të madhe mishi nga pastërmaja e derrit dhe mundoheshim të kursenim miellin.

Kishin ngelur kilogramët e fundit dhe do ta kishim të vështirë po të na mbaronte buka. Kisha një sasi të madhe peksimadhesh, por ato nuk shërbenin për asgjë, sepse ne jemi një popull që si kemi përdorur kurrë dhe na duket sikur hamë kashtë dhe jo bukë. Por nga e keqja, që të mos ngordhnim, do të fillonim të konsumonim edhe nga ato po të mos i vinte fundi dimrit shpejt e të hapeshin rrugët.

Megjithatë, porsa të thahej rruga, do të hidhesha deri në Ersekë, ose Leskovik për të bërë një furnizim të ri.

Tëpaemrin nuk doja ta nisja, sepse ishte e rrezikshme, po qe se dikush e njihte dhe kujtoheshin që ishte gjallë. Nuk mund të besonte njeri, që të kaloje një dimër në male dhe të ngeleshe gjallë, megjithëse njeriu është qënia më e fortë dhe di t'ia bëjë dermanin vetes edhe në kushtet më të vështira. Vetëm njeriu është i aftë të mbijetojë në kushtet më ekstreme, në brezin polar dhe në shkretëtirat e Afrikës, kështu që edhe një dimër në male, po të të mos të të zërë paniku, kalohet pa probleme.

Kisha kaluar plot dy stinë i zhdukur nga bota e qytetëruar.

Ndjehesha mirë e bukur.

Po të mos më mungonte rryma elektrike, ndoshta nuk do të më vinte mëndja kurrë që të kthehesha përsëri në Tiranë. Aty isha mirë e bukur, nuk kam qënë kurrë njeri vetmitar, më kishte pëlqyer jeta e gjallë, shoqëria, rrëmuja, por tani që veshët më kishin rënë rehat, kur dëgjoja vetëm zhurmat e natyrës, e ndjeja që kisha nevojë më shumë për këtë jetë, për këtë qetsi pa halle idiote, por vetëm me shqetësimin se ç'do të bëja të nesërmen, ku do shkoja, ku do të shtyja edhe një ditë më tepër dhe çfarë do të haja.

Kur njeriu bie në qetësi, e kupton se sa e marrë është jeta që ka bërë deri atë ditë. Sa idiotë kemi qënë, që e kemi mbushur jetën me halle, që në fakt nuk ekzistojnë.

Luftë, përpjekje, armiqësi, intriga, thashetheme, informacione që si lumë futen në kokën tënde dhe që nuk kanë asnjë vlerë reale.

Kjo ishte jeta që kisha bërë disa kohë më parë, kurse tani të gjitha këto nuk kishin asnjë vlerë.

Kryeministri mund të jetë maskarai më i madh në botë, ose një ëngjëll i dërguar nga qielli që të na shpëtojë. Kur jeton në mes të pyllit nuk të pëlcet bytha as për kryeministrin dhe as për kabinetin qeveritar, sepse aty, vetëm me veten tënde, midis egërsisë, je vetë edhe kryeminister edhe qeveri.

Vetë zot dhe vetë shkop, me të keq, por pa ia ditur askujt për nder dhe pa ja patur askujt nevojën. Dhe larg nga qytetërimi e kupton se kjo është jeta e vërtetë, numurimi i ditëve, pa marë asnjë ngarkesë emocionale nga bota e që të rrethon dhe që ka për qëllim vetëm të të mbysë.

Ndoshta, sikur ta dija që nuk më ndiqte askush dhe nuk ma dëshironte asnjeri vdekjen, do ta fshija nga mëndja idenë fikse për të vajtur në Tiranë dhe për të vënë në vijë disa llogari të vjetra. Mund të jetoja aty, të harroja gjithçka, por e keqja qëndronte tek fakti, se mund të doja unë t'i harroja ata, por nuk do të donin ata të më harronin mua.

Nuk isha unë që kisha punë me botën, por ishte bota ajo që kishte punë me mua, ndaj duhej të shkoja dhe t'i rregulloja patjetër ato llogari të vjetra, që nuk më linin ta bëja gjumin rehat.

Bile vija re me çudi, që truri kishte filluar të formonte gjithnjë e më tepër njolla të bardha. Në fillim ishin të padukshme, por me kalimin e kohës, ato zmadhoheshin dhe fshinin nga kujtesa ime copa të tëra të konsiderueshme të jetës.

Mundohesha të kujtoja shokët e mi të maturës dhe e kisha të pamundur, nuk u kujtoja as fytyrat dhe as emrat. Një ditë kalova nga mëngjesi deri në darkë për të kujtuar emrin e dashnores sime të vitit të tretë në fakultet. Ia mbaja mend fytyrën, kujtoja skena takimesh me të dhe për çudi nuk ia kujtoja dot as emrin dhe as mbiemrin. E kisha dashur shumë atë vajzë dhe më dukej e tmerrshme që e kisha fshirë nga kujtesa.

Në fillim u trëmba, pastaj i rashë më të, se kjo duhej të ndodhte patjetër, sepse nuk ia vlente të kujtoja diçka të largët, që nuk më hynte më në punë dhe nuk më shërbente për asgjë.

Kjo jetë, kjo qetësi, ky preokupim për t'u marrë me diçka zbavitëse ditën e nesërme, kishte filluar të fshinte përfundimisht jetën time të kaluar, ngjarje që nuk kishin ndonjë rëndësi të madhe, fytyra dhe njerëz që nuk vlenin më, se i përkisnin një kohe që nuk mund të kthehej më.

E kaluara është si një robë e vjetër, që mund ta ruash për një farë kohe në një kuti në një qoshe të dhomës, por më në fund e kupton, që është diçka që nuk ka asnjë vlerë reale dhe duhet ta flakësh në plehra, për të liruar vend për diçka të re e të vlefshme.

Dikush tjetër mund të ndjente keqardhje për të kaluarën e vet dhe do të mundohej ta mbante në kujtesë me çdo kusht, kurse unë isha më se i qetë, e quaja diçka të natyrshme dhe bile gëzohesha që harresa më punonte më së miri dhe flakte ato që nuk vlenin në plehra.

Tani që rrija dhe shikoja vitet që kishin kaluar e kuptoja që jeta ime, ishte një jetë më se e zakonshme, jeta e një milingone, që sillej vërdallë në një hark kohor dhe në një sipërfaqe të caktuar dhe nuk bënte asgjë tjetër veç se lindte dhe vdiste. Nuk kisha bërë asgjë, vetëm kisha udhëtuar, kisha vrapuar nga dita në ditë, drejt limitit të caktuar dhe sikur ky limit të mbaronte të nesërmen, nuk kishte për të ardhur fundi i botës.

Askush nuk do të kujtohej për mua, bile askush, veç atyre që u detyrohesha para, nuk do të kujtoheshin ndonjëherë që një njeri si unë kishte ekzistuar, kishte lindur, ishte rritur, kishte ngrënë, kishte pirë, kishte dhjerë e përmjerë dhe më në fund kishte bënë punën më të mënçur që mund të bënte një njeri normal, kishte vdekur.

Është vërtet për të qeshur kur mendojmë se kemi ardhur në këtë botë me një mison special. Kjo është marrëzi e vërtetë, ne kemi ardhur për një rastësi aq të pallogjikshme, sa që për disa sekonda dhe disa milimetra në ndryshim kohe dhe hapsire mund të mos kishim ardhur kurrë. Pra vimë rastësisht, jetojmë akoma më rastësisht dhe vdesim plotësisht sipas një rregulli të rastësishëm që nuk është aspak rregull. Mendojeni botën dhe jetën sikur ne të mos kishim ardhur fare në këtë botë dhe në këtë jetë. Mendojeni çfarë hataje e madhe do të kishte ndodhur dhe çfarë dëmi kolosal do të qe për shoqërinë njerëzore. Mendojeni me gjak të ftohtë dhe do të shikoni që lindja jonë është pa asnjë vlerë. Shumë nga ne, edhe sikur të kishin lindur, edhe sikur të mos kishin lindur, nuk do të kishin shkaktuar asnjë tronditje. Këtë mund ta thuash për të gjithë njerëzit pa përjashtim, të gjithë janë kot dhe lindja e

tyre nuk do të kishte asnjë vlerë edhe sikur të mos kishte
ndodhur fare.

***

Një ditë, nën një murriz pashë tufën e parë të manushaqeve. Pra
shënjën që më në fund pranvera kishte ardhur.
Lidha baterinë e makinës, provova në se ndizej dhe kur motorri
buçiti u qetësova. Mbusha radiatorin e zbrazur me ujë dhe e
lashë të punonte për ndonjë orë. E kishte kaluar dimrin e ashpër
pa patur ndonjë problem dhe tani kishim për të bërë një rrugë të
shkurtër deri në dyqanin më të afërt. Më dukej sikur porsa më
ishte dhënë edhe një herë mundësia të mbushesha me frymë dhe
të vihesha në lëvizje.
Megjithatë rruga ishte ende e njomë, vënde vënde kishte pellgje
me ujë e me llucë dhe do të më duhej të prisja edhe disa ditë.
Nuk doja të rrezikoja dhe të bllokohesha në ndonjë vënd të
humbur nga nuk mund të më nxirrte më askush.
Meçua më ndiqte nga pas, dhe si një fëmijë kureshtar vëzhgonte
të gjitha lëvizjet dhe veprimet e mia. Këtë e kisha vënë re tek të
gjitha kafshët shtëpaike, që porsa të shikojnë të bësh ndonjë
punë, vijnë pranë dhe mundohen të kuptojnë se ç'je duke bërë.
Ndërsa unë isha futur i gjithi nën kofjo dhe shtrëngoja vidhat
edhe ariu zgjatej dhe shikonte se si punoja me çelësat.
Si për t'i bërë muhabet i thashë:
*-Nesër do të dalim për gjah. Të shikojmë mos na ecën fati dhe
vrasim ndonjë gjë. Do të pjekim mish të freskët... se na ka ardhur
në majë të hundës me fasulet dhe me pastërmanë...*
Ai ngriti kokën e stërmadhe dhe më pa drejt në sy, sikur vërtet të
më dëgjonte dhe të më kuptonte. Por ndoshta edhe e kisha gabim
dhe ai ishte më i zgjuar se unë dhe e kuptonte gjuhën time, kurse
unë e kisha të pamundur t'i deshifroja hungërimat e tij, që në më
të shumtën e rasteve nuk më thoshin asgjë.
Tani kishte për të filluar sezoni i ri i gjahut dhe në atë zonë do të
derdheshin gjahtarë nga të katër anët, kështu që jeta e ne të treve,
vetmitarëve, kishte për t'u vështirësuar përsëri shumë. Do të na

binin më qafë njerëzit dhe zagarët. Dhe aty më lindi ideja
fantastike

16

OBJEKTIVI NJË

Merrni dy mollë, dy kokrra, njërën të madhe e të bukur, kurse tjetrën të voglën dhe të krrimbur dhe vërjani përpara budallait më të madh. Ju siguroj që ka për të zgjedhur mollën më të mirë, nuk do të pëlqejë të keqen, pra sipas kësaj prove del se nuk është aspak budalla, por je t'i që e koncepton të tillë sipas etalonit tënd individual.

Dhe erdhi dita e shumëpritur. Pasi vendosëm për një javë me rradhë në të gjitha shtigjet që të shpinin në fshat, në pyll dhe në mal tabela të gjelbra të shkruajtura me bojë të kuqe "Rezervat. Pronë private. Ndalohet rreptësisht gjuetia!", gjë që në Shqipëri e bënin shumë njerëz pa asnjë të drejtë dhe që ishte një sinjal kërcenues për të gjithë ata që mund të guxonin të hynin në atë zonë, sepse askush nuk mund ta merrte me mend në se vërtet ishte apo jo pronë e dikujt gjithë ajo sipërfaqe toke.

Por megjithatë, kush kishte dy fije tru në kokë nuk do të guxonte të futej i shkujdesur, sepse mund t'i ndezte belaja me pronarët, të hante ndonjë dru, por mund ta hante edhe ndonjë plumb kokës. Të gjithë këtë e bëmë për të mbrojtur Meçon. Të paktën për sa kohë që do të vonoheshim, do të ishim të qetë, dhe nuk do të kishim frikë se ai mund të binte pre e ndonjë gjahtari. Po i krijonim mikut tonë një zonë të gjërë të lirë, që ishte e mbrojtur nga rreziku njerëzor.

Kontrollova makinën, u sigurova që i mora të gjithë dokumentat e mia, dhe nuk shqetësohesha që *Ipaemri* nuk kishte asnjë copë letër për të vërtetuar identitetin e vet, sepse policia nuk i kontrollonte kurrë pasagjerët, sidomos ajo e provincave.

Të gjithë u lëshoheshin vetëm atyre që qëndronin në timon, se ata kur i kapje në gabim u fusnin policëve ndonjë kartmonedhë në dorë për t'u shpëtuar gjobave dhe dënimeve të tjera. E ula në vëndin e parë, në krahun tim, e vesha me një kostum të shtrënjtë, aq sa të merrte pamjen serioze të një nëpunësi të rëndësishëm, sidomos tani që e kishte gojën të mbushur me ata dhëmbë të bardhë si kokrra fasulesh, dukej vërtet goxha burrë.

E kisha qethur shkurt, me flokët që nuk binin në sy dhe të kujtonte një iriq të porsa dalë nga dimri. Edhe ky ishte një model që përdorej gjërësisht në administratën e malokëve, që kishin ardhur nga klani i kryeministrit.

Kontrollova gjithçka me kujdes. E dija që vetëm një harresë e vogël mund të na shkaktonte shumë andralla. Nuk mora armë me vete, sepse arma në rrugë vetëm për bela është. Dhe kur çdo gjë sipas mëndjes sime ishte në rregull, u ula në sedilje, vërtita çelësin e kuadrit, e ndeza makinën dhe thashë:

-*Na priftë e mbara! Na qoftë për hajër!*

Ipaemri ma ktheu:

-*Po të jetë e shkruajtur të shkojë mbarë do të shkojë... por nuk ka përse të mos jetë shkruar se nuk e kemi zënë Perëndinë me gurë...!*

Meçoja qëndronte në oborrin e shtëpisë dhe na ndiqte me sy ndërsa largoheshim. Nuk bëri asnjë përpjekje për të na ndjekur.

Ndoshta ai i dinte po aq mirë sa ne se si ishte puna dhe uronte me gjithë zëmër të mbaronim punë, të mos kishim andrralla dhe të ktheheshim shëndoshë e mirë nga kjo rrugë e gjatë. E kisha llogaritur, që po të mos kishim vonesa të kota rrugës, aty nga mbasditja të ishim në periferi të Tiranës.

Por kur nisesha për rruga asnjëherë nuk përmëndja ndonjë orë mbrritjeje, sepse më dukej tersllëk dhe sikur provokoja dhe vija në lojë fatin. Kur nisesha për rrugë ishte e rëndësishme të nisesha, pastaj në fund të fundit edhe me disa orë vonesë të mbrrija, mjafton të isha shëndoshë e mirë.

Asnjëherë nuk shprehesha i sigurtë për atë që do të vinte pas një veprimi të caktuar, sepse asnjëherë nuk i dihej dhe ngjarjet nuk i kishim ne në dorë, për më tepër kur je mbi një grumbull hekurash dhe katër rrota gome.

Gjatë gjithë rrugës nuk shkëmbenim asnjë fjalë, përgjithësisht që kur ishim nisur nuk kisha dëgjuar më shumë se tridhjetë fjalë nga ai njeri, por edhe mua më pëlqente të heshtja. Më shumë shkëmbenim fjalët më të domosdoshme, për të ndihmuar veprimet tona, kurse fjalët e tepërta, bisedat pa fund nuk i njihnim dhe me sa dukej të dy ishim tipa që nuk i kishim qef, kishim qëlluar të heshtur.

Më kujtohet që kur shkoja për peshk me Simeon Llazarovin, ai donte të vinte gjithnjë atje ku hidhja grepat unë, sepse gjatë gjuetisë unë nuk flisja kurrë, dhe ai i kishte zët peshkatarët llomotitës, që nuk merreshin me grepin dhe me tapën por broçkullisnin pa fund.

Pra njerzit e heshtur, të pafjalët, kanë qef të dëgjojnë qetësinë dhe jo fjalët pa fund të të tjerëve, dhe kërkojnë me këmbëngulje shoqërinë e njëri-tjetrit. Vërtet fjalët e tepërta të lodhin dhe të heqin mundësinë për t'u përqëndruar dhe për t'u menduar. Nuk e lënë mëndjen në lirinë e vet.

Në të dalë të Lushnjës u ulëm dhe hëngrëm drekë.

Pas kaq muajsh po uleshim vërtet në një restorant për së mbari, me kamarjerë që qëndronin në pritje, me piceta të pastra, me pjata të ndryshme për çdo lloj ushqimi, dhe me lugë, pirunj e thika që shkëlqenin sikur të ishin prej argjëndi.

Pashë me kujdes se ai dinte ta përdorte shumë mirë thikën dhe pirunin dhe dinte se çfarë luge duhej të zgjidhte për të ngrënë supën. Pra ishte një njeri që kishte bërë jetë lokalesh të shtrënjta dhe ia dinte rradhën shërbimit të kulturuar në një restorant të klasit të parë. Por nuk doja të dija më tej për të dhe nuk më pëlqente e kaluara e tij, sepse e kisha njohur në rrethana të veçanta dhe mua miqtë e shokët nuk më duhen se ç'të kaluar kanë patur para se të takohen me mua.

Makinës i jepja në një shpejtësi mesatare, megjithëse rruga ishte e gjërë, e lirë dhe mund të lëshoheshe me çfarë shpejtësi të mundeshe. Zakonisht në sy të policisë bin ose ato makina që ecin shumë shpejt, ose ato që ecin ngadalë, sepse tek ato që ecin shpejt shpesh shoferi i ka hedhur disa gota, kurse tek ato që ecin ngadalë ose bëhet fjalë për ndonjë shofer që porsa e ka marë patenten, ose që nuk ka asnjë lloj dokumenti me vete.

Pra zgjidh shpejtësinë e mesme, sigurinë dhe je në rregull, askush nuk kthehet të të shohë dhe të ta varë.

Nuk u futa në Tiranë, diku në afërsi të Kasharit ishte një hotel, po mund ta quaje edhe motel, ku shërbenin kamarjere moldave. Kamarjere u thënçin, se ai hotel, me restorantin e vet, më shumë kishte namin e një bordelli, vetëm që kishte gjetur mënyrën për t'i shpëtuar ligjit antiprostitucion. Një ligj që mbulonte prostuticionin legal të krejt shoqërisë sonë postkomuniste.

Në të gjitha hotelet, edhe në ata më luksozet, po të jepje ndonjë para mund të futeshe të zije dhomë, mund të sillje me vete edhe kë të doje dhe askush nuk kujtohej të të pyeste edhe si e kishe emrin dhe jo më të të kërkonin ndonjë dokument identifikimi.

Të gjithë nëpunësit e lartë shkonin nëpër këto hotele me sekretaret e tyre dhe askush nuk i vinte re dhe nuk donte t'i shikonte.

Ai ishte vëndi i përshtatshëm ku mund të strehoheshim. Dy burra, dy shokë, kishin vendosur t'ia mbathnin për disa ditë nga shtëpia dhe të shpëtonin nga gratë e tyre të dhjamura dhe kishin gjetur këtë kënd të bekuar për të prishur kreshmën e tyre të gjatë seksuale. Pra, askush nuk mund të na shikonte me ndonjë sy të keq.

Kishim ardhur të çlodhnim nervat paq dhe kaq, në shoqërinë e disa vajzave të këndshme moldave, që e kishin kthyer seksin në art.

Zumë dy dhomë, larg njëra tjetrës, bile edhe në kate të ndryshme dhe u ulëm në dy tavolina që nuk mund ta shikonin njëra tjetrën. Menjëherë ftuam nga një vajzë shoqërimi, porositëm pije për vete dhe për vajzat dhe pasi kaluam nja dy orë në restorat, bashkë me vajzat që kishin rënë dakort për çmimin që mund të paguanim ne, shkuam në dhomat tona.

I kisha thënë që në orën nëntë fiks, ta paguante vajzën dhe të zbriste në hollin e hotelit. Që aty do të niseshim.

Moldavja, që më kishte rënë mua në pjesë, ishte një rusofolëse, dhe me pak mundim filloja të provoja sllavishten time, megjithëse edhe ajo kishte krijuar një fond mjaft të pasur fjalësh të ndyra të gjuhës shqipe.

Nga që e kisha mëndjen tek puna e rëndësishme që më kishte sjellë aty, e përfundova takimin me atë mace me flokë të verdha, vetëm me një seancë seksi. Por e mbajta në dhomë deri në oren nëntë pa një çerek duke e pyetur për Moldavinë dhe Kishinjevin e saj, ku më kishte qëlluar para shumë vitesh të kaloja dy-tre ditë.

Në orën nëntë pa dhjetë isha në hollin e hotelit, ku duke qëndruar më këmbë në banak, porosita një konjak.

Kur *Ipaemri* u duk tek shkallët duke zbritur, e ktheva konjakun me një frymë dhe u nisa drejt derës, sikur të isha kujtuar që kisha një punë me rëndësi. Shkova drejt makinës pa e kthyer kokën prapa, megjithëse e dëgjoja hapin e tij dhe e dija që e kisha pas, shtypa telekomandën, hapa derën dhe u futa brënda. Edhe njeriu ndërkohë ishte ulur në sediljen e parë.

U larguam nga hoteli dhe nuk besoj se do të na ketë vënë re njeri se u larguam së bashku. Zakonisht nëpër këto vënde, në orët e natës hynin e dilnin njerëz të shumtë, që nuk e njihnin njëri tjetrin dhe nga që ishin gjysmë ilegalë, kishin vetëm një hall, të mos binin shumë në sy.

***

E dija mirë se ku do të shkoja, sepse planin e kisha bërë kohë më parë. Tek parku i kamionëve, u ktheva, u futa midis pallateve, e gjeta me sy shtepinë e Qorrit, e lashë makinën në anë të trotuarit, dhe i thashë njeriut tim:

-Prit se nuk vonohem më shumë se dhjetë minuta! Mos u mërzit! Po qe se të vjen njeri dhe të pyet, thuaji që je shoku i Qorrit dhe do të të lënë të qetë...

Ai murmuriti diçka.

Zbrita dhe me hap të shpejtë iu afrova derës. Trokita një herë, bëra një farë pauze dhe trokita pastaj dy herë më rradhë. Kishte zile, por unë nuk i rashë, se e dija mirë që kjo ishte shënja.

Doli Ladi.

Nga që mbante syze, që fëmijë ia kishin ngjitur emrin Qorri dhe kështu e njihnin të gjithë në atë tregëti dhe vetëm me këtë emër duhej t'i flisje, që ai ta merrte vesh se ishe njeri i besuar. Biznesi i tij ishte i rrezikshëm dhe policia herë pas herë e ngatrronte në histori të ndryshme, por ai dinte se ku duhej të paguhej dhe e linin të qetë.

Sa më pa, me sa duket iu duka fytyrë e njohur, aq më tepër i fola në emrin e njohur të punës së tij, se më ftoi të futesha brenda.

Hymë në një dhomë me tesha dhe sende të hedhura rrëmujë. Jetonte vetëm dhe dukej që aty prej muajsh nuk kishte patur dorë femre, se ishte krejt pa fshirë dhe binte një erë e rëndë çorapesh të palara, që t'i sillte zorrët në gojë.

Njerëzit që merren me punë të paligjshme dhe jetojnë vetëm e kanë prirjen që të mos i kushtojnë asnjë vëmëndje vëndit ku jetojnë, ndoshta ishte një difekt profesional, ose sepse jetonin nga dita në ditë në mes të rrezikut dhe kujdesi për veten u duket i tepërt.

Lashë mbi tavolinë, midis pjatave të palara dhe copave të thata të bukës pesqint euro. Ai i numuroi kartmonedhat pesëdhjetshe me gishtërinj të shpejtë, që ishin mësuar të numuronin dhe më tha pa e zgjatur shumë:

-Kam makarov, TT dhe zastava...

-Më jep një TT...

Për mua TT-ja ishte arma më e mirë për të vrarë. Pak e madhe, kishte shënjestër më të sigurtë dhe forcë më të madhe shpuse, megjithëse e një kalibri më të vogël.

U fut në një derë që ndodhej në fundin e dhomës, humbi për nja dhjetë minuta dhe pastaj doli me një kuti kartoni. Nxori që andej një shuk leckash, i shpështolli dhe la para meje një TT me dy karikatore të mbushura. Ishte një armë e vjetër, e përdorur edhe më parë, ndoshta e ndonjë oficeri të liruar të ushtrisë, por ama e pashë që ia kishin fshirë me kujdes numurat dhe ia kishin ndrruar tytën, për ta bërë si të re.

-*Po të duash fishekë të tjerë, i ke jashtë këtij çmimi...*

Mora pistoletën, e futa në xhep. Në xhepin tjetër rrasa karikatoret dhe i thashë:

-*Jo faleminderit, keto mjaftojnë dhe dalin... për vetmbrojtje më duhet, nuk kam për të shkuar në luftë...*

Nuk e zgjata më.

Dola duke i thënë natën e mirë dhe nxitova të futesha sa më parë në makinën që e kisha lënë të ndezur. Pas dy minutash kisha dalë në rrugën e Kavajës dhe u ktheva drejt unazës, gjatë bregut të Lanës.

Qëndrova para një kafeneje, nga ato që ishin varg njëra pas tjetrës, dhe ku me vështirësi mund të gjeje vënd të lirë për të parkuar, por mua më eci fati. Aty nxorra pistoletën, edhe fishekët dhe ia dhashë *Tëpaemrit*. Ai e pa me kujdes, futi karikatoren dhe e kaloi plumbin në fole.

Nga mënyra se si e mbante dhe se si ia vendosi menjëherë siguresën, e mora vesh që për të ajo lodër e rrezikshme ishte më se e njohur. Të gjithë ata që kanë patur të bëjnë me armët e zjarrit kanë një siguri të plotë në veprimet e tyre dhe nuk e kapin me frikë mjetin e hekurt.

Objektivi i parë, ai që më njihte dhe e dinte që emri im dhe emri i bariut skraparlli ishte i njejti, ishte Ferrit Qoku, doganieri, që kishte bërë çdoganimin e kamionëve që vinin nga Greqia me miell ose me kroasan.

Ishte ai, që në një proces gjyqsor, po të vinte puna në gjyq, do të bënte këtë lidhje, por edhe që mund t'ua kishte thënë të tjerëve, që unë isha unë dhe jo ai analfabeti që ruante dhi në Tomorricë. Po qe se i mbyllej goja atij, kjo lidhje e rrezikshme midis dy personave shkëputej dhe mund të ngelej vetëm si një hipotezë, që nuk mund ta vërtetonte askush.

Mirpo ligji e ka të vështirë të të dënojë me hipoteza dhe me thashetheme.

Eca përgjatë rrugës, sa më ngadalë dhe qëndrova për pak sekonda para lokalit të Tiranës së Re, ku Ferit Qoku, ai kokështrëmbëri, që të spërkaste fytyrën me pështymë kur fliste, ulej me dashnoren e vet dhe darkonte çdo mbrëmje.

Por gjërat ishin shkruar që të bëheshin sa më thjesht. Nuk e kishte femrën me vete, dhe nuk do t'i duhej të shkonte me të në apartamentin e saj. Atë darkë nuk ishte me të dashurën, një bjonde shalëgjatë rreth të njëzet e pestave, por me dy tipa të tjerë.

Që nga rruga, nëpërmjet xhamit e dallova kokën e tij të stergjatë dhe me xhumba, në të njëjtën tavolinë ku ulej gjithnjë. Një natë kur kishim ngrënë darkë, i kisha thënë si me shaka, që unë nuk shkoja kurrë dy herë në të njëjtin lokal, dhe jo më të ulesha për darkë në të njejtën tavolinë, se kështu ua lehtësoja punën atyre që donin të më bënin keq. Por ai idiot, kishte qeshur dhe më kishte parë sikur të kishte të bënte me një budalla.

Se budallenjtë janë të tillë vetem e vetëm sepse kujtojnë se janë më të mënçurit në botë.

Dhe e dini si ma ktheu:

-*Vetëm frikacakët ruhen, sepse unë nuk çaj kokë nga askush dhe po t'ia mbajë bytha ndonjërit le të vijë dhe ta provojë.. këtu më ka...! frikacakët vdesin për ditë... trimat vetëm një herë, por ama si burra të vërtetë...*

Pas dy pallatesh, e ktheva makinën në një sheshpushim pallatesh dhe bashkë me *Tëpaemrin* zbritëm. U kthyem të heshtur, u ulëm në një kafene para restorantit dhe pritëm.

Pinim kafe dhe thithnim cigare si dy njerëz që po vrisnim kohën, ashtu siç bëjnë shumica e njerzve në këtë qytet të përzjerë me huqe orjentale. Këtu, mund të qëndrosh edhe me orë të tëra duke pirë një kafe dhe shtatë cigare.

Sepse koha nuk ka vlerën e parave.

Me pak fjalë i tregova personin që ishte objekti i asaj nate. Ai e fiksoi mirë, sepse m'i përmëndi ngadalë të gjithja tiparet që e dallonin nga tre njerëzit e tjerë që ndodheshin në atë tavolinë. Me sa më kujtohej edhe ato fytyra i kisha parë në doganë dhe me siguri ishin doganierë. Atë natë nuk kishte dalë me të dashurën, jo se ajo ishte e zënë, por se po festonin ndonjë dallaver të madh, që kishin bërë së bashku.

Doganierët po i pe të pijnë së bashku, duhet ta dini që me siguri kanë bërë kalimin e një sasie të madhe cigaresh të padoganuara.

I kishim përballë dhe nga xhami i dritares kontrollonim të gjitha lëvizjet e tyre. E pamë edhe kamarierin që erdhi dhe ju solli llogarinë. Atëhere unë lashë paratë dhe bakshishin dhe u ngrita. Pas pak doli nga lokali edhe njeriu im dhe qëndroi përballë restorantit në buzë të trotuarit me shpinë të kthyer nga unë.

Unë nga tridhjet metra më larg kontrollaja gjithë terrenin. Në këto raste, dikush duhet të shmangë të papriturat që nuk mund të parashikohen.

Ata dolën jashtë duke folur dhe duke bërë shaka me zë të lartë. Kishin pirë dhe kishin ardhur në qef. Pastaj ai u nda nga ata të tre dhe filloi të ecte i vetëm përgjatë trotuarit.

Ipaemri iu vu pas si hije me hap të shpejtë për t'iu afruar sa më shumë. Po e shikoja me vëmëndje, ishte po ai Ferrit që kisha njohur unë kur punonim bashkë, tundej duke ecur sikur ishte ai që e kishte bërë Shqipërinë.

Pordhac tipik.

Pas nja dhjetë metrash futi dorën në xhep. Me siguri po nxirrte çelësat e makinës, se shtëpinë e kishte larg, afër maternitetit të ri tek Bërryli. Veprime që lexoheshin nga larg dhe u binda që vërtet ishte gomar, me që nuk tregonte asnjë kujdes dhe nuk pa qoftë edhe një herë prapa, për të vërtetuar se të kujt ishin ata hapa që po e ndiqnin.

Qëndroi.

Ipaemri iu afrua dhe ishte gati pas shpinës së tij. Dora i rrëshqiti nën xhaketë. Doganieri hapi derën, u përkul dhe u fut brënda në makinë. Nuk kishte mbyllur akoma derën kur njeriu im iu afrua dhe e pyeti diçka.

Dera u hap akoma më shumë dhe unë dëgjova vetëm krismën e thatë, një zhurmë që në rrëmujën e Tiranës, midis zhurmave të makinave, borijeve, muzikës së lokaleve, katraurës së natës, humbiste menjëherë.

Pastaj dera u mbyll dhe *Ipaemri*, i qetë, sikur të ishte duke shëtitur buzë Lanës, që qelbej si një kanal ujrash të zeza, u kthye dhe eci drejt vëndit ku kisha parkuar makinën. Askush nuk ktheu kokën për të parë se ç'kishte ndodhur, sepse askush nuk e kishte dëgjuar atë të shtënë arme.

Shpejtova hapat.

Fluksin e adrenalinës në trup e kisha më se normale dhe isha tepër i qetë. E gjeta makinën dhe për fat askush nuk kishte ardhur pas meje për të më bllokuar rrugën e daljes. U futa brënda dhe e ndeza duke e zhvendosur pas, ndërsa me sy kontrolloja cepin e pallatit. E pashë njeriun tim të ecte ngadalë, me duar të futura thellë xhepave të pantallonave, me supe të varur, sikur të ishte duke menduar për hallet e tij të shumtë që i kishin rënë mbi kokë dhe nuk interesohej për asgjë nga ato që lëviznin dhe ndodhnin përqark tij.

U ul në sedilje dhe fare qetë tha:

-*Të ikim që këtu, atë tani po e presin në ferr!*

-*Amin!* – murmurita dhe i dhashë gaz.

Rrugës së kthimit nxori pistoletën dhe e zbërtheu. Pjesën metalike e flaku tek ura e Lanës, ajo që ndodhej afër NSHRAK-ut, kurse gryken e flaku në ujin e turbullt e të ndyrë tek ura e teknologjikes. Në një distancë të tillë, sikur nesër policia të trazonte gjithë mutrat e kryeqytetit nuk mund t'i gjente dhe nuk mund t'i bashkonte kurrë ato pjesë të shkëputura.

Për një gjë isha i sigurtë, se *Ipaemri* nuk ishte budalla dhe ia njihte mirë të fshehtat e zanatit të vrasësit. Shumë veprime tregonin se ai nuk e kishte për herë të parë që paguhej për të vrarë dikë, vetëm që me të kishte ndodhur një aksident, dikush e kishte trathëtuar dhe ai qe zënë keq për t'u fshehur pastaj në male, që të shpëtonte kokën.

Por të gjitha këto unë i merrja me mënd, sepse as që kisha folur me të ndonjëherë për këto probleme dhe as që kisha ndër mënd të flisja. Secili e di vetë se ku i pikon çatia, unë kisha çatinë time, kurse ai çatinë e vet dhe me këtë bashkëpunim do të mundohej secili të dilte i kënaqur dhe të arnonte vrimat e asaj çatie që për ironi dhe lojën e fatit kishte filluar të pikonte kohë më parë.

Bashkëpunimet nuk bëhen për të qarë hallet, por për t'i zgjidhur ato. Ndjehesh i kënaqur që punët na kishin shkuar mirë, por ama do të qetësohesha plotësisht vetëm kur të arrinim në fshat në shtëpinë tonë.

***

Pas pesëmbëdhjetë minutash qëndruam para motelit, ai hyri i pari, kurse unë prita edhe disa minuta duke u marë me makinën sikur të kisha ndonjë problem me motorin dhe e ndoqa pas.

U ulëm larg e larg në kolltuqet e hollit. Porositëm nga një pije dhe ftuam nga një prej vajzave të shoqërimit. Nuk doja të rrija shumë nëpër vënde ku hynin e dilnin njerëz. Jo se kishte ndonjë rrezik, por njeriu gjithnjë duhet të jetë i kujdesshëm, sepse nuk thonë kot, ruaju që të të ruajë perëndia. Dhe për të keqen time, atë natë mund të kishte aty ndonjë klient që të më njihte. Të ma shikonte fytyrën dhe pastaj kur të bëhej i ditur fati i Ferrit Qokut të bënte një farë lidhjeje, midis vdekjes së tij dhe prezencës sime në Tiranë.

Sa më pak sy të më shikonin aq më i sigurtë do të ishte largimi ynë për në humbëtirën ku jetonim dhe ku ndjeheshim zotër të vetes.

Në dhomë shkova i kapur për krahu me shoqëruesen. Më puthte vazhdimisht në faqe, ndoshta për të më falenderuar që e kisha zgjedhur atë në mes të prostitutave të tjera të lokalit.

Për fat nuk dinte asnjë fjalë rusisht, edhe ajo kishte qëlluar nga Kishinjevi, por ishte nga pjesa rumunofolëse. Nuk pata mundësi të bëja muhabet, bëra vetëm dy seanca seksi, e pagova i dhashë edhe dhjetë uro bakshish dhe e nxorra nga dhoma.

Pasi kyça derën, u sigurova edhe që dera e ballkonin ishte e mbyllur dhe në një pozicion që vështirë se mund të ngjitej njeri nga poshte, shojta dritën dhe u shtriva për të fjetur. E dija që do ta kisha të vështirë të flija, por kur njeriu është shtrirë ka të mirën që i mendon gjërat më kthjellët.

Kisha hedhur një hap të rëndësishëm, që për çudi ishte kryer pa incidentin dhe difektin më të vogël, dhe jo si meritë e planifikimeve të mija të stërholluara, por se ashtu kishte dashur fati, të rrokulliseshin ngjarjet në favorin tim dhe në dëm të atij vulëhumburit Ferrit.

Duhej të isha më i qetë se kisha një armik më pak, por ja që mëndja më zjente dhe nuk gjente karar. Kisha hedhur një hap parpara pas një sezoni të tërë mosveprimi.

Në mëngjes, kur sa kishte filluar të zbardhte, u larguam nga moteli dhe u nisëm për t'u kthyer në shtëpinë tonë. Kishim për të bërë një rrugë tepër të gjatë dhe me rrezikun e ndonjë të papriture të pakontrolluar.

Nxitonim të dilnim sa më parë nga Tirana, sepse vërtet ai qytet atë mëngjes sepse më dukej sikur ishte kthyer në një kurth të madh, kapaku i të cilit mund të rrëzohej nga çasti në çast dhe të na zinte brënda.

Sa kohë që je brënda kurthit, dhe një qytet me disa dalje të përcaktuara mirë, ishte vërtet i tillë, nuk mund të qetësoheshe pa e parë veten jashtë tij.

Lajmin e vrasjes mafioze në mes të Tiranës të një punonjësi të doganave e dëgjuam në radion e makinës kur ishim duke dalë nga Kavaja. Pas më shumë se një orë rrugë.

Dikush, një kalimtar i rastit kishte parë kokën e të vrarit mbi timon dhe kishte dalluar pllangën e gjakut që i kishte larë krejt tëmthin dhe faqen. Kishte hapur derën dhe kishte konstatuër se i përgjakuri kishte vdekur disa orë më parë.

Kishte lajmëruar policinë dhe gjithçka ishte marrë vesh.

Në Lushnjë hëngrëm nga një paçe koke, pimë nga një gotë verë dhe pastaj shkuam në një bankë për të tërhequr nga njëra prej llogarive të mia tre mijë euro.

Paratë e thata që kisha marrë në fillim pothuajse kishin mbaruar dhe marrja e një shume tjetër ishte planifikuar nga unë që në nisje, por ama e kisha lënë që këtë punë ta bëja vetëm në kthim. Tërheqja e parave gjithnjë përmban në vetvete një farë rreziku, sepse do ose nuk do është një mundësi më tepër për të lënë gjurmë dhe për t'i orjentuar ata që të ndjekun se në ç'drejtim ke lëvizur.

Bëmë pazar në një supermarket, blemë çfarë menduam që na duhej duke e mbushur makinën cep më cep. Të bërët pazar, edhe kur nxiton që ta bësh sa më shpejt, ka kënaqësinë e vet. Tani që kisha kaluar aq muaj larg dyqaneve e dija shumë më mirë se ç'mall ishte i nevojshëm dhe ç'ishte i kotë. Kisha eksperiencën e atyre muajve, për ta ditur se ç'do të më nevojitej më shumë atje në mes të maleve.

Njeriut në vetmi i duhen të gjitha, por pa disa gjëra e ka të vështirë të jetojë dhe pikërisht ato duhet të blejë.

U nisëm pa u hallakatur më rrugëve, për të arritur me ditë në fshatin e largët, ku do të ishim të qetë dhe nuk do të na ngacmomte njeri.

Të dy kishim pamjen e lumtur të atyre që pas një udhëtimi të gjatë, të lodhshëm dhe gjithë peripeci po ktheheshin në shtëpizën e tyre të dashur.

Shtëpia, edhe sikur të jetë në fund të botës, edhe sikur të mos kete elektrik, frrigorifer e televozor, përsëri ngelet shtëpi. Është vëndi ku njeriu e ndjen që është në vendin e vet, në vendin e qetësisë së shpirtit e të mëndjes.

17

OBJEKTIVI DY

Sorkadhja shëtiste tepër e mërzitur në lirishten e pyllit. E pa arusha dhe e pyeti se përse ishte në këtë gjëndje. Sorkadhja i tha se në atë vënd një ditë më parë kishte takuar një gjahtar të dehur dhe ai e kishte përdhunuar. Arusha ia qau hallin dhe e pyeti se si do t'ia bënte tani. Dhe sorkadhja ia ktheu në kulmin e dëshpërimit, po e pres dhe lus zotin të kalojë përsëri.

Sikur të më kishin thënë më parë se do të kisha mall për atë fshat të humbur dhe për atë shtëpi të vjetër. që mesi mbahej më këmbë, do të isha shkrirë gazit.

Por ja që kjo ishte e vërtetë, udhëtoja me të gjithë shpejtësinë, jo se kisha frikë se mos më vihej kush pas gjurmëve, por sepse ndjeja mall për atë vend dhe pikërisht aty, midis vetmisë dhe humbjes së madhe, larg njerzve dhe zhurmave të marra të qytetit, ndjehesha i qetë dhe i shpenguar.

Njeriu mësohet me diçka dhe pastaj e kërkon kur i mungon për një farë kohe.

Sipas radios, një nga pistat kryesore ku kishte shtrirë hetimin policia për vrasjen e doganierit Ferrit Qoku ishte kontrabanda e hidrokarbureve, ku ai ishte përzjerë kohët e fundit. Afera ishte zbuluar nga shteti dhe me sa duket të intersuarit e kishin hequr qafe për të mos i dhënë mundësinë që të llapte. Pra unë isha krejtësisht jashtë vëmëndjes dhe mund të bëja gjumin e qetë.

Një dallkauk si ai ngatrohej në shumë histori dhe e keqja mund t'i vinte nga shumë drejtime, kështu që ngjarja e shkuar, ajo që kishte lidhje me mua, ishte arshivuar dhe askush nuk kishte ndër mënd ta përmendte më.

Por thellë ndjeja se më brente ndërgjegja. Jo se nuk ia dëshiroja vdekjen atij pizevengu, por po të kisha pritur edhe pak do të kishte dalë dikush tjetër që ta hiqte qafe. Vazhdimisht lakmia të fut në ngatrresa të reja dhe sa më shumë që të fitojë njeriu, aq më i varfër është dhe aq më i pangopur ndjehet.

Kurse për *Tëpaemrin* nuk dija ç'të thosha, por ai ishte i qetë, qëndronte në sedilje pa lëvizur, pa pupulitur as sytë sikur të ishte një gur varri dhe me siguri e kishte harruar që para dhjetë orëve kishte dërguar në atë botë një njeri, që as e kishte njohur dhe as e kishte parë më parë.

Për këtë isha i bindur, nuk e vriste më mëndjen për atë që kishte ndodhur, sepse askush nuk e vret mëndjen më për punën që ka bërë, por mendon për punën që do të bëjë dhe për të vrasja e dikujt, duke patur një motiv të fortë, ishte thjesht punë.

Ne nuk e dimë se çfarë procesesh biokimike ndodhin në trurin e një vrasësi, por mund të them me siguri, që janë shumë të ndryshme nga ato që ndodhin në trurin tonë. Megjithatë, nuk isha i sigurtë, në se unë që nuk kisha tërhequr këmbëzën, por kisha dëshiruar dhe paguar vdekjen e një njeriu, isha sadopak vrasës apo jo?

Nuk e dija.

Nuk kisha aspak merakun e ligjit, në të sëmës të shkonte ai, se në këtë shtet shkërdhatë askush nuk pyet për ligjin. Por e kisha me moralin kristian dhe me Perëndinë, a më klasifikonte mua zoti në kategorinë e vrasësve apo jo? Unë thjesht kisha dëshiruar vdekjen e dikujt dhe kisha krijuar kushtet që të ndodhte ajo, por ama nuk e kisha lëvizur gishtin, shkurt vetëm kisha patur gisht.

Të kërkosh dhe të lusësh vdekjen e dikujt, nuk është çnjerëzore, sepse di dhe njoh me mijra që e bëjnë këtë gjë për ditë. I kërkojnë ndihmë vdekjes, që të vijë të marrë dikë që ua ka bërë borxh. Kjo ndodh me nuset për vjehrrat, me kunatat për kunatat, me borxhllinjtë për borxhdhënësit, me nipërit për gjyshërit dhe gjyshët e pasura, me ortakët për njëri tjetrin dhe nuk mund të thuash që këta njërëz janë vrasës, por nuk mund t'i shpëlash edhe plotësisht nga faji.

Thellë në shpirt ata janë po aq vrasës sa edhe ata që shkrepin armën. Ata kërkojnë me përgjërim vdekjen e dikujt, ia kërkojnë këtë shërbim si një nder sublim perëndisë, djallit, ose një force tjetër madhore, lusin që dikë ta përlajë mortja, ta kapë kanceri, ta vrasë rrufeja, ta djegë zjarri, apo ta përlajë lumi. Por ama qëndrojnë në kufirin e kësaj dëshire, jo se kërkesën e kanë me shaka, por sepse nuk kanë mundësi ta realizojnë.

Po të kishin para të mjaftueshme, po të kishin mundësi financiare, atëhere kërkesën do t'ia delegonin dikujt dhe ai dikush, pra vrasësi i paguar, kërkesën e tyre, dëshirën madhore do ta bënte realitet. Por nuk e kanë këtë mundësi, nuk mund të paguajnë askënd që t'ua realizojë dëshirën e tyre. Këtu qëndron problemi, janë apo nuk janë mëkatarë këta njerëz, e rëndojnë apo nuk e rëndojnë ndergjegjen e tyre me mëkatin e rëndë?

Këtë nuk e di askush, edhe kur për njeriun që ata kanë mallkuar për vdekje, vjen vdekja në formën e një rrote makine, e një shkarje këmbe, apo edhe e një sëmundjeje të rëndë, pra u realizohet dëshira, përsëri nuk e dimë se sa peshon mëkati i tyre.

Por po qe se ata njerëz janë të pastër para të plotfuqishmit dhe të gjithëndriturit, edhe unë në rastin e Ferritit isha po kaq i pastër, sepse vetëm sa kisha dëshiruar dhe paguar vdekjen e një delenxhiu.

Dhe unë nuk kisha bërë asgjë më tepër se një njeri i zakonshëm dhe normal, kisha dëshiruar vdekjen e një maskarai që më prishte punë dhe kjo dëshirë megjithëse pak shtrënjtë, pesëdhjetë mijë euro, më ishte realizuar.

Pra unë isha vrasës, po qe se do të quhesha i tillë, po aq sa çjanë vrasës shumica e njerëzve mbi këtë tokë. Vrasës sa një nuse e re, që ëndërron ta dërgojë sa më parë në atë botë vjehrrën e vet të dashur, vrasës po aq sa ajo grua që ka gjetur një dashnor të ri e të pasur dhe dëshiron me shpirt vdekjen e burrit të vet të dhjamosur, vrasës po aq sa ajo mbesa tekanjoze që ëndërron vdekjen e gjyshës së saj që merr një rentë të mirë nga shtëpitë që ka lëshuar me qira, dhe vrasës po aq sa njëri ortak që pasi e ka vënë kompaninë në vijë dhe janë rritur të ardhurat lutet që ortaku tjetër t'i bëjë nderin e madh dhe të vdesë.

Më në fund arritëm në qoshen tonë të dashur e të harruar.

***

Atë darkë bëmë një gosti të vërtetë. Në atë natë pranvere, kur ajri i lagësht mbarte ngrohtësinë e ditës me diell, në oborrin e shtëpisë u ulëm të tre dhe ia shtruam me ushqime të freskëta, me meze dhe me verë, për të festuar diçka që duhej festuar, por që nuk donim ta zinim me gojë dhe ta përmendnim. Po festonim një ngjarje, që pa u marrë vesh me njëri-tjetrin, e kishim shpallur *tabu*.

Ndënjëm deri vonë.

Meçoja ishte shtrirë midis ne të dyve dhe unë herë pas herë i lëmoja qafën e trashë. Kjo prekje, që para disa muajsh as që mund të imagjinohej, tani i shkaktonte kënaqësi kafshës së egër, se lëshonte një zë të mbytur grykor, një farë gërrhime të lehtë sa herë që e prekja. Bile me anë të këtij zëri, që i dilte nga thellësia e grykës, sikur më nxiste që të vazhdoja ta përkëdhelja.

Dhe unë nuk ia prishja, sepse e kisha vërtet shok të mirë.

Të nesërmen u nisëm të tre për të parë tabelat që kishim vënë dhe për të gjuajtur ndonjë gjë. Nja dy tabela i kishin rrëzuar, bile njërën e kishin thyer, por me sa pamë askush nuk kishte guxuar të futej në territorin që ne e kishim shpallur trimërisht si pronë private.

Pas kësa zgjidhjeje të mençur krejt ajo sipërfaqe, ato male, pyje dhe përrenj na përkisnin vetëm neve, dhe kafshëve të egra që nuk dinin të lexonin dhe nuk e dinin kuptimin e fjalës "*rezervat*". Por kafshët nuk na prishnin punë dhe e kishim të pamundur t'i shpallnim të padëshiruara.

Edhe Meçua me sa duket e kishte kuptuar që kishte ndodhur një ndryshim i madh në statusin e tij prej ariu pronar tokash e

164

pyjesh, sepse ecte i shpenguar, me një farë krenarie, që ndoshta ishte krenaria e zakonshme e një pronari, e një të pasuri, qoftë ky njeri apo ari.

Bile arinjtë e kanë ndjenjën e territorit shumë më të zhvilluar se sa njerëzit, sepse dy arrinj meshkuj e kanë të pamundur të jetojnë së bashku në të njëjtin territor.

Edhe mënyra se si i mbanim ne armët ishte e shpenguar, ishim shpërndarë, qëndronim larg njëri tjetrit, na dukej sikur ishim në mbretërinë tonë dhe se gjithçka përreth na përkiste vetëm ne dhe se mund të bënim ç'të na donte qefi.

Ndërsa po shkonim drejt një kodre, që i thoshin Sopi i Dardhës, dëgjuam blegërimën e deleve dhe lehjet e qenve. Dikush kishte guxuar dhe kishte futur aty delet. Ndoshta ndonjë bari, që nuk pyeste për tabela e shënja. Pashë se si Meçoja u bë gjithë sy e veshë. Me njëherë u ngjall tek ai ndjenja e gjahtarit të lashtë dhe një ari nuk e vret mëndjen shumë, në se gjahu që do të kapë është një dhi e egër, apo një dele e butë.

Për të gjithçka që ka mish e gjak është një gjah i mundshëm. Sepse për ariun ndjenja e sendeve dhe e kafshëve vetiake nuk ka kuptim, ai nuk ka as xhepa dhe nuk mban as kafaz në shpellën e vet. Për të gjithçka që lëviz në pronën e tij është një gjah që mund të vritet dhe mund të haet, për hollësitë e tjera le të mendonin njerëzit që e stërhollonin dhe e komplikonin jetën.

Dolëm në krye në bregores.

Ecëm me kujdes që të mos binim në sy të njerzve dhe të qenve. Edhe ariu fshihej, kalonte nga shkurrja në shkurre dhe ishte futur në lojën e zakonshme të gjahtarit primitiv, që duhet t'i afrohet presë sa më shumë pa u ndjerë dhe kur të jetë aq pranë sa që mund të sulmojë, të hidhet mbi kafshën dhe të vrasë.

Kjo është taktika e thjeshtë, dhe pa lojra e trille e të gjithë mishngrënësve, duke filluar nga nuselalja, që është sa një mi, e deri tek ariu i madh.

Ipaemri tha:

-*Kemi për të parë gallatë! Në këto raste Meçoja është i paparë.*

Unë ia ktheva:

-*Mos gjejmë belanë! Të vjedhësh nga tufa e barinjve mund të kemi punë pastaj me të gjithë çobenjtë e zonës!*

Ai shtoi:

-Barinjtë e kanë fajin vetë në se ujku ose ariu u rrëmben ndonjë
nga delet e kopesë. Ne vetëm që do t'i mbrojmë krahët shokut
tonë... Bariu t'i bëjë derman vetes...!
Që aty ku ndodheshim e kishim luginën si në pëllëmbë të dorës
dhe shikonim se si në një shullë, në një vënd ku dielli rrihte dhe
kishte filluar të bulëzonte bari i ri i pranverës gjithë lëng dhe
aroma, kullosnin nja pesëdhjetë-gjashtëdhjetë dele dhe qingja.
Kishte edhe dy qen, kurse bariu ishte vetëm një, që qëndronte i
ulur nën një pemë. Pothuajse nuk e kishte mëndjen se ç'po
ndodhte përreth se kishte besim tek qentë e tij.
Meçoja u largua në anën e kundërt, zbriti poshtë kodrës nga ana
tjetër, humbi midis gjethnajës së dendur që kishte filluar të vishte
gjithë atë zabel me gjelbërimin e buitur pranveror.
Humbi për një farë kohe duke na u zhdukur plotësisht nga sytë
dhe pastaj, pas nja dhjetë minutash, diku poshtë, në fund të atij
thellimi natyror, që nga pika e lartë ku ndodheshim dalluam
shpinën e tij gati të zezë, se si rrëshqiti dhe u rras midis disa
shkurreve me cerr, nga ato që edhe në dimrin më të ashpër nuk i
hidhnin përtokë gjethet e tyre të kuqërremta.
Ishte gjahtari i egër që ishte hedhur në veprim, ai e dinte që ne e
vëzhgonim që nga lart dhe ndoshta kishte dëshirë të na tregonte
të gjitha aftësitë e një prekapësi të lashtë, dhe megjithë
sakatllëkun e vet, përsëri tregonte një shkathtësi dhe një shpejtësi
që të habiste.
Ishte vërtet si një shqarth i stërmadh.
Ne e ndiqnim me kureshtje, por unë, mbusha armën, që në
qoftëse qente e zbulonin, në të vërtetë ishin tre qen të mëdhenj të
një race të dyshimtë, një përzjerje qen bariu me zagarë gjahu, që
deri atë moment as që e kishin vënë re rrezikun që po i afrohej
kopesë.
Nuk doja që miku im i egër të bëhej pre e atyre qenve, që ndosha
dukeshin budallenj dhe të paaftë, por po ta vinin ariun në mes, e
mbërthenin në vënd dhe pastaj bariu do ta kishte të lehtë ta
vriste. Arinjtë në përgjithësi i kanë frikë qentë kur ata janë
shumë.
Megjithëse që aty ku ndodhesha, jo edhe aq larg sa të mos
dalloja detajet, nuk pashë që njeriu të kishte ndonjë armë me

vete, përkundrazi, nga mënyra se si qëndronte pa lëvizur dhe kokë varur, kishte shumë mundësi të ishte duke dremitur.

Dielli i ngrohtë e kishte vënë në gjumë dhe ia kishte qetësuar muskujt. Ndoshta ishte duke fjetur gjumin e rëndë të drekes, në atë pozicion të papërshtatshëm.

E pashë edhe një herë shpinën e Meços se si vrapoi dhe u fut nën një shkurre shipke, që ishte ende pothuaj se e zhveshur. Tani delen më të afërt nuk e kishte më shumë se tre metra larg. Kopeja kulloste e qetë, pa e ndjerë fare rrezikun që e kishte aq pranë.

Nuk e dija që delet të ishin aq budallaqe.

Pastaj sulmi ishte i menjëhershëm, i papritur dhe mizor. Ariu me dy kërcime u ndodh mbi shpinën e deles së hutuar, me këmbën e vrarë i rëndoi përsipër, kurse putrën e shëndoshë e ngriti dhe i dha një goditje të prerë pas zverrkut. Deleja u rrëzua menjëherë përtokë pa frymë. Një vrasje e përsosur që do ta kishte zili gjithkush, me një të goditur të vetme dhe nuk pati as blegërima dhe as zhurmë.

Meçua e mbërtheu me dhëmbë dhe po me atë shkathtësi që kishte dhënë sulmin ia mbathi tatëpjetë luginës.

Kopeja e dhënve u shqetësua dhe e trëmbur u mblodh rreth pemës ku qëndronte bariu i pergjumur. Qente u gjallëruan dhe filluan të lehnin kuturu, për hesap të tyre. Bariu ngriti kokën, pa përreth, nuk vuri re asgje dhe as që mori mundimin të çohej nga vendi. Vari përsëri kokën dhe vazhdoi dremitjen e vet të ëmbël.

Vetëm në darkë, kur të kthente tufën në shtëpi dhe ta numuronte, do ta merrte vesh që kishte një dele mangut. Tani e mora vesh se përse egërsitar sulmojnë kopetë e kafshëve të buta, sepse është gjahu më i lehtë dhe më i parrezikshëm. Me barinj dhe qen të tillë Meçoja ynë mund të jetonte pa frikë sa të kishte ymër. Një gjah kaq i lehtë edhe për një sakat si Meçoja nuk kërkonte ndonjë mjeshtëri të madhe.

Nuk kaluan as pesë minuta kur erdhi tek ne dhe e lëshoi delen e ngrohtë para këmbëve tona. *Ipaemri* e përgëzoi duke i rënë lehtë në shpatull, nxorri thikën, ia preu gërrmazin kafshës së vrarë dhe la të rridhte gjaku që ende nxirrte avull. Pastaj ia lidhi këbët dhe e hodhi në sup.

Me kaq gjuetia kishte marrë fund për atë ditë.

167

U kthyem në shtëpi me të shpejtë, se atë ditë nuk merrej vesh në se ishim gjahtarë, apo hajdutë, por me sa duket kishim nga pak nga këto dy profesione të vjetra, që ngjisnin shumë me njeri tjetrin dhe ishte e vështirë t'i ndaje. Po të ishe në anën tonë do të na quaje gjahtarë, po të ishe kundër nesh do të na quaje hajdutë, por për ne nuk kishte rëndësi as njëra dhe as tjetra, se kishim me vete një sasi të konsiderueshme mishi.

E pyeta *Tëpaemrin* në se mund ta gatuante edhe atë dele me plënc, ashtu si kishte gatuar atë dhinë e vjetër.
-*Nuk ka problem, - më tha, - plënci është aq i madh sa e madhe është edhe kafsha. Po të kesh një kazan të madh edhe vetë kaun mund ta gatuash duke e futur në plëncin e vet. E kanë bërë këtë provë në fshatin tim dhe ka dalë që është e vërtetë.*
Edhe atë darkë do të bënim gostinë tradicionale nën dritën e hënës.
Netët e pranverës janë vërtet një mrekulli. Nuk janë të ftohta, nuk janë as të nxehta, ajri është mbushur gjithë jetë dhe aroma barërash që kanë filluar të shpërthejnë dhe të lulëzojnë, kurse qielli afrohet aq shumë, bëhet aq i tejdukshëm, sa që të duket sikur yjet vijnë tek ti që t'i marësh në dorë.
 Për mua mrekullia e vërtetë e natyrës dhe e krijuesit ndjehet atje lart në male kur vjen pranvera dhe fillon rilindja e gjithçkaje, e bimësisë, e shpesurisë, e insekteve dhe e kafshëve. Jeta ka aq shumë vrull sa që herë herë të duket sikur nën peshën e jetës do të mbytë vetveten.
Nuk ka mrekulli më të madhe se malet, ata duket sikur flenë në dimër, që të mbledhin forca për të bërë këtë eksplodim të jashtëzakonshëm të jetës porsa fillojnë ditët e para me mot të ngrohtë.
Qëndronim në oborrin e shtëpisë, rreth zjarrit dhe kazanit që gurgullonte, ndërsa ndjenim erën e dhjamit të deles të përzjerë me atë të plëncit dhe që të shponte hundët. Kur era e plëncit të zhdukej plotësisht, kur në ajër ngelej vetëm aroma e erëzave dhe e mishit, atëhere mishi brënda tij ishte zbërthyer, ishte ndarë nga kockat dhe dhjami ishte tretur dhe kishte hyrë thellë në mish.

Kur plënci u ça nga thika e mprehtë dhe mishi i përvëluar u derdh në tepsi, Meçua u afrua pranë nesh dhe u shtri në pritje të ndarjes së racioneve.

Në netë të tilla i pëlqente të qëndronte pranë nesh dhe të merte pjesë në bisedë duke kthyer kokën sa tek njeri tek tjetri. Në këto raste më vinte vërtet keq që ai mik dhe shok i mirë nuk kishte gojë si ne njerzit, se përndryshe kush e di se ç'histori të çuditshme kishim për të dëgjuar nga goja e tij.

Dhe historinjtë e arinjve ndoshta janë shumë më interesat se ato të njerzve se nuk janë të mbushura me mburrje dhe me gënjeshtra. Kafshët janë të sinqerta dhe nuk e dinë se ç'është gënjeshtra.

Ndërsa ai lëpinte kockat, që i kishte pastruar nga mishi dhe dhjami, me një përkujdesje qeni të kënaqur, i thashë:

-Meço nesër përsëri do të lëmë vetëm, kujdesu për shtëpinë dhe na ruaj pyllin... se mos na vjedhin ndonjë bredh a ndonjë lis... ta dish që të tëra këto janë tonat dhe ne nuk jemi të humbur t'i lëmë ata të poshtrit të vijnë e të na i vjedhin...

Ipaemri qeshi dhe i lëmoi kokën e madhe leshtore, që ishte dy herë më e madhe se një kokë kau.

Edhe ai dukej që ishte i lidhur fort pas kësaj kafshe të stërmadhe, të butë, të qetë dhe të dashur, që të kuptonte dhe të bindej sikur vërtet ta kishim mësuar që këlysh të vogël. Ndoshta ishte sakatllëku i tij që e detyronte të shoqërohej me ne, për ta patur më të lehtë të gjuante, ose ndoshta ai ishte i një lloi të ri arinjsh, që e ndjenin të nevojshme të jetonin me qënie të prapa e të egra siç ishim ne njerëzit.

Meçua më pa drejt në sy dhe hungëriu butësisht, a thua të më kishte marrë vesh se përse e kisha porositur.

Por edhe ai e dinte që në atë territor të gjërë që ne e kishim shpallur me të drejtë si mbretërinë tonë, ishim ne të tre sundimtarët e ligjshëm dhe gjithkush tjetër, po të donte të hynte duhej të paguante haraç me ndonjë dhi apo me ndonjë dele.

Dhe vërtet të nesërmen e kishim caktuar të hidheshim përsëri në Tiranë dhe të mbaronim një punë të vogël. Që nga dita kur kishte vdekur doganieri, nuk doja t'ia përmëndja më emrin se kjo më ngarkonte emocionalisht, kishin kaluar dy javë dhe sipas mëndjes sime duhej të mbaronim punë edhe me njeriun e dytë të listës sime të shkurtër.

Për të parin nuk ishte kujtuar më askush, edhe gazetat që dëgjoja të lexoheshin në mëngjes me një radjo me bateri që e blemë rrugës, nuk u morën më me rastin e asaj vdekjeje enigmatike me një plumb në kokë, në makinën e mbyllur.

Vrasje të tilla, që më shumë kishin pamjen e larjes së hesapeve në botën e errët të krimit, nuk çudisnin më njeri. Të gjithë mafiozët këtë punë kanë, të vrasin njëri tjetrin. Një doganier, një gjykatës, një polic nuk kishte asnjë ndryshim nga kriminelët e llojeve të tjera, të paktën në sytë e njerzve, ndryshimi ishte fare i vogël.

Nga anët tona thonë që hajdutët nuk grinden kur vjedhin, por kur ulen te ndajnë mallin e vjedhur...

Pra edhe vdekja e doganierit nuk kishte shumë ndryshim nga vrasjet që ndodhnin çdo javë e çdo muaj rrugëve të Tiranës.

18

OBJEKTIVI DY

Një miku im më thoshte në kohën që desha t'i futesha politikës, se politika është si puna e asaj gropës septike prapa oborrit të shtëpisë, ku copat e mëdha notojnë në sipërfaqe.

Ndoshta njerzit në historinë e tyre të gjatë, në atë marrëzi që i ka ndjekur si racë, vazhdimisht kështu kanë vepruar, para se të niseshin për në luftë, kanë festuar luftën, betejën e nesërme, qoftë për fitoren, qoftë për humbjen e mundshme.

Edhe ne të tre, e shtymë deri natën vonë, ndosha pasi kishte kaluar mesi i natës, duke ngrënë mish të dhjamur deleje dhe duke kthyer ndonjë gotë raki, me ndjenjën e vetëkënaqur se krejt në atë vënd, për kilometra e kilometra të tëra, ishim të vetmet qënie që po festonim dhe po argëtoheshim.

Ishim mbledhur rreth trupit të gjahut tonë, shkyenim llokma mishi, i gëlltisnim dhe ndjeheshim të kënaqur që ishim ne fitimtarët, ishim ne që po hanim, dhe jo dikush tjetër që po festonte mbi trupin tonë duke na e shqyer.

Pra rregulli universal që zbatohet në ekzistencën e të gjitha qënieve të gjalla, se është më mirë të jesh i gjallë se sa i vdekur,

171

është më mirë të hash të tjerët se sa të të hanë, vihej në zbatim edhe në mardhëniet tona me të gjitha gjallesat e tjera që jetonin përreth.

Besoj që të gjitha bishat, kur kapin gjahun e tyre, kështu turreshin dhe kështu shqyenin, jo vetëm për të shuajtur urinë, por edhe për të treguar supremacinë mbi qëniet e tjera, mbi ato që ishin bërë viktima, ose që kishin mundësinë potenciale të bëheshin viktima.

Se si haej mishi, i freskët, i përgjakur, i pjekur apo i zjerë, nuk kishte rëndesi të madhe, sepse nuk ndryshonte asgjë nga thelbi i viktimizimit. Flija asnjëherë nuk u kushtohej zotave, libacinet ishin vetëm një justifikum idiot, se në fakt i kushtoheshin krenarisë së lloit dhe supremacizë mbi qëniet e tjera.

Ne kështu sillemi me bimët, me kafshët dhe me njerzit që janë poshtë nesh, i flijojmë, për të kënaqur egon tonë të pushtetit.

Më në fund ja këputëm gjumit. Nuk harrova ta vija orën në zile dhe vërtet në orën pesë të mëngjesit ishin përsëri të dy në makinë. Meçua qëndroi në oborrin e shtëpisë duke na ndjekur me sytë e tij gjithë përkushtim, se si largoheshim.

Nuk ndjehej i shqetësuar.

E merrte me mend që ne shkonim diku, bënim diçka, se arinjtë nuk e kanë konceptin e punës siç e kemi ne dhe ktheheshim përsëri. Të gjithë arinjtë kur dalin nëpër pyll janë në gjueti, duke kërkuar ushqim, pra në konceptin tonë ishin duke kryer një punë, kështu që edhe puna që kryenim ne nuk mund të ishte gjë tjetër veçse një lloj gjuetie. Niseshim për të kapur diçka, për ta flijuar duke e pjekur, duke e zjerë, duke e shqyer dhe duke e shkatërruar.

Në drekë kishim arritur në Tiranë. U ngjitëm përpjetë dhe zumë vënd në dy motele të ndryshme afër Kinostudios.

Do të takoheshim në darkë, aty nga ora shtatë, dhe si vend takimi lamë një pikë benzine. Unë do të shkoja aty të mbushja serbatorin kurse ai ndërkohë do të futej në sediljen e pasme të makinës. Një veprim që mund të binte në sy vetëm të atyre që mund të na ishin vënë në ndjekje, por ne ishim të bindur që ardhja jonë nuk ishte vënë re dhe askush nuk mund të na ndiqte pa e ditur që ne ishim aty.

Para se të mbyllesha në dhomë, vajta tek Qorri dhe bleva një shotgan grykëshkurtër gjysmëautomatik, nga ata që në distanca të afërta kishin aq forcë sa të ta këpusnin kokën. E shpura armën në dhomën e motelit të futur në një çantë dhe pastaj, pasi e fsheha nën dyshek me kujdesin më të madh, dola përsëri për të pirë një kafe në bar-restorantin e ndërtesës.

Objekti i gjahut tonë jetonte tek 21 Dhjetori, në një vilë, diku pas një pallati të ri. Kësaj rradhe gjërat ndryshonin, sepse ai ishte një tip që nuk i kishte qef lokalet, nuk futej gjithnjë në të njëjtat vënde, nuk kishte shumë shokë dhe ata që kishte i ndrronte shpesh, ndaj vëndi ku mund të gjendej më lehtë ishte shtëpia e tij, ku pasi mbyllej brënda, fikte telefonin dhe nuk dilte më deri në mëngjes.

Pra, nuk ishte një nga ata tipat e zakonshëm, që mund t'i kërkoje në disa vënde dhe do të ishe i sigurtë që do t'i gjeje, ai ishte një tip me huqe, që nuk të krijonin asnjë mundësi të tillë.

Zura vënd në krye të rrugicës.

U shtriqa mirë në sedilje dhe fillova të prisja.

Isha i vendosur të prisja deri sa të afrohej ora e takimit me njeriun tim, dhe sikur të ndodhte të mos e shikoja, do të vija aty përsëri të nesërmen, të pasnesërmen, deri sa ta gjeja.

Ne gjahtarët e dimë që prita nuk është vëndi i sgurtë ku do të vijë gjahu, por ama prita është një mundësi që gjahu rastësisht të kalojë aty pranë dhe t'i të kesh mundësi ta qëllosh. Pra unë atë pritje do ta konsideroja një pritë më se të zakonshme dhe nuk kishte rëndësi në se do të vinte gjahu sot apo pas dhjetë ditësh.

Zenel Karamani ishte nga ata oficerët e vjetër të policisë, të cilët lirohen porsa një parti politike vjen në pushtet, sepse u ka shërbyer me devotshmëri të parëve. Pastaj ia gjen anën, fut miq, bën shërbime, dhe hyn përsëri në polici për t'u shërbyer me të njëjtën devotshmëri edhe të dytëve. Pra ishte një polic i vërtetë kariere, vazhdimisht shef në ndonjë nga rajonet e policisë së kryeqytetit, i egër, i ashpër dhe servil.

Vazhdimisht e shikoje në krye të forcave policore që shtypnin demonstratat e opozitës, pavarësisht se kush e kishte rradhën të ishte në opozitë.

Në kontrabandën që bënim ne, ai mbulonte shërbimin e eskortës së mallit, nga kufiri grek deri tek magazinat tona tek Qyteti i Nxënësve dhe për këtë merrte dhjetë përqint të çmimit të shitjes së mallit. I detyrohesha një shumë prej treqint mijë eurosh, të cilat me prishjen e lojës, me shkatrrimin e rrjetit, unë për vete as që kisha ndër mënd t'ia paguaja, kurse ai ndoshta me të drejtë donte të m'i merrte ose të më vriste.

Ai e dinte që unë i kisha fituar ato para, dhe unë e dija që atij i takonin se e kishte bërë pjesën e punës së vet, por ja që unë as që kisha ndër mënd t'ia jepja.

Ti kam, të detyrohem, por ja që nuk dua të ti jap, kjo ishte krejt loja ku ishin futur marrdhëniet tona dhe ai për këtë kishte të drejtë të kërkonte kokën time, për më tepër, se po qe se më kapte shteti, atëhere do ta gjente belaja edhe atë. Pra për të unë duhej të vdisja që të bënte gjumin të qetë, por edhe unë nuk mund të flija rehat për sa kohë ai ishte i gjallë.

E prita gjatë, aq sa e humba shpresën se do të vinte atë ditë.

Nuk e dija në se ishte ende shef i krimit ekonomik në rajonin tre, sepse këta lloj policësh lëviznin shpesh nga vëndi i tyre i punës, në varësi të njerëzve që u bëjnë shërbime dhe nuk kisha nder mënd të interesohesha e të pyesja. Çdo interesim mund të më zbulonte dhe ai ta merrte vesh me anën e spiunëve të shumtë që kishte policia se unë isha në Tiranë dhe po interesohesha për të.

Më mjaftonte vetëm që e dija me siguri ku banonte, bile ia njihja edhe të shoqen, që jepte mësim në një shkollë tetvjeçare aty pranë. Jetonte me të shoqen dhe me një djalë të vetin hidrocefal. Një monstër, që gruaja e nxirrte çdo mbasdite shëtitje gjatë rrugës së Kavajës, dhe vërtet e pashë të dilte me djalin, një fëmijë i shpërfytyruar dhe i përjargur, me një kokë të madhe e të deformuar, të cilit e kishe të pamundur t'i përcaktoje moshën.

Por unë isha gjahtar i stervitur.

Kur kisha pritur me orë të tëra, në mes të deborës dhe të thëllimit derrat e egër, nuk e kisha për gjë të prisja edhe me ditë po ta donte punë, brënda në makinë, një shef policie që duhej të vdiste patjetër, për të rënë unë i qetë.

Sido që të ndodhë vjen një çast që njeriu kthehet në shtëpinë e vet dhe mua kjo më duhej.

Në orën shtatë pa njëzetë u largova nga vëndi ku kisha qëndruar gjithë ditën. Vajta tek vëndi i takimit në orën e duhur, dhe ndërsa po paguaja paratë e benzinës, dera e pasme u hap dhe *Ipaemri* rrëshqiti brënda. U largova pa i thënë asnjë fjalë. Lart tek Fresku ndodhej një lokal ku shërbeheshin gjellë dhe meze të guzhinës së Përmetit.

Një guzhinë që shëmbëllente shumë me gjellët që gatuajnë nga anët tonë nëpër shtëpia.

Atje e mbajta frymën.

Kur u ulëm në tavolinë, i thashë:

-*Ai shoku ynë është me shërbim dhe nuk e gjeta sot. Por do të shikoj nesër. Nuk e pashë të hynte e të dilte gjithë ditën.*

Njeriu im, duke parë menynë shtoi i qetë, a thua ishte duke lexuar emrin e ndonjë gjelle:

-*Të mbarojmë sa më parë dhe të kthehemi në shtëpi, se kam hallin mos na mërzitet Meçoja... kur ikim ne i duket vetja si jetim... u mësua me ne dhe e ka të vështirë vetëm...*

Qesha:

-*Ndoshta na ka birësuar ai ne dhe jo ne atë... ai na shikon si fëmijët e tij dhe shqetësohet kur vonohemi dhe nuk kthehemi në darkë në shtëpi... shpesh më duket si një baba i mirë që kujdeset për djemtë e tij të prapë...*

Dhe mundësia më e madhe kjo ishte.

Ai na shikonte si dy qënie më të dobta se veten që i kishte rënë në pjesë të kujdesej. Kjo na ndodh neve njerzve, kur marrim dhe mbajmë një kafshë, kujtojmë se jemi ne pronarët e saj dhe nuk na shikon asnjëherë ndër mënd që është e kundërta, kafsha është pronari dhe ne i shërbejmë duke u kthyer në shërbëtorët e saj.

Ne kujdesemi, e ushqejmë, i krijojmë kushtet të jetë ngrohtë dhe pastër, dhe këtë e bëjmë sepse jemi vënë ne në shërbim të kafshës dhe nuk është kafsha në shërbimin tonë. Pikërisht kjo kishte ndodhur edhe me ariun tonë. Ai na qëndronte afër, na mbronte me hijen e tij madhështore dhe ne e përkëdhelnim dhe i jepnim ushqim të gatuar, që tretej mirë në stomakun e tij delikat prej kafshe gjithfarëngrënëse.

Po qe se njerzit mendojnë të kundërtën, kjo ndodh sepse ne gjithnjë i shikojmë gjërat me syrin tonë dhe jemi egoistë të pandreqshëm.

E lamë që të nesërmen të dilnim të dy tek Njëzet e Njëshi, ta prisnim kur të dilte nga shtëpia, ta ndiqnim, ta gjenim se ku punonte, pra në ç'rajon policie ishte tani, ta shoqëronim gjithë ditën dhe ta dinim me saktësi se kur do të ishte në shtëpi. Vetëm kështu kishim për të fituar kohë dhe të mos prisnim me ditë të tëra një gjah që ndoshta nuk kishte nder mënd të vinte ndonjë ditë.

Është si historia e peshkatarit me fshatarin vëndas që i tha se e kishte parë që vinte prej kohës në rezervuarin e fshatit të tyre, por ama në atë rezervuar nuk kishte patur kurrë peshk, kështu që po lodhej kot dhe peshkatari i tha se edhe ai kishte filluar që para tre vjetësh të dyshonte që në atë rezervuar nuk kishte peshq.

Pra ne mund të rrinim gjithë ditën për të kapur peshkun tonë, por ja që peshku nuk ishte fare në atë pellg uji, por diku gjetkë, s'dihej se ku.

Dhe kështu ndodhi vërtet.

Në mëngjes e pamë se si doli nga shtëpia, dhe u largua me makinë. E ndoqëm pas, doli në unazë, eci në drejtim të Tiranës së Re, në drejtim të Ministrisë së Shëndetsisë dhe u fut në Drejtorinë e Përgjithshme të Policisë. Pra, njeriu im, miku që e doja aq shumë sa që doja ta shikoja të vdekur, kishte hedhur edhe një hap tjetër në karierë dhe kishte kaluar në një vënd akomë më të lakmuar për çdo polic karjere.

Në kohë të tilla ekziston një rregull i prapë, që maskarenjtë bëjnë karjerë lehtësisht sepse me sa duket është qeveria e maskarenjve dhe ata i japin dorën njëri-tjetrit.

Pritëm gjatë, e pamë të dilte nga drejtoria aty nga ora dhjetë me dy burra të tjerë dhe të ulej në një kafene në anën tjetër të Lanës, ku kaloi një kohë mjaft të gjatë. Pastaj u kthye përsëri në punë.

Por ne ishim të vendosur ta prisnim deri në fund dhe nuk kishim ndër mënd të humbisnim kohë me të. Tani që e kishim gjetur nuk kishte nga të na shpëtonte.

Në drekë doli, i hipi makinës dhe ne i ramë pas. Eci në drejtim të rrugës së Elbasanit, kaloi fakultetin Filologjik, dhe mori përpjetë. Në fillim kujtova se po shkonte tek akademia e Policisë, por tek

Sanatoriumi u kthye dhe u fut midis vilave. E ndiqnim nga larg dhe as që i ra në sy se dikush i ishte qepur këmba këmbës.

Më në fund parkoi në anë të rrugës dhe më këmbë, bëri nja pesëdhjetë metra dhe u fut në oborrin e një vile.

Mënyra se si hapi derën me çelës dhe se si u fut brënda, dukej menjëherë që ajo vilë ishte ose pronë e tij, ose e njerëzve të tij të afërm.

Nga vila doli një grua e re, e hajthme dhe me flokë pis të zeza, të gjata e të shtruara.

Ndoshta nga që flokët i kishte shumë të zinj, fytyra i dukej tepër e bardhë, sikur të ishte një fytyrë shkumësi. Nga mënyra se si u përqafuan të dy dhe se si ajo e puthi me pasion, dukej qartë së ata kishin një lidhje shumë më tepër se miqësore apo shoqërore. Kjo ishte arsyeja që një natë më parë nuk e pashë të kthehej në shtëpi deri në orën shtatë, pra kishte një dashnore ku kalonte orët e tepërta të mbasdites dhe gruan e vet me djalin budalla i linte në shtëpi. Kishte gjetur një strehë të re ku mundohej të harronte familjen me hallet që kishte.

Ktheva makinën, kalova në anën tjetër dhe parkova gati njëqint metra larg, në një kthesë nga ishte e pamundur të më shikonte njeri nga vila dhe për më tepër u kujdesa që të mos kisha pranë derën e ndonjërës prej vilave që krijonin vargun e banesave në atë rrugë të shkretë.

Megjithëse ishte ende ditë dhe mund të na shikonin njerëzit që banonin përreth, *Ipaemri*, futi shotganin grykëshkurtër nën xhaketë, doli nga makina dhe u nis qetë qetë drej vilës. Unë dola nga makina dhe u futa në një dyqan për të blerë një paketë cigare dhe të pyesja shitësin se nga kalonte rruga për në Sanatorium, se ishim nga rrethet dhe kishim ngatrruar rrugën.

Dhe vërtet, të dy dukeshim si dy njerëz të hutuar, që kishim hyrë gabimisht në një lagje të panjohur. Ndoshta njerëz të tillë kishte shpesh në atë rrugicë, se shitësja më dha paketën dhe pa u çuditur filloi të më shpjegonte se nga duhet të dilja dhe cilën kthesë duhej të merrja për të dalë lart tek spitali.

Njeriu im qëndroi para portës së vilës, dukej si një njeri që kërkon të pyes për diçka dhe i ra ziles. Pas pak nga shtëpia doli gruaja që vrapo të hapte derën. Pashë që biseduan për pak me njëri tjetrin dhe pastaj ajo e udhëhoqi drejt derës së vilës. Gruaja ecte e shpenguar përpara duke kakarisur diçka si një pulë e ardhur më qef, kurse ai i shkonte nga pas, i qëtë, pa nxituar hapat dhe duke zbërthyer xhaketë kopsë pas kopse.

Pastaj ata hynë brënda dhe unë nuk mund t'i kontrolloja më.

Mora paketën, falenderova dhe dola jashtë. U nisa për tek kthesa ku kisha lënë makinën, dhe që nga dera e dyqanin ishte e pamundur ta shikoje. Pastaj ndërsa po hapja derën dëgjova zhurmën e mbytur të të shtënës së shotganit.

E shtëna e parë u shoqërua nga një e dytë.

Shotgani kishte një zhurmë karakteristike që në ambjente të mbyllura shëmbëllente me goditjen e një shkopi mbi një fuçi metalike bosh.

Edhe *Ipaemri* erdhi pas pak.

Me hap të shtruar dhe me lëvizje më se të zakonëshme hapi derën dhe u fut në makinë. U nisëm menjëherë, por pa i dhënë shpejt, dhe pa asnjë lloj paniku.

Isha i bindur që kishte mbaruar punë.

-M'u desh ta qëlloja edhe atë...- tha ai i menduar.

-Kë?

-Gruan, ajo më pa fytyrën dhe nuk mund ta lija të gjallë...

U mendova vetëm një çast, analizova pasojat e kësaj vrasjeje të dyfishte dhe pastaj shtova:

-Mirë bëre...!

***

Dhomat në të dy motelet i kishim paguar që në mëngjes, kështu që nuk na duhej të ktheheshim më aty, se edhe bagazhe nuk kishim lënë, ndaj u nisëm menjëherë për të dalë nga Tirana.

Po të nxitonim, të kishim pak fat dhe të mos qëndronim rrugës, në mbrëmje mund të arrinim në shtëpi. Dhe nuk kishim përse të qëndronim, sepse në shtëpi i kishim të gjitha që na duheshin, vetëm me pushkën si t'ia bënim?

Por ai nuk donte ta flakte atë copë të bukur hekuri dhe me të drejtë, armët pa vjaska kanë një të mirë, që po t'ua mbledhësh kallamidhet kur qëllon në njeri, nuk ka espertizë në botë që të vërtetojë që qitja është bërë me to.

Qëndruam rrugës në një kthesë, në ato vënde me ferra ku udhëtarët qëndrojnë për nevojat e tyre personale, e futëm armën në një vënd të fshehtë nën kupe dhe vazhduam përpara.

E kishim vendosur, shotgani mund të na ishte i nevojshëm atje në fshatin tonë.

Tani ndjehesha më i qetë, sepse dy nga ata që rrezikonin jetën time nuk mund të më bënin më asgjë. Kurse për gruan me flokë të zeza, që kishte vdekur pothuajse aksidentalisht dhe nuk kishte qënë në listën e armiqve të mi, nuk ndjeja ndonjë keqardhje, sepse ishte si të vdiste një njeri në Japoni, një japonez fare i panjohur dhe nga vdekja e tij unë të kisha një përfitim në çek me dhjetra mijë dollarë.

Pra nga një vdekje e tillë çdo njeri kishte për t'u lumturuar dhe nuk kishte përse të ndjente brejtje ndërgjegjeje.

Në fund të fundit, ajo e kishte patur fajin vetë, se midis mijra burrave që kërkojnë dashnore në Tiranë, kishte vajtur dhe ishte lidhur me më të papërshtatshmin, me dikë që duhej të vdiste patjetër. Po qe se vdekja e tij më shërbente mua, atëhere edhe vdekja e saj e kryente një farë funksioni, se ai kishte gjetur derën e saj në kohën që ne i ishim vënë pas.

Po të mos e kishim vrarë aty, do ta kishim vrarë në ndonjë vend tjetër dhe tjetër dëshmitar do ta kishte pësuar. Ajo ishte vetëm një numur pa emër dhe pa asnjë të dhënë, si në një kronikë të zezë policore, që jepej në lajmet e drekës, në fund të emisionit.

Në shtëpi arritëm natën vonë, nëpër një vesë shiu të ngrohtë pranvere që e kishte përbaltur rrugën dhe e kishte bërë shumë të vështirë. Rrotat e makinës çanin nëpër pellgje, rrëshqisnin, ngeceshin, dhe fërshëllenin duke u vërtitur me angullimë vazhdimisht përpara.

Vetëm uroja të ecte edhe disa metra përpara dhe të mos ngecej, sepse nuk doja ta bëja atë copë rrugë më këmbë dhe për më tepër nuk kisha qef që makina të qëndronte në një vënd të dukshëm dhe të ngjallte dyshime. Atje e fshehur prapa shtëpisë, nën kurorat e pemëve nuk i binte askujt në sy, por ta lije në mes të rrugës do të ngjallte kureshtjen e kujtdo që do të kalonte në ato anë. Të gjithë mendonin që ato fshatra të vegjël kishin ngelur të pabanuar, dhe një makinë e lënë në mes të rrugës nuk ishte shënjë e mirë.

Më në fund pashë edhe shtëpitë e para, siluetat e tyra të lagura e të mpakura nën atë terr të plotë dhe ndërsa çanim përpara dhe po i afroheshim gardhit të shtëpisë time dalluam siluetën e errët të mikut tonë.

Meçua na kishte ndjerë që larg dhe kishte dalë të na priste. Ishte çuar më këmbë dhe dukej sikur na përshëndeste. Ishim vonuar më shumë se herën tjetër dhe ndoshta në atë trurin e tij prej ariu kishte lindur ndjenja e shqetësimit. Megjithëse thonë që tek kafshët nocioni i kohës është shumë më i ndryshëm se tek njerëzit dhe ata nuk kanë dije dhe nesër, unë këtë marrëzi shkencëtarësh nuk e besoja, se po të mos kishte nesër, atëhere përse ketrat i mblidhnin lajthitë për në dimër, pra për ta jo vetëm që ka nesër, por ka edhe pasnesër edhe më tej, ka edhe kohë të vështira, siç ka edhe kohë të lumtura.

Pra Meçoja e maste kohën si ne dhe tre ditë vonesë me siguri e kishin stresuar dhe e kishin futur në merak.

U futëm në oborr me vështirësi, se balta kishte filluar të ngjitej pas rrotave dhe t'i bllokonte, makinën e kalova pas shtëpisë nën kurorën e manit plak që kullonte ujë me pika të mëdha, bagazhin e lashë të mbushur siç ishte me mëndjen që të merresha me të të nesërmen në mëngjes dhe vetëm mora një bukë të prerë me feta.

Si gjithmonë kur ktheheshim, bënim pazar diku, duke marrë ato gjëra që na duheshin, si më të domosdoshmet. Përsëri ushqimi ynë kryesor vazhdonte të ishte ai i konservave, i kutive të të gjitha llojeve, por që në fund të fundit nuk ishte asgjë më tepër se një ushqim i mërzitshëm konservash pa vitamina dhe me proteina të shkatrruara.

Kur dola para shtëpisë, e çava me thonj qesen pastike dhe ja dhashë bukën ariut që ta hante, duke u munduar që nën strehë, atje ku ishte pragu i derës së bodrumit të gjeja një vend që nuk lagej nga spikrat e strehës.

Ndërsa ai mbllaçitej i qetë i lëmova qafën e lagur, dhe megjithëse lëshonte një erë të rëndë bërllogu, nuk ndjeva neveri, përkundrazi m'u duk si era e njohur e një njeriu të afërt.

Ne e pranonim Meçon ashtu siç ishte, me erën e rëndë prej ariu dhe me zëmrën e tij të madhe prej miku, se edhe ai na pranonte

180

në të njëjtën mënyrë, edhe me erën tonë të rëndë prej njerëzish. Çdo gjë e gjallë ka erën e vet dhe ajo bëhet e pranueshme kur ne fillojmë ta pranojmë miqësisht. Nuk ka shok e mik pa të meta, pa gjëra që nuk shkojnë, pa difekte, por bën llogarinë, shikon bilancin dhe kur të këqiat janë shumë më pak se të mirat, atëhere e pranon miqësinë e atij shoku dhe atij miku.

Po kërkuam shokë të përsosur, nuk kemi për të patur kurrë shokë, se edhe vetë ne nuk jemi asnjëherë të përsosur.

19

LUFTA ME GJAHTARËT E TYMIT

Çdo qytet ka budallanë e vet, por edhe çdo budalla ka qytetin e vet. Se kush e ka njëri tjetrin, kjo nuk ka rëndësi, se ata nuk mund të rrojnë pa njëri-tjetrin. Bile edhe nuk ka rëndësi po qe se nuk ekziston as budallai dhe as qyteti, sepse ata po nuk janë në këtë vend, detyrimisht kanë për të qënë në një vend tjetër.

Aty në fshat, në mesin e natyrës, qiellit të pastër dhe horizontit të gërvishtur nga majat e maleve, pranvera ishte vërtet një mrekulli e perëndisë.
Duke jetuar për vite me radhë në qytet, midis asfaltit, betonit dhe pluhurit kisha harruar se çdo të thoshte një pranverë e vërtetë. Pranvera është gurgullima e ujit mbi gurët e lëmuar të lumit, është dega e çelur e një bajameje, është fëshfërima e barit të gjelbër e të hollë që çpon me vrull plisin e dheut, është kënga e marrë e cinxrit në ledh gjatë muzgjeve të ngrohta, është gjaku që të zjen në deje dhe dëshira për të bërë marrëzira të vogla si një fëmijë edhe kur je plak dhe të ka mbërthyer reumatizma.
Pranvera është diçka që nuk mund të përshkruhet me një fjalë të vetme, më shumë i shëmbëllen asaj të fejuarës së re, që kap për dore burrin e saj të ardhëshëm dhe me ëndrrat e saj krijon një

182

botë fantastike që gjendet vetëm në ëndrrat e saj. Dhe në ato ëndrra gjithnjë mungon diçka, që vajza e fejuar mundohet ta sajojë e ta sajojë për të përsosur atë botë që ëndërron.

Kjo është në vetvete pranvera, një ëndër e ngrohtë pas një dimri të gjatë e të ngrirë.

Filluan të vinin shkurtat e para. Ishin një ose dy, të shkëputura dhe paralajmëronin se pas disa ditësh do të vërshonte tufa e vërtetë, që do të nxinte qiellin në muzg.

Shkurtat sikur ta llogarisnin kohën, fluturonin gjatë muzgjeve dhe shtegëtonin për në veri. Shkurtat nuk janë si zogjtë e tjerë, ato nuk shtegëtojnë me data të caktuara si dallëndyshet dhe lejlekët, por vinë vetëm kur janë të sigurta që vera ka shkelur me të dy këmbët dhe nuk ka më ftohje kohe, erë e thëllime veriu dhe kthim mbrapa.

Vendosëm që të nesërmen të dilnim sipër tek luadhet e Kozmait, disa lëndina të stërmëdha, që dikur fshati i kishte përdorur si kullota të përbashkëta.

Në ato vënde të hapura shkurtat binin përtokë dhe kalonin ditën, për të pritur muzgun tjetër dhe për të vazhduar fluturimin e shtegëtimit. Ishte pikërisht ai vend ku mund të qëlloje sa të doje dhe të mbushje një torbë të tërë me ata zogj të ngathët, topolakë e budallenj, por ama që kishin një shije të papërsëritshme.

Ashtu si e kishin trupin ashtu e kishin edhe mishin, si të disa thëllëzave të reja me shije fantastike.

Gjatë tërë mbrëmjes, ndërsa kishim vënë një kusi me fasule dhe me pastërma midis dy gurëve që shërbenin si vatër në oborr, na pëlqente të bënim si arixhinj gjatë netëve të ngrohta, pregatitëm kollanët e fishekëve, me fishekë të mbushur me saçma të imta për zogj. Pastruam edhe armët.

Unë do të merrja çiften, kurse *Ipaemri* shotganin më grykë të shkurtër, që nuk ishte shumë i përshtatshëm për gjueti, por ama ku bëhej fjalë për tufën e shkurtave, nuk përbënte ndonjë problem të madh se mund të vdisje sa të doje edhe duke qëlluar kuturu. Mijëra zogj që ngriheshin menjëherë nga toka në ajër dhe silleshin përqark për të gjetur përsëri një vend ku të uleshin dhe të strukeshin.

Vërtet nuk kishim zagar për të ndjekur tufat e fshehura në barishtet e shkurret, por ama ne kishim Meçon dhe do të shikonim nesër se sa i zgjuar dhe sa i aftë ishte ai qerata për ta bërë këtë punë langojsh.

E kishim marë shtruar, sepse sado që e kisha vrarë mëndjen nuk kisha gjetur një mënyrë të zgjuar për të sjellë deri aty në fshat elektricitetin. Edhe shtyllat ishin, edhe telat vënde vënde nuk i kishin këputur, por ja që transformatorin nuk dihej kush kishte ardhur deri aty për ta çmontuar dhe për ta vjedhur. Dikur, kur kishte njerëz fshati kishte qënë i elektrifikuar, por pas braktisjes së madhe çdo gjë kishte marrë tatëpjetën dhe ose ishte grabitur për t'u shitur ose ishte shkatrruar nga koha. Hë për hë nuk kisha patur mundësi që të merresha me këtë problem dhe ne jetonim ende aty si në epokën e pishës.

Ndaj, mundoheshim të shtynim sa më shumë kohë aty në oborr, të merreshim me ndonjë gjë, që të binim sa më vonë për të fjetur dhe për të mos na dalë gjumi pastaj pa u shojtur ende yjet. Gjumi në atë shkreti ishte problemi më i madh, asnjëherë nuk flije kur duhej dhe aq sa duhej. Ishte shkretia dhe ajo humbje e madhe në atë botë pafund, që nuk të linte ta bëje asnjë herë gjumin të qetë.

Ditët nuk ishin problem, edhe kur ishin ditë të pjerdhura, me shi, suferinë apo dëborë, sepse gjithnjë gjeje diçka me të cilën të merreshe dhe ta mbushje. Nata ishte ajo që ta bënte jetën të të dukej e gjatë dhe e pakuptimtë.

Po qe se arrinim t'i shkurtonim netët në ndonjë farë mënyre, atëhere gjithçka do t'i shëmbëllente një kampingu argëtues të tejzgjatur.

***

Për të vajtur tek luadhet e Kozmait i ramë nga përroi i Turkut, atje ndodhej një korije me vadhëza dhe doja t'i shikoja në se kishin zënë lule sa duhej, po qe se vadhëzat do të kishin fruta me shumicë atë vit, në vjeshte do të vrisnim gica të egër si asnjëherë tjetër. Nuk e dija as vetë, por megjithëse doja të largohesha sa më parë nga ai vënd i harruar nga njerëzit, përsëri bëja plane edhe për vjeshtën edhe dimrin e ardhshëm.

184

Po qe se ngelesha edhe këtë dimër në fshat doja të llogarisja mirë, që shumë gjëra, që më kishin munguar atë dimër, dimrin tjetër t'i mblidhja gjatë verës dhe t'i grumbulloja.

Kur je midis pyllit dhe malit mund të vësh mënjanë çaj mali, sherebelë, trëndafil të egër, zhumricë, lule bliri dhe shtog, por më e rëndësishmja, ajo që më kishte munguar ishin kërpudhat e pyllit, aty duhej të rriteshin këmbë pate, manatarka, sarkadhe dhe kuqalashe që thaheshin dhe bëheshin turshi.

Kërpudhat në vetvete nuk janë ushqim, por ama e bëjnë ushqimin shumë më të shijshëm dhe kur nuk ke asgjë të fresket për të ngrënë, se çdo gjë ngelet poshtë shtresës së bardhë të dëborës dhe të akullit, ushqimi i shijshëm ta lehtëson jetën dhe ta bën më të shkurtër dimrin.

Kusia e mbushur plot që gurgullon mbi sobë, është mjeti më i mirë për të mos e ndjerë të ftohtin dhe për të medituar i qetë për atë jetë që ke bërë deri aty dhe për ato që shpreson të bësh më vonë.

Pastaj, duhet të blija edhe një motosharrë dhe të bëja dru, se stiva e drurëve të vjetër që kishin ngelur në anë të shtëpisë, që nga koha kur gjyshërit ishin ende gjallë, gjatë atyre muajve të ftohtë pothuajse kishte mbaruar. Pra, këtë verë duhej të mendohesha mirë dhe të llogarisja që njeriu në dimër nuk është si arinjtë dhe ketrat, që ia këputin gjumit, i duhet edhe të hajë edhe të ngrohet që të mbijetojë.

Njerzit nuk kanë gjetur deri tani ndonjë mënyrë të zgjuar për të bërë gjumë dimri dhe për të shkurtuar shpenzimet e kota.

Gjatë përroit të Turkut, pashë që edhe frashëri dhe shkoza ishin mbushur me gjethe, kurse qarri ende dukej i thatë dhe nuk kishte bulëzuar ende. Ku kishte qarr, kishte lënde, të cilat vërtet që nuk ishin të ëmbla si ato të lisit, por ama derrat i ndiqnin dhe aq më tepër që qarri është një shkurre, rrallë gjen qarr pemë, dhe dosat ishin të sigurta kur i futnin gicat e tyre në atë labirint shtigjesh, që në rast rreziku të jepte mundësinë të vrapoje dhe të zhdukeshe menjëherë.

Në pyjet e qarrit gjuetia është më e vështirë, por ama edhe më interesante se nuk ka rregulla dhe më shumë bazohet tek rastësia.

Kur po dilnim në krye të përroit, atje ku zinin fill luadhet, Meçoja që ecte para nesh qëndroi, u kthye për të na parë dhe hungëroi mbytur. Dukej sikur na paralajmëronte, sikur na thoshte që para nesh ndodhej diçka e rrezikshme, ose diçka e huaj. Meçoja nuk ishte nga ata që gabonte, por ishim ne ata që gjithçka e merrnim lehtësisht.

Nuk ia vumë veshin, se në fund të fundit, çfarëdo kafshë të na kishte prerë rrugën, edhe sikur të ishte ndonjë ujkonjë, apo ndonjë rrëqebull, porsa të ndjente erën tonë do t'ia mbathte dhe as që kishim për ta parë. Pylli e ka këtë të mirë, edhe sikur të jetë plot e përplot me kafshë të egra, përsëri të bie rasti rallë t'i ndeshësh ato rastësisht. Shtigjet e pyllit janë të shumta dhe secili ndjek të vetin për të mos u ndeshur me tjetrin, me atë të padëshiruarin.

Ja e dija që aty kishte mjaft drerë, por gjatë gjithë atij dimri nuk më rastisi asnjëherë të shikoja një të tillë, Vetëm nja dy herë pashë gjurmat e thundrave të tyre, që ndoshta mund të ishin edhe të ndonjë dhije a cjapi të arratisur nga tufa.

Vetëm kur e kërkon kafshën, kur e ndjek, kur ia gjen vëndet ku ushqehet dhe i ngre pritën, vetëm atëhere ke shansin ta shikosh dhe ta vrasësh, ndryshe ato të ndjejnë nga larg dhe janë bërë erë para se t'u afrohesh. Ndaj edhe shqetësimi dhe paralajmërimi i Meços na u duk i kotë. Aq më tepër që armët i kishim në dorë dhe i mbanim të mbushura.

Vërtet fishekët ishin me saçma të holla, që më tepër i ngjiste rërës së imët të lumit, por ama në rast rreziku edhe ato bënin punë se e mbanin bishën larg dhe e trëmbnin.

Përplasja ndodhi papritur, dhe të dy palët u befasuam. Sa dolëm në buzën e një lëndine pylli, një hapsirë rreth dy dynymë e rrethuar nga pemët e larta të dushkut, u gjendëm përballë katër njerëzve, që po leronin lëndinën me kuaj të mbrehur në parmënda. Në krahinën tonë kuajt dhe gomerët nuk ishin mprehur kurrë, për këtë shërbenin vetëm qetë dhe ndonjë fukara që kishte vetëm një ka, mbrihte edhe lopën, por kuajt kurrë.

Nuk i kishim ata burra as pesëdhjetë metra larg. Ata porsa na panë, për habinë tonë që s'po kuptonim asgjë, lanë kuajt dhe vrapuan në anën tjetër të lirishtes, atje ku kishin lënë çantat dhe morën armët. Pra ndodheshim dy burra me armë që qëllonin

186

vetëm në distanca të afërta, përballë katër burrave të armatosur me kallashë. Meçon nuk e futa në llogari, se jo vetëm që nuk kishte armë, por edhe për çudinë time s'po e shikoja gjëkundi. Ia kishte mbathur dhe nuk dihej se ku ishte futur, sepse e kishte ndjerë rrezikun.

Ne e kemi humbur instiktin e vetëmbrojtjes, kurse kafshëve dikush ua thotë në vesh anën nga vjen rreziku i vërtetë.

Ipaemri më tha nëpër dhëmbë:

-Më duket se e hëngrëm... Kanë për të na vrarë këta qenër!

Nuk fola.

Isha vërtet i hutuar.

Ajo që tha ai nuk kishte kuptim. Katër veta, që po leronin një tokë në pyll, që shikon punën e tyre, kurse ne kishim dalë për gjueti shkurtash dhe vetëm sa na kishte rënë rruga andej. Pra ata ishin në punën e tyre, kurse ne në rrugën tonë dhe nuk kishim ndër mënd t'u bënim keq.

Ishte thjesht një keqkuptim, një takim i padëshiruar, dhe kur ne të largoheshim, ata mund të vazhdonin punën të qetë.

Por u deshën vetëm disa sekonda për t'i rënë më të se ç'po ndodhte. Ata njerëz, kishin ardhur aty me kuaj për të leruar tokën, kur përreth, në të gjitha fshatrat kishte toka të braktisura sa të doje, jo për të mbjellë misër a patate, por për kanabisin. Ishim tamam në fushatën e mbjelljes së drogës, gjendeshim atëhere kur nuk duhej, në vëndin e gabuar. Ata nuk e dinin që neve aq na bënte se ç'mbillnin në pyll ata, dhe as që kishim kohë t'ua thoshim këtë.

Kishin marë armët, ishin kthyer nga ne dhe po na afroheshim.

Në Kolonjë njerzit kanë një huq të keq, në fillim qëllojnë me armë dhe pastaj të pyesin se kush je dhe ne ndodheshim në një situatë të tillë.

-T'ia mbathim, - i thashë njeriut tim. *—Të kthehemi dhe t'ia mbathim, po të arrijmë të futemi në pyll, nuk kanë se si të na qëllojnë... nuk do t'i lënë trungjet e pemëve...*

Por po flisja kot. Pyllin e kishim mbrapa kurrizit, ndoshta edhe njëzet metra larg, por edhe më shumë, dhe në atë distancë, ata do të na qëllonin pas shpine, dhe vetëm po të ishin qorra, apo të na merrte në mbrojtje perëndia do të shpëtonim gjallë.

Kishte edhe një mundësi tjetër, të qëllonim ne të parët, jo për t'i vratë, por vetëm sa për t'i trëmbur, t'i detyronim të shtriheshin dhe ne ndërkohë të fitonim kohë dhe të futeshim midis pemëve. Kohën e kishim të limituar dhe nuk duhej të mendoheshim gjatë. Ndoshta kjo ishte mundësia e vetme që ne të ngeleshim gjallë.

Ata po afroheshin gjithnjë e më shumë me armët të ngritura dhe të drejtuara nga ne... në fytyrat e tyre serioze as që mund të bëhej fjalë për mirëkuptim apo për mëshirë.

Por kur njeriu beson te mrekullia, mrekullija vjen dhe e gjen kudo që të ndodhet. Pas shpinës së tyre, që nga shkurret, u dëgjua bulurima e fortë e një bishe të tërbuar nga inati. Nuk e di se ç'kafshë tjetër mund të pëllasë në një mënyrë aq të frikshme. Meçua ia kishte dhënë klithmës, apo kushtrimit të luftës të një bishe dyqintkilogramëshe që mbronte territorin e vet. Nuk dukej, se ishte i fshehur midis shkurreve, por ama ndodhej pas shpinës së tyre, dhe nuk ka njeri në botë të dëgjojë atë ulërimë bishe dhe të mos kthehet pas i trëmbur.

Ata u kthyen menjëherë. Unë mora në shënjë atë që ndodhej në mes, dhe ashtu në gjysmëprofili e qëllova njëherësh me të dy mbushjet. Po kështu dëgjova të shtinte edhe shoku im në krah. Njëri nga mbjellësit e kanabisit u rrëzua përtokë, më shumë i trembur, se sa i plagosur vërtet nga ato saçma zogjsh. Por çiftja ime e kishte grykën të gjatë dhe i mblidhte më mirë saçmat, kështu që një pjesë e tyre duhet ta kishiin qëlluar në bark.

Ia dhamë vrapit të dy me sa na hanin këmbët. Ata të katërt, të ndodhur midis ariut dhe dy njërëzve që qëllonin ishin shtrirë menjëherë përtokë, por breshëria e plumbave erdhi vetëm kur ne ishim futur në pyll, midis pemëve, dhe mund të them që duke u besuar këmbëve, duke vrapuar me sa fuqi kishim, arritëm të dilnin nga rrezja e zjarrit të tyre. Breshëritë u dëgjuan edhe për një kohë të gjatë, por trungjet na mbulonin më së miri.

Vrapuam e vrapuam me sa na hanin këmbët dhe vetëm kur arritëm tek Ugaret e Zeqos, nja tre kilometra tatëpjetë pyllit, në një vend ku kohë më parë kishte patur ara dhe tani kishte barishte dhe ferra, qëndruam.

E pyeta:

-*Si je, je plagosur gjë?*

-Jo, - më tha. *–Por t'y më duket se të ka fshikur një plumb. Sepse ke një njollë gjaku.*

Dhe vërtet, supi i xhypit ishte shkyer dhe më diqte lëkura. Kur hoqa xhypin pashë se plumbi kishte fshikur lëkurën e supit dhe më rridhte gjak. Nuk mund të them se më kishin plagosur, se ajo as plagë nuk mund të quhej, por ama u tmerrova kur mendova se sikur plumbi të kishte qënë pesë gjashtë centimetra më majtas do të ma kishte shpuar kokën dhe unë do të kisha vajtur me të shumtët.

Ai që kishte dashur të më vriste kishte gabuar vetëm pak dhe unë isha ende gjallë, vrapoja, flisja dhe mbushesha me inat. Ishte hera e parë që qëllonin mbi mua, më qëlluan disa njerëz të panjohur, që nuk e merrja vesh se ç'u hynte në punë vdekja ime.

Ja dhamë përsëri vrapit, ata mund të na ishin qepur pas, aq më tepër që njëri prej tyre me siguri kishte marrë disa saçma, dhe do t'i kishte kapur inati, megjithëse nuk u kishim asnjë faj dhe nuk ishim ne të parët që e filluam luftën.

Kur arritëm në shtëpi pamë që edhe Meçoja ndodhej në oborr dhe po na priste. Por nuk kisha kohë ta falenderoja dhe ta përgëzoja, këtë gjë do ta bëja më vonë, sepse po qe se ne të dy ishim akoma gjallë, këtë gjë ia kishim borxh vetëm atij ariu plak e të mirë.

Kështu është kur ke shokë të hajrit, që nuk e kanë mëndjen të ta futin, por të mbrojnë krahët.

Unë mbusha xhepat me fishekë të mbushur me dërhemë për derra, kurse ai mori automatikun dhe çantën e karikatoreve. Kësaj rradhe nuk do të dilnim për gjueti shkurtash.

-Ata kanë ardhur nga qyteti, nëpër lajthishtet e Qytezës, dhe me siguri që andej do të përpiqen të largohen... – i thashë megjithëse për këtë nuk isha edhe shumë i sigurtë, vetëm për një gjë isha i bindur, që ata kishin dashur të na vrisnin dhe ne nuk ishim të humbur që t'i linim të kalonin ashtu pa u hyrë asnjë gjëmb në këmbë.

Duhej patjetër t'u tregoniom vëndin, sepse edhe po t'i linim ne, nuk kishin për të na lënë më ata rehat.

Do të ktheheshin dhe do të na kërkonin kudo që të ishim futur. Pra, ose duhej të ngriheshim e t'ia mbathnim që aty, të merrnim rrugët e botës si disa të arratisur të mjerë, ose të luftonim deri në pikën e fundit të gjakut dhe të mos e lëshonim fshatin tonë, ku askush nuk na kërkonte dhe na kishte rënë shpirti rehat. Çdokush do të vepronte si ne po të ishte në ato rrethana, do ta mbronte me çdo kusht territorin e vet.

A nuk bënte edhe Meçua të njëjtën gjë?

***

Kultivuesit e kërpit nuk mund ta shkonin nder mënd që ne ishim banorë dhe zotër të vërtetë të atij vëndi, më shumë do të mendonim që ne ishim dy gjahtarë të zakonshëm, që duke bredhur në kërkim të gjahut ishim bërë rastësisht dëshmitarë të punës së tyre. Sipas kësaj llogjike, gjithkush për të shpëtuar dhe për të mos gjetur belanë do t'ia mbathte sa më larg nga ai pyll ku përgjonte vdekja, ndaj do ta kishim të lehtë t'u zinim pusi, t'i kapnim të papregatitur.

Në ato rrethana, askush, për më tepër i armatosur me armë gjahu, duke qënë dhe më të pakët në numur, nuk do të kthehej për të marrë hak. Po të ishe i mënçur do të largoheshe sa më parë për të mos shkelur kurrë në ato pyje.

U nisëm me të shpejtë.

Para se të arrije tek Lajthishtet, ishte një përrua i thellë, gati pa ujë, nëpër të cilin kalonte shtegu që të nxirrte ose në faqen e malit, ose të afronte me rrugën që të shpinte në qytet. Pikërisht ajo ishte pika ku rrugët tona takoheshin.

Po qe se njëri prej tyre do të ishte i plagosur, qoftë edhe lehtë, ata do ta kishin të vështirë të lëviznin me shpejtësi dhe të dilnin para nesh në atë vënd, aq më tepër se duhej të ngarkonin kuajt, gjë që kishte për t'u marrë ndonjë gjysmë ore. Domethënë, që sipas të gjitha llogarive ne do të ishim shumë para tyre në atë vënd, megjithëse kishim bërë rrugë mjaft më të gjatë duke u kthyer në shtëpi dhe duke u armatosur.

Llogarija jonë doli e saktë.

Prita jonë ishte ajo që ngrehin zakonisht të gjithë gjahtarët e derrave të egër. Vendosja në të dy anët e luginës, jo në vijë të drejtë, por ama pranë e pranë, në një pozicion që një pjesë të shtegut ta kishe krejtësisht të zbuluar, pa shkurre dhe pa pemë, që të kishe mundësi edhe nëqoftëse shënjestra lëvizte shumë shpejt, të merrje shënjë dhe të qëlloje disa herë.

Unë dhe Meçua qëndruam në krahun e majtë, kurse Ipaemri u fut midis disa shkurreve përballë në krahun e djathtë. Gjahun nuk do ta kishim më larg se shtatë tetë metra, pra që mund të qëlloje qetësisht pa patur mundësi të gaboje dhe pa u lënë atyre kohë që të kundërvepronin. Nuk kishim bërë ndonjë plan të detajuar, thjesht kishim dalë në pusi dhe pastaj do të shikonim se si do të vinte ajo punë. Vetëm që isha tepër nervoz.

Më dridheshin duart. Isha betuar që në jetën time të mos qëlloja kurrë kundër njerzve, i kisha premtuar vetes që sikur ç'të ndodhte të mos e bëja këtë, dhe tani ndodhesha në pritë duke pritur disa njerëz, të cilët po qe se nuk vdisnin e dija që do të më vrisnin pas dy-tre ditësh.

Pazari kësaj rradhe ishte i pastër.

Mbjëllsit e hashashit, qëllonin mbi të gjithë ata që u prishnin biznesin e tyre, qofshin ata edhe policë dhe njërëz të shtetit. Ne i kishim parë duke punuar, kishim gjetur edhe një nga parcelat e tyre, ndaj as që duhej ta shkonim ndër mënd që do të na linin të qetë.

Edhe sikur të shkoja e të denoncoja në polici, nuk kisha shpëtim. Në shumicën e rasteve ishin policët që i fshihnin dhe i mbulonin, dhe po qe se shkatrronin ndonjë parcelë të vogël , atë e bënin sa për sy e faqe, sa për shou mediatik. Në atë lloj biznesi luanin shuma të mëdha parash, dhe atje ku kishte para, ku bëhej diçka që e ndalonte ligji, gjithnjë do të kishte edhe dorën e policisë, dhe sidomos në këtë rast edhe të sektorit të antidrogës në Ministrinë e Brëndshme.

Për këtë kisha dëgjuar me dhjetra biseda nga vetë policët që akuzonin kolegët e tyre se ishin të korruptuar.

Më në fund ata erdhën, Tre ishin më këmbë, duke tërhequr kujat prej kapistalli, kurse në kalin e katërt, atë të fundit njëri qëndronte kaluar. Me siguri ishte ai që kishte ngrënë saçmat e mia, se qëndronte shtrëmbër dhe mezi mbahej mbi kalë. Po vinin të shpenguar, armët i kishin në supe dhe vetëm i pari mbante në dorë një automatik pistoletë, që me siguri ishte një tomson i kalibrit të vogël, një armë e pavlerë para kallashnjikovit.

Edhe Meçua hungëriti mbytur dhe u tulat duke u bërë njësh me tokën. Mora në shënjë të parin, atë që e kishte armën në dorë, dhe nuk e dija se kë kishte marë në shënjestër njeriu im matanë përroi. Por ai kishte armë më të fuqishmë dhe do të godiste njërin nga ata që ndodhej më larg. Me një pushkë gjahu është e mira ta lësh gjahun të të të vijë sa më afër, sepse saçmat janë më të përqëndruara dhe e bëjnë dëmin më të madh.

Në fillim ia drejtova shënjestrën në kokë, por pastaj e ula ngadalë dhe kur e kisha drejt e në kraharorin e tij, tërhoqa vetëm njërën këmbëz.

U dëgjua shpërthimi i barutit, pamjen ma mbuloi për një çast tymi i bardhe dhe pastaj pashë që i pari, një tridhjetvjeçar shpatullgjërë kishte rënë më gjunjë me sy të zgurdulluar. Kisha qëlluar në shënjë dhe goditja kishte qënë për vdekje.

Breshëria e automatikut kositi të dytin që u përpoq të hiqte armën nga sypi. Mora në shënjë të tretin, atë që ishte në fund të vargut, por njëkohësisht me të shtënën time u dëgjua edhe kollitja e kallashnjokovit, Edhe ai i goditur nga të dy krahët ra si një dëng mbi barin e gjelbër.

Ndërsa po kërkoja me sy të katërtin, atë që ishte i plagosur, ai ose deshi vetë, ose kali u tremb, se filloi të kalëronte përpjetë, para syve tanë dhe megjithëse njeriu im e qëlloi, vazhdoi të qëndronte mbi kalë. Kurse unë isha duke hequr kallamidhet bosh dhe e kisha të pamundur të veproja.

Më erdhi plasja.

Ai po na shpëtonte dhe kjo do të thoshte që gjithë mërinë e fiseve të të vrarëve do ta kishin mbi kokë. Plani ynë kishte dështuar. Ai kishte arritur pothuajse në krye të përroit, në atë vend, ku pastaj fillonte e përpjeta dhe çdo gjë do të merrte fund. Do të na zhdukej përfundimisht nga sytë, ndonëse i plagosur.

Por unë, jo për mburrje, po ju them që kam lindur nën një yll të mirë dhe sa herë ndodhem në një situatë të vështirë, ndodh diçka, një si punë mrekullie, që më vjen në ndihmë dhe më shpëton nga hallet. Pikërisht në krye të zabelit, disa metra para kreshtës, kali u trëmb, u ngrit mbi dy këmbët e pasme duke hingëllirë i tmerruar dhe kalorësi nuk mundi të qëndronte më mbi samarin e tij dhe u rrëzua mbi shpinë. Pastaj u ngrit më këmbë me mundim, ishte më shumë se shtatëdhjetë metra larg, u kthye nga ana tjetër, pra në drejtim tonë dhe filloi të vraponte me vuajtje duke mbajtur brinjën me dorë dhe duke hequr këmbën zvarrë.

Të gjitha këto për mua ishin veprime prej një të çmënduri, se ai po vinte përsëri drejt nesh dhe kjo do të thoshte vdekje e sigurtë.

Në krye të kreshtës kishte dalë Meçua, që qëndronte në këmbë dhe ulërinte gjithë egërsi. Meçua ynë i urtë ishte kthyer në një përbindësh të frikshëm.

Shënjestra po vinte drejt e tek unë.

Ndërkohë i kisha ndrruar fishekët, kisha ngritur çarqet dhe e mora shënjë drejt e në fytyrën e tij, e lashë të afrohej vetëm tre-katër metra para meje dhe i dhashë dy goditje të njëpasnjëshme. Forca e goditjes ia shtyu kokën pas, ndërsa gjysma e kafkës fluturoi në ajër dhe ai ra në kokërr të shpinës duke përplasur këmbët në konvulsionet e fundit.

Ishte vërtet një vdekje që më futi drithmat, përfytyrova kafkën time të shpartalluar në atë mënyrë.

U çuam. Kontrolluam në se kishin vdekur të katërt. Isha i qetë, dhe kjo po më çudiste vërtet. Edhe kur vrisja ndonjë derr apo ndonjë lepur, kisha një farë sikleti, ndjeja keqardhje, sepse më dukej mizore të vrisje diçka, t'i merrje jetën, vetëm e vetëm se doje ta haje.

Kurse tani, kur shikoja katër të vdekurit, të përplasur përtokë dhe të spërdredhur nga ngërçet e vdekjes, ndjehesha plotësisht i qetë, sikur të gjitha ato të ishin improvizime të një filmi të vjetër bardhë e zi. Ndoshta mëria, që ata donin para një ore të më vrisnin pa shkak ishte aq e fortë sa që unë nuk mund të ndjeja as edhe një lloj keqardhjeje.

Po të duan të të vrasin është më e udhës që t'i vrasësh dhe kjo gjë nuk ka përse të quhet mëkat. Ai që qëllon kundër teje, nuk mund të falet, sepse t'i je vetëm duke i kthyer reston që meriton.

Edhe shoku im, ishte po aq i qetë, ndërsa ariu iu afrua kufomave i nuhati dhe pastaj u lërgua duke qëndruar mënjanë dhe duke parë me kureshtje për të marrë vesh se si do të vazhdonte kjo histori.

-*Tek shkembinjtë e thyer në mal, është një vrimë e thellë, një gropë pa fund, atje duhet t'i hedhim, që të mos i gjejë më njeri, -*

193

më tha Ipaemri, dhe kishte të drejtë, ata trupa duhej t'i zhduknim, trupat dhe gjithçka që kishin ata me vete.

U lëshuam dhe mblodhëm kuajt që ishin larguar dhe qëndronin të trëmbur disi më larg. Pastaj në çdo kalë ngarkuam nga një trup njeriu dhe u nisëm drejt malit. Të dy ecnim pa folur dhe kisha vënë re, se megjithëse nuk bisedonim shumë, shpesh veprimet tona ishin të njëjta, sikur vërtet të ishim marrë vesh më parë.

Tek vrimat, disa hone të ngushtë e të thellë, që ishin shkaktuar nga ujrat që rridhnin nëpër faqen gëlqerore të malit, arritëm me vështirësi, sepse vendi ishte i pjerrët dhe patkonjtë e kuajve rëshqisnin nëpër gurët e lëmuar e të lëvizshëm. Ecnim pa u ndalur duke i fshikëlluar me sa mundnim kafshët e shkreta, që nuk donin të na bindeshin.

Por ne nuk kishim kohë për të humbur, duhej që atë punë ta mbaronim sa më parë dhe të mos binim në sytë e askujt. Kur je në një faqe mali asnjëherë nuk je i sigurtë në se të sheh njeri apo jo. Edhe nga shumë larg, në një faqe të zhveshur je nje objekt që bije lehtësisht në sy. Kurse pylli dhe korija janë vende të bekuara për këtë punë, ata i ka krijuar perëndia tamam për t'u fshehur dhe për t'u bërë i padukshëm.

I lidhëm kapistallët e kuajve pas gurëve, që të mos kishin mundësi të na iknin dhe pastaj do ta kishim tepër të vështirë t'i ndiqnim e t'i kapnim nëpër atë terren. Unë nuk merrja vesh shumë nga kafshët e barrës, por shoku im e dinte se si ngarkoheshin dhe se si nxiteshin për të vepruar ashtu siç duhej.

Morëm kalin e parë, atë ku kishim ngarkuar të plagosurin që mënt na shpëtoi. E shpumë në buzë të honit duke e tërhequr fort nga kapistalli, se nuk donte të hidhte as një hap përpara i frikësuar.

Ai i vendosi tytën e automatikut në ballë dhe tërhoqi kamzën. U dëgjua krisma e thatë. Kalit iu këputën gjunjët, unë i dhashë një dorë që pesha e trupit të kalonte në anën e honit dhe kali i shkretë së bashku me parmëndën dhe kufomën u zhduk duke lëshuar pas disa sekondash një zhurmë të mbytur perplasjeje.

Kaq ishte. Nga i vrari i parë nuk kishte ngelur më asnjë gjurmë. Pastaj i afruam njëri pas tjetrit të tre kuajt e tjerë, duke i vrarë në të njëjtën mënyrë dhe duke i flakur poshtë sikur të ishin dëngje të rëndë e të mbushur me gurë. Hodhem në gropë edhe armët e tyre dhe u kthyem përsëri në vëndin ku u kishim zënë pritë të heshtur dhe me hap të shpejtë.

Mblodhëm me kujdes gëzhojat, tonat kuptohet se ata nuk kishin patur kohë të na kundërpërgjigjeshin, u hodhëm dhe të shkrifët përsipër njollave të gjakut dhe u kthyem në shtëpi me shpresën se e gjithë kjo histori nuk do të merrej vesh dhe nuk do t'i kërkonte askush ata të katërt. Vetëm tani filluan të më dridheshin duart dhe të kujtoja me frikë të gjithë atë histori që më kishte lënë të gjallë për mrekulli.

Ky kishte qënë një rast tjetër që vdekja më kishte kaluar fare pranë, por për çudi, vetëm më kishte prekur, por më kishte lënë pa marë.

Përsëri çuditesha me veten time, që isha aq i qetë dhe nuk ndjeja asnjë keqardhje për atë masakër, që nuk ishte shkaktuar për fajin tonë, por për hajvanllëkun e disa gjahtarëve të tymit, siç i quanin me shaka në qytetin tim ata që dilnin gjoja për gjah nëpër pyje dhe mbillnin kanabis.

Nuk ndjehesha fajtor, s'më brente ndërgjegja, nuk i kisha rënë askujt në qafë, por ama gjithkush e ka detyrë hyjnore që të mbrojë jetën e vet.

Dhe kjo detyrë nuk u përket vetëm njerzve, por të gjitha qënieve të gjalla që jetojnë mbi këtë dhè.

Jetën të gjithë e kemi që ta jetojmë.

20

DËSHTIMI I OBJEKTIVIT TRE

Rrota në përfytyrimin tonë është gjithnjë diçka e rrumbullakët që gjen perdorim të gjërë në të gjitha punët e jetës. Por nuk më besohet që rrota e fatit është plotësisht e rrumbullaktë, ka mundësi të jetë edhe me cepa, përdrisa ngec kaq shpesh dhe nuk vërtitet gjithmonë.

Në shumë nga shtigjet, ku kishim vënë tabelat tona për të penguar njerzit e padëshiruar, që të mos hynin si në mall pa zot, tabelat ishin rrëzuar, flakur tej, ose edhe thyer.

Dukej që nuk ishte as puna e erës dhe as e egërsirave. Ata që ishin mësuar të vinin dhe të bënin ç'u donte qefi në ato anë, tani që kishte dalë dikush që pretendonte për pronësinë e atyre dherave, nuk e kishte për zëmër këtë gjë dhe kundërshtonin. Por këtë gjë e kishim pritur dhe nuk na shqetësonte shumë, edhe ne po të kishim qënë të njëjtën gjë do të kishim bërë.

Filluam të dilnim të tre, të kontrollonim luginat dhe lirishtet për të parë se mos në ndonjë vënd tjetër kishin çarë tokë të re për të mbjellë kërp. Zakonisht ata kërkonin toka të reja, nga ato që

196

kishin humusin e bimësisë së kalbur në sipërfaqe dhe që në mbjelljen e parë jepnin prodhimin maksimal, pa patur nevojë për plehra apo për përkujdesje të mëdha.

Por pasi ishim përplasur ne me ata të katërt, nuk pamë gjëkundi ndonjë shënjë të tregtarëve të tymit, ata ose shkonin në ndonjë zonë tjetër, ose mos kthimi i një grupi, i kishte bërë më të kujdesshëm. Por ajo ishte puna e tyre, ne ishim të vendosur të mos i linim më të futeshi në zonën tonë e të na sillnin shqetësime.

E kishim konsideruar këtë luftë të shpallur dhe as që na shkonte ndër mend të bënim ndonjë marrveshje apo të nënëshkruanim traktatin e paqes.

Nuk e di se ç'kishte ndodhur, por për ne nuk kishte ndonjë rëndësi të madhe, vetëm të na linin të qetë. Në raste të tilla nuk ia vlente të kërkoje përse ndodhte diçka që nuk të interesonte, e rëndësishme ishte vetëm që ndodhte dhe nga kjo gjë t'i përfitoje.

Atë pranverë sezoni i mbjelljes së kërpit kaloi dhe nuk pamë shënjë të ndonjë vizitori të padëshiruar në gjithë atë rajon, por ajo që ishte më e çuditshme dhe që nuk dija ç'emër t'i vija ishte mosinteresimi i kurkujt për ata që kishin përfunduar në vrimat karakteristike, bashkë me kuajt dhe me armët.

 Pritëm me frikë që dikush të vinte të interesohej për të gjetur gjurmët e të zhdukurve, por nuk pamë njeri, as nga shteti dhe as nga të afërmit, se me siguri duhej të kishin familje, miq e shokë. Por ata shpesh ia mbathnin përtej kufirit dhe zhdukeshin me muaj me rradhë kur kishin të bënin me policinë, ndaj edhe mosinteresimi ndoshta vinte nga ideja që të katërt kishin këpërxyer nga e keqja përtej kufirit.

Do të duheshin muaj të tërë, që të fillonin t'i konsideronin të zhdukur dhe këtë kishin për ta bërë vetëm familjet e tyre, se në këtë shtet jeta e njeriut nuk kishte asnjë vlerë dhe kur humbisje si sëpata pa bisht, askush nuk merrte mundimin të të kërkonte.

***

Riparuam tabelat, vendosëm edhe tabela të reja dhe ishim të vendosur të dëbonim çdo njeri që të shfaqej në ato anë.

Në disa tabela vendosëm shënime se lejonim kullotën. Pra barinjtë po të donin mund të futeshin në ato pyje e male, por ama gjahtarët dhe mbjellësit e hashashit nuk ishin të dëshiruar. Nga gjahtarët rrezikohej jeta e Meços, e shokut tonë, që nuk na ndahej kudo që vinim, kurse mbjellësit e kërpit ishin të rrezikshëm për ne të dy. Ata kur vinin ishin gjithnjë gati për luftë dhe të armatosur gjer në dhëmbë.

Siç kishim dëgjuar kishte ndodhur të qëllonin edhe helikopterët e policisë.

Kisha ndër mënd të bëja edhe shumë punë të tjera dhe ta ktheja atë vend në një shtëpi të vërtetë për mua, ku nuk do të më mungonte asgjë. Kisha para, kisha më shumë se çdo të më duheshin për një jetë të gjatë e të qetë, por kur mendoja se kishte ende rrezik që të më viheshin pas vrasësit e paguar e të më hiqnin qafe nuk më bëhej për asgjë.

Kisha akoma edhe një njeri që më njihte dhe që me siguri pas vrasjes së dy të parëve i kishte rënë më të se kush fshihej dhe do të donte patjetër të më hiqte qafe.

Nga fundi i majit, kur vera po jepte shënjat e para, duke i zgjatur dhe nxehur ditët, dhe bari vënde vënde kishte filluar të lulëzonte e të zinte farë, fillova pregatitjet që të nisesha përsëri në Tiranë. Ishte edhe një njeri i tretë, që po ta merrte vesh se unë ndodhesha në Shqipëri dhe isha ende gjallë, me siguri që do të nisej me ç'të mundej për të më çuar për në atë botë.

Dhe ç'ishte më e keqja, që Apostol Zisi, nga zvëndës ministër, me një lojë politike që kishte bërë LSI-ja, ishte bërë ministër. Mund të heqësh qafe një doganier, mund ta qërosh në një skenë xhelozije një shef policije, por nuk ishte e lehtë të vrisje një ministër.

Atëhere do të kishe vërtet pas gjurmëve krejt makinën shtetërore. Të filloje luftën me shtetin nuk ishte ndonjë shaka që mund të kalonte ashtu lehtë, por mua më duhej pa tjetër vdekja e atij njeriu, sepse sa kohë që ai të ishte gjallë unë i kisha duart të lidhura dhe frika nuk më lejonte të bëja asgjë.

Më dukej sikur vdekja më qëndronte prapa derës.

Nuk kisha asnjë plan, por edhe duke qëndruar aty si një i humbur i zakonshëm, nuk kisha për të patur kurrë plan, përkundrazi do të lodhja kokën, do të mendoja duke fantazuar, dhe do të qëndroja në pritje, që dikush ta merrte vesh se ku ndodhesha dhe pastaj ky kishte për të qënë fundi im.

I kisha folur shpesh *Tëpaemrit* për Apostol Zisin, por për të të gjithë njerëzit ishin njësoj, edhe sikur të ishin ministra, do të shkonte do ta qëllonte dhe me kaq puna e tij mbaronte.

Ishte e çuditëshme, por ai nuk i përmëndte kurrë ata që ishin vrarë.

Ndoshta kjo ishte një mënyrë e zgjuar dhe efikase për të mos e ngarkuar shpirtin më tepër se sa duhej. Edhe kur vriste ndonjë kafshë, ishte i qetë, sikur të bënte punën më të zakonshme. Por më kishte ndodhur disa herë ta shikoja që e kishte patur ujkun ose dhelprën disa metra larg, në një pozicion që mund ta vriste lehtësisht, dhe kishte vonuar të qëllonte. Ose e kishte patur armën të pambushur, ose e kishte patur në sup, ose kishte harruar që e kishte vënë në siguresë, por kryesorja ishte që pas dy-tre sekondash kafsha ishte zhdukur dhe ai e kishte patur të pamundur ta qëllonte.

Por ngathtësia e tij, sipas meje ishte e qëllimshme.

Ipaemri nuk qëllonte kurrë për të vrarë mishngrënësit, ndoshta se ata nuk shërbenin si ushqim, ose ishte ndonjë lloj nënvetëdije që i përkiste të njëjtës rrace me ata dhe i kursente.

Kurse po të qe derr, sarkadhe apo njeri nuk kishte asnjë lloj hezitimi.

Pra edhe ministrin donte ta kishte vetëm aq afër sa ta qëllonte dhe se çdo të ndodhte më vonë nuk e vriste mëndjen. Ose e quante veten të vdekur dhe nuk kishte frikë nga vdekja, ose kishte besim tek fati i tij dhe e dinte që do të dilte pa lagur çfarëdo që të bënte.

Në profesionin e tij ka dy lloj njerzish, ata që nuk e përfillin jetën, që luajnë bixhoz me të dhe në ata që besojnë pafundësisht në një fat të lumë i cili nuk kishte për t'i braktisur kurrë edhe në situatat më të vështira.

Të dy llojet e vrasësve me porosi luajnë njësoj me një guxim të marrë, që për njerzit e zakonshëm nuk ka kuptim.

***

U nisëm herët në mëngjes, porsa kishte filluar të zbardhte dhe kishim ndër mënd që para drekës të kishin arritur në Tiranë, të zinim ndonjë motel dhe pastaj të kërkonim ndonjë mundësi që ta zinim objektivin tonë të tretë në ndonjë vënd, ku nuk kishte bodigardët e mjaftueshëm, apo ishte larguar qëllimisht për të mos rënë në sy.

Nga eksperienca e dinim, që të gjithë ata burra që merrnin një farë pushteti, ose arrinin të vinin pasuri, bënin një jetë të dyfishtë. Përfitonin nga mundësitë që u jepte pushteti dhe pasuria për ta jetuar jetën e tyre të varfër, që kishin patur deri në atë moment, në disa plane.

Nuk ka mashkull me pushtet që të mos ketë ose dashnore ose dashnor në varësi të prirjeve të tij seksuale. Pikërisht, duke e ndjekur, duke e vëzhguar me kujdes, arrita të gjeja këto pika të dobta, këto dyzime dhe pastaj e kisha të lehtë për të bërë atë që kisha ndër mënd të bëja.

E prisja atje ku ai do të vinte të bënte jetën e vet të fshehtë dhe ishte i vdekur. Sepse ai e kishte braktisur vetë për disa momente pushtetin që i kishin dhënë, duke bërë një tjetërsim të rrezikshëm.

Kur qëndruam në një restorant, nga ata që janë përgjatë rrugës dhe mundohen ta tërheqin klientelën duke bërë paçe të mire koke për mëngjes dhe mish të pjekur në hell për drekë, ndërsa po prisnim porosinë, u binda përfundimisht që krejt kjo botë, krejt jeta jonë, marrëdhëniet me të tjerët dhe me natyrën, kontrapunktet dhe konkordancat që përbëjnë tërësinë e asaj që quhet jetë dhe vdekje, nuk janë gjë tjetër veçse rastësi dhe koiçidenca të vogla, që në fund të fundit ndertojnë atë që ne e quajmë fat dhe që në thelb është ajo që ne jemi në vetvete.

Në ekranin e televizorit spikerja po fliste për diçka, për një të vrarë, pastaj për dy të vrarë, pastaj për tetë të plagosur rëndë dhe nja njëmbëdhjetë të lënduar lehtë.

Fliste për një katastrofë të vërtetë dhe toni i saj qesharak ishte vërtet tragjik, megjithëse ajo ishte nga ato folëse që edhe sikur të fliste për një lopë që kishte thyer këmbën ndërsa kulloste, përsëri të njëtën pamje dhe të njëjtin ton do të kishte, dëshpërues dhe tragjik deri në dhimbje.

Kronikat e zeza ishin të mbushura me lajme të tilla që më tepër të kujtonin kronikat e frontit të luftës, ndaj nuk i kushtova ndonjë vëmëndje të madhe, por kur tha që kryeministri kishte vajtur në spitalin ushtarak, se atje ndodhe ende trupi i ministrit të vrarë në atë aksident në autostradë ku kishte patur një seri aksidentesh.

U bëra vërtet i vëmendshëm.

Më ngeli thika dhe piruni në dorë.

Megjithëse nuk ia kisha dëgjuar emrin, sepse me siguri ia kishin përmendur më parë, përsëri isha gati i sigurtë, që falë mrekullisë së asaj ngjarjeje që nuk varej aspak nga ne, operacioni ynë kishte dështuar.

Dikush, ai që drejton fijet e padukshme të fatit tonë, kishte vënë dorën në zemër, po qe se ishte qënie në formë njerëzore dhe kishte zemër si ne, dhe na kishte kursyer mundimin.

Falenderova perëndinë me gjithë zemër.

U mrekullova nga punët e tij të bekuara, që vepronte pikërisht atëhere kur duhej, ku duhej dhe si duhej.

Pastaj, tha qartë emrin, i vdekuri ishte ministri Zisi, që kishte qënë në makinën e tij personale, duke e ngarë vetë.

Ai dhe bashkëudhëtarja e tij, një këngëtare tallavaje, një nga ato vajza që dilnin në skenë me shalët dhe gjinjtë të zbuluar, kishin vdekur në vënd, pasi ishin përplasur pas një bordure betoni, dhe pastaj kishin shkaktura zinxhirin e aksidenteve.

Pas disa minutash, në një kanal tjetër televiziv, doli një variant i ri i aksidentit, ku thuhej se femra e vrarë kishte qënë në një makinë tjetër, dhe ministri ishte duke vajtur në Durrës për një problem pune, por për mua këto ndryshime variantesh të vdekjes së tij dhe të trajtimit të aksidentit nuk kishin asnjë rëndësi sepse fakti ishte fakt, as unë dhe as *Ipaemri* nuk kishim më punë në Tiranë.

Punën tonë e kishte mbaruar dikush tjetër, ose për të qënë më i qartë, një varg rastësisht të vogla, nga ato më banalet, të renditura në një formë të përsosur, na kishin ardhur në ndihmë dhe na kishin shpëtuar nga një kokëçarje e madhe, siç ishte heqja qafe e një ministri.

Tirana ishte mirë aty ku ishte dhe unë nuk kisha ndër mënd t'i shikoja bojën, se kisha punë të tjera shumë më të rëndësishme për të bërë.

-*Perëndia na e kurseu mundimin,* - i thashë njeriut që kisha përballë në tavolinë. *–Tani duhet të kthehemi përsëri në shtëpi. Po ta kishim ditur, nuk do të ishim lodhur kot deri këtu... Por ku ta dijë i ziu njeri se ç'do të ndodhë pas pesë minutash...*

Ai, me lugën në dorë, tha i qetë:

-*Paçja po më pëlqen me të vërtet, këtu gatuakërkan shumë mirë... Rallë të takon të hash paçe si kjo në kohët tona, që të gjithë ia futin kot...*

-*A do edhe një gotë verë...?* – e pyeta. – *Se unë jam në timon dhe nuk pi dot...*

Ai mohoi me kokë.

Asnjëherë nuk pinte vetëm, i pëlqente të pinte kur trokisnim gotat... në këtë pikë ishim të dy njësoj. Nuk pinim se na pihej, por për kënaqësinë e tavolinës dhe të muhabetit.

Porosita edhe dy kafe dhe një shishe me ujë të gazuar, dhe kur po surbnim ekspresët, shtova:

-*Megjithatë e gjithë kjo do të jetë në pagesën tënde. Jemi që jemi shkojmë në Tiranë dhe i mbarojmë punët që kemi...* – kisha ndrruar mëndje, e përse t'i shmangesha Tiranës kur atje nuk kishte më asnjë rrezik për mua.

Gjithçka kishte shkuar shumë më mirë se sa do ta kisha planifikuar unë me mendjen time prej njeriu të zakonshëm.

Ndërsa ne tjerrim e tjerrim, bëjmë plane të stërholluara, ngrejmë prita dhe pusira, ai tjetri që është lart dhe i ka të gjitha në dorë, i bie shkurt dhe mbaron menjëherë punë.

Ky ndryshim plani, nuk kishte përse të më çorodiste.

Në fund të fundit çfarë kishte ndodhur?

Asgjë me rëndësi.

Një njeri kishte qënë gjallë, kishte marrë një kengëtare, një nga ato që momenti i bënte vipa se dinin të luanin mirë në pazarin e artit e të seksit, dhe ai njeri kishte vdekur. Por për të gjithë kështu ndodh, një ditë janë gjallë dhe ditën tjetër vdesin, dhe botës nuk i ndodh asgjë.

Edhe kur vdes një ministër, bota, shteti dhe mileti vazhdojnë të jetojnë jetën e tyre të marrë. Të vetmit që tronditen, që mbajnë frymën për një çast janë qeveritarët, sepse kur vdes një nga kabineti, duan s'duan kujtohen, që edhe ata në marrëzinë e tyre të pushtetit, në euforinë e forcës, është një fat i hidhur që u ka zënë pusi diku pas një derë, pas një timoni, në një pistë fluturimesh, dhe që mund t'ua presë si me thikë yryshtin që kanë mar

21

KUR TIRANA ËSHTË DIÇKA TJETËR

Krimbi i vogël u zgjua në mëngjes dhe e pyeti mamin e vet se ku ishte babi. Mamaja krimb i tha, se babi atë ditë ishte nisur me burrat e fshatit për të gjuajtur peshk me grep.
Krimbi i vogël u gëzua, se mendoi që për drekë do të kishin peshk në tryezë.

Pa dyshim që kësaj rradhe nuk brodha më moteleve të periferisë, sepse nuk kisha më frikë nga askush. Është mirë kur e di se cilët janë armiqtë e tu, kur i numuron me gishta, se kur ata nuk janë më, atëhere mund ta bësh gjumin të qetë.

Shkuam drejt e në shtëpinë time, ku prej kaq kohësh nuk kishte hyrë apo dalë njeri. Megjithatë ishte pastër dhe gjithçka në vendin e vet, sepse pastruesja kishte ardhur vazhdimisht, bile ajo kishte paguar edhe llogaritë e korentit e të ujit, me paratë që ia kisha lënë dhe që do të mjaftonin për dy-tre vjet.

Tëpaemrin e lashë të qëndronte brënda në dhomë, i hapa televizorin, i vura përpara një shishe me verë dhe i thashë të më priste pa u mërzitur edhe sikur të vonohesha gjithë atë pjesë të ditës që kishte mbetur.

Kisha shumë punë për të bërë dhe nuk e dija a do të isha në gjëndje t'i mbaroja deri në orën katër, kur mbylleshin bankat.

Tirana, pas një viti, ishte krejtësisht ndryshe për mua. Bile e ndjeva që veshët e mi, të mësuara më qetësinë e pyllit, ku asgjë nuk vinte nga jashtë, por çdo fëshfërimë, çdo kërcitje, çdo britmë buronte nga brënda, tani kur të gjitha boriet, shungullima e makinave, muzika e bareve, britmat e njerëzve më godsnin pa mëshirë timpanët e veshëve, ndjehesha shumë keq, me një dhimje therëse thellë kokës sime.

Megjithatë isha i detyruar të duroja. Unë, që për gati një vit isha bërë njeriu i pyllit, tani po i vuaja vërtet pasojat e qytetërimit.

Puna e parë ishte të telefonoja një të njohurin tim, një ish shef policie të liruar, të cilin e kishin zhveshur sepse kishte shtypur me dhunë demostratat e partisë në pushtet kur ajo kishte qënë në opozitë, gjë që ndodhte rëndom me policët, që në fund të fund luajnë rolin e qenve roje, të cilët duhet të lehin vetëm për një zotëri.

Nuk u lodha shumë për ta gjetur, se këta tipa, duke mos patur më zyrat e shtetit në dispozicion, përdornin një lokal të caktuar sikur ta kishin zyrë dhe i gjeje atje, por edhe sikur të mos ishin për momentin, mjaftonte t'i thoshe banakierit që ai ta lajmëronte dhe pa u ftohur ende kafja që kishe porositur, atë e kishe aty, duke të afruar të gjitha shërbimet që mund të kërkoje. Që nga çdoganimet, gjetja e dy-tre gramëve kokainë të pastër, një çertifikatë të fallcifikuar, ndonjë prostitutë ruse apo rumune dhe pasaporta për udhëtime jashtë shtetit.

Po të paguaje menjëherë, atëhere edhe sherbimin e kishe për një kohë rekord. Policët kur liroheshin i mbanin lidhjet me shokët e tyre, sepse pastaj, kur të bëhej rotacioni, ata do të ishin të vlefshëm për kolegët që do të mbeteshin pa punë.

Një polic i liruar kishte aq forcë sa kishte patur atëhere kur kishte qënë me uniformë, sidomos kur kishte qënë shef dhe jo ushtar i rëndomtë.

Beni, kështu e kishte emrin, apo me këtë emër njihej, erdhi pas pesë minutash, dhe me që kisha bërë edhe më parë punë me të, më njohu menjëherë dhe i shpenguar u ul në tavolinën që kisha zënë në fund të lokalit.

U përshëndetëm miqësisht, shkëmbyem formulat e zakonshme të mirësjelljes dhe i vendosa përparë copën e letrës ku kisha shkruajtur të gjitha të dhenët e *Tëpaemrit* dhe emrin e ri që kisha sajuar. Ai i pa me kujdes, mos kisha lënë ndonjë gjë pa shkruajtur që ta plotësonte aty dhe të mos ishte i nevojshëm ndonjë takim i dytë dhe pastaj e futi në xhep.

-Mundësisht që nesër, - i thashë. *– Jo për gjë, por me këtë mikun jemi për një rrugë, dhe nuk kemi shumë kohë. Ta dish që është i pastër por ka probleme me fisin e vet, një si punë kurvërie brënda sojit...*

-Do të mundohem, - ma ktheu i qetë, pra e merrte përsipër edhe urgjencën.

-Sa?

Çmimin e kishte gati, sepse të gjitha këto shërbime, që bëhen nën dorë në tregun e zi, në më të shumtën e rasteve kanë çmime të përcaktuara mirë, ku futet gjithë lista e gjatë e pagesave për çdo hallkë që merr pjesë. Nuk u mendua, por shkroi në faturën e lokalit shifrën 2500 euro.

U ndjeva i qetë përbrenda, por nuk reagova. Prisja të më kërkonte shumë më tepër, sepse shërbimet urgjente gjithnjë kanë çmime ekstra, por me sa duket duke qënë klient i vjetër i tij, dhe duke menduar se unë do të kisha nevojë përsëri për punë të tilla, më dha një çmim, që në tregun e zi të dokumentave mund të quhej më se normal.

Kur dikujt i ngelej qefi dhe e ndjente se ia kishin hedhur, nuk e kishte për gjë të shkonte në një vënd tjetër dhe të kërkonte të njejtin shërbim.

Policë të liruar, fallcifikatorë dhe nëpunës që bashkëpunonin me ta kishte sa të duash dhe do të ketë për sa kohë do të ekzistojë ky lloj shteti.

Nxora paratë, numurova pesë kartmonedha qintëshe, i vura në pëllëmbë të dorës dhe ndërsa po ngrihesha për t'u larguar, kur u takuam ia lashë kaparin në dorë, kjo ishte shënjë që mund ta bënte pasaportën pa frikë, sepse unë isha i detyruar ta merja pasi kisha bërë një pjesë të pagesës.

-Nesër në këtë orë, por mos më ec më parë, pashaportën e ke këtu...
-Nuk mundesh pak më parë, aty nga ora dhjetë... jemi për rrugë të gjatë, do të shkojmë deri në Kukës...
-U bë...
Kështu u ndamë.

Eca i qetë, ngadalë, për herë të parë që ecja ngadalë dhe pa kthyer kokën pas që të shikoja se mos më ndiqte kush, dhe vajta tek vëndi ku kisha lënë makinën. Në parking, pranë derës pashë dy djem të rinj, që po qëndronin më këmbë, disi larg njëri-tjetrit dhe shikonin nga rruga. Nga ajo anë nga po vija edhe unë. Ndoshta ata ndodheshin aty për punët e tyre, por mua më kaluan drithmat në trup.

 Menjëherë më shkoi mëndja se ata po më prisnin mua dhe se ishin dy vrasës të porositur. Isha krejtësisht i paarmatosur, sepse në rrugëtime nuk merrja kurrë armë, dhe e ndjeva që sikur ata të më qëllonin unë nuk kisha se si të kundërshtoja, do të isha një viktimë e pakujdesisë sime.

Nuk kishte asnjë rrugicë, apo derë pallati, nuk mund të dredhoja dhe të paktën të shmangesha për të verifikuar në se ata do të më viheshin pas. Pashë në krah, në një vend disi të futur një tabelë floktoreje. U ktheva dhe u futa brenda pa u menduar gjatë, megjithëse po qe se ata do ta kishin me mua, do të më zinin derën, do të më prisnin dhe unë kisha rënë vërtet në kurthin e tyre.

Brenda në floktore ishin dy gra, dy gra të reja, nga ato që pispillosen, mbajnë ndonjë vrimë të tillë si sallon bukurije dhe pastaj nuk merrej vesh se si e siguronin jetesën, se si blejnë makinë luksoze, se si hipotekojnë apartamente nga njëqint e pesëdhjetë metra dhe si u del leku që të veshin rroba që kushtojnë mijra euro të firmave më të zgjedhura.

-Burra qethni? – i pyeta dhe me frikë prisja të më thoshin që u shërbenin vetëm grave.

Pra të më dëbonin pa ceremoni.

Njëra nga vajzat u çua dhe më tregoi poltronin. Ishte një vënd tepër i volitshëm, sepse nga pasqyra që kisha përballë, isha në gjëndje të kontrolloja fillimin e rrugicës dhe hyrjen e parkingut, ku qëndronin ende dy djemtë të shpenguar dhe të gatshëm të prisnin një kohë të gjatë. Por nuk pashë që ata të kishin treguar ndonjë interes për shmangien time të papritur. Po qe se do të ishin aty për mua, do të kishin lëvizur nga vëndi dhe do të ishin afruar. Sado profesionistë të ishin do ta kishin me vete instiktin e gjahtarit, që me lëvizjen e gjahut zhvendosen edhe kur nuk kanë ndër mend ta bëjnë këtë gjë.

-*M'i pri sa më shkurt...* – i thashë dhe u mbështeta plotësisht, pa e vrarë mëndjen shumë për modelin e qethjes, le të më qethte si të donte, atje ku do të shkoja unë, në shoqërinë e një ariu dhe të një njeriu që nesër do të kishte një emër të ri, se emrin e vjetër e kishte humbur prej vitesh, nuk kishte rëndësi as moda dhe as hobitë.

Atje si i qethur si i paqethur, njësoj e kishe vlerën, sepse midis pemëve dhe bishave moda kryente funksione të tjera, nuk ia vlente të ishe bukur, por të ndjeheshe sa më rehat.

Pas nja pesë minutash, nga parkingu doli një fiat me kube të lartë ngjyrë blu e çelur dhe të dy çunat hipën në të.

Megjithatë i thërrita mëndjes, nuk duhej të isha kaq trim dhe ta lëshoja veten kaq shumë, se në fund të fundit, isha një njeri që kisha krijuar disa armiq gjatë punës sime dhe rreziku që dikush të kërkonte ende vdekjen time nuk ishte larguar plotësisht. Trimëria është një nga format më ekstravagante të budallallëkut dhe eksperienca ka treguar që trimat nuk rrojnë edhe aq shumë gjatë.

Pagova vajzën të cilës nuk i kushtova aspak vëmëndje, bile as që mora mundimin të flirtoja me të, siç do të kishte bërë çdo klient, i dhashë edhe një bakshish të majmë dhe u largova. Mora makinën me të shpejtë dhe u ktheva në shtëpi. *Tëpaemrin*, që tani kishte një emër por që unë nuk kisha ndër mënd t'ia përmendja kurrë për arsye që të gjithë i kuptojnë, e gjeta para televizorit, duke parë një emision me kafshë, më duket me insektet e rrezikshme që u sillnin njerëzve më shumë vdekje se sa bishat e mëdha të Afrikës dhe se sa gjarpërinjtë helmues të Australisë.

I thashë të bëhej gati dhe të shkonim të drekonim në ndonjë lokal të përiferisë, atje ku zakonisht shkonin ata që donin të mos binin në sy, por ama edhe të kënaqeshin me ushqimin dhe me pijet. Dija disa ambjente të tillë, ku shkoja kohë më parë me bashkëpuntorët ose sekretaret e mia. Por kishte kaluar kaq kohë sa që ata me siguri ma kishin harruar fytyrën, siç ndodh gjithmonë me lokalet ku nuk ke shkuar prej kohësh.

Do të hyja si një klient i ri, ku kamarierët e porsa marrë në punë do të mundoheshin të më mashtronin me çmimet e faturave, apo duke më sjellë meze të lira, në vënd të atyre që kishe porositur sipas menysë. Por për mua të gjitha këto nuk kishin rëndësi. Doja vetëm të ulesha diku, të qëndroja i shpenguar dhe ta ndjeja veten të barabartë me të tjerët, që harrojnë se vdekjen mund ta kenë prapa derës dhe ajo i pret aty për t'i marë.

Ndërsa ulesha nëpër vënde të tilla dhe shikoja fytyrat e kënaqura të njerëzve, u qaja hallin, sepse e dija që herët apo vonë të gjithë do të ishin të vdekur dhe nuk ja vlente të hiqeshin si perëndi të pavdekshme të Olimpit se kishin para, kishin ndonjë punë të mirë në shtet apo firmat private dhe shoqëroheshin nga gra të bukura.

Ndëresa po ecnim nëpër rrugën e Elbasanit, përpjetë për në Sauk, i thashë që të nesërmen do të kishte gati pasaportën dhe do t'i bëja një transfertë prej pësëdhjetë mijë eurosh në një bankë italiane. Dy transfertat e tjera do t'i kishte muajin tjetër. Kështu që e mbyllnim marrveshjen tonë. Unë për vete kisha qënë vërtër i kënaqur nga bashkëpunimi dhe nga miqësia jonë.

Ai nuk fliste. Bile më dukej sikur nuk më mbante vesh dhe nuk më dëgjonte.

Dukej i përhumbur, dhe kështu duhej të qe, sepse unë po i thosha, se që të nesërmën ai do të kishte një emër të ri, do të kishte para të tijat dhe do të ishte i lirë të bridhte nëpër botë pa patur frikë nga askush, kishte për të qënë një njeri i ri dhe të kaluarën do ta flakte një herë e mirë pas krahëve.

Por kushdo që të qe, do ta kishte patur të vështirë ta pranonte pa probleme një ndryshim kaq të madh të statusit të tij civil. Do t'i kishte të tëra, kur nuk kishte patur asgjë, por edhe do të humbte diçka, që e kishte patur më të rëndësishmen, lirinë e mosekzistencës së tij për shtetin dhe për njerzit.

Nuk ka liri më të madhe se sa mosnjohja e shtetit që nuk të njeh dhe këtë mund ta kuptojnë vetëm ata, që për një farë kohe e kanë patur këtë mundësi të artë.

Ndosha edhe unë po të kisha qënë në vëndin e tij, kështu do të përhumbja në hutimin tim.

Të kesh përpara një jetë të re, të cilen ke harruar se si ka qënë, apo nuk e ke jetuar kurrë më parë, nuk është e lehtë. Bile edhe për vetë, pas kaq muajsh arrati, do të më duhej të kthehesha përsëri në Tiranë dhe t'u futesha punëve, ndjeja një farë bezdije. Kisha qënë i lumtur në atë jetesë të mjerë e të varfër, në atë shtëpi të vjetër, pa energji elektrike, pa dush, pa asnjë komoditet, sepse në fund të fundit kisha qënë unë dhe askush nuk më binte në qafë, dhe kush më ngatrrohej nëpër këmbë ia tregoja qefin.

***

Të nesërmen, në orën e caktuar hyra në lokal dhe nuk e pashë ish-policin. Kur pyeta tek banaku, banakieri i shkurtër e tullac më pyeti për emrin dhe më tha se kishte një zarf për mua. I dhashë zarfin ku kisha futur dy mijë eurot dhe mora zarfin me pasaportën dhe kartën e identitetit brenda. Polici nuk kishte ardhur dhe kjo ishte një masë e zakonshme sigurie, për të parandaluar çdo grackë që mund të ngrinin kolegët e tij të krimit ekonomik.

Por mua aq më bënte, më duhej të mbaroja punë sa më parë dhe jo të vrisja mendjen se përse policët në më të shumtët e rasteve ishin ata që drejtonin ndërmarrjet kriminale, në këtë shtet, që nuk do të arrinte kurrë të bëhej shtet.

Sa herë shikoja në ekranin e televizorit fytyrën e zgërdhirë, të qeshur, euforike, apo të shpërfytyruar të kryetarit të qeverisë më kujtohej shprehja:

"Kur shefin e ke gomar, mos prit të vijë qameti, se ky është qameti!".

Por ama kur nuk ke mundësi që ta shmangësh apo ta luftosh qametin, atëhere e vetmja rrugë shpëtimi është t'ia mbathësh sa më larg nga ai. Atje ku kisha jetuar unë qameti shtetëror pothuajse nuk ndjehej fare dhe po ta merrje nga ana praktike ky ishte me të vërtetë fat i madh.

Ipaemri, që atë ditë kishte edhe emër edhe mbiemër, edhe atësi, edhe një identitet të gdhëndur në të gjitha kompjuterat e këtij shteti, po më priste në makinë sikur t'i kishte rënë ndonjë sëmundje dhe po e gryente nga brenda.

U ula në sedilje dhe ia dhashë në dorë zarfin e mbushur me dokumenta duke e uruar:

-I gëzofsh!

Ai më tha i qetë, thatë dhe prerë, a thua po i bëja një nder që nuk ma kishte kërkuar:

-Faleminderit! – hapi zarfin dhe filloi të shikonte me kujdes pasaportën, dhe si mbaroi me të iu kthye kartës së identitetit.

Vetëm i shikonte dhe nuk komentonte asgjë. Nuk e dija se ç'vlonte në kokën e tij, por ama unë kisha marë përsipër t'ia shpërbleja nderin që më kishte bërë.

U nisa menjëherë drejt bankës.

E dija që trasanksioni i transfertës do të më hante rreth gjysmë ore, pra pas kësaj ai ishte njëri i lirë, dhe mund të shkonte ku të donte. Me një emër të ri, me një depozitë të majme, dhe po të ishte i shkathët mund të fillonte një jetë të re e të suksesshme.

Shumë njerëz e kanë hedhur hapin e parë me shumë më pak mundësi, por ama po qe se pranonte mund të fillonte edhe profesionin e vrasësit me porosi, se unë po të doja mund të gjeja me dhjetra klientë të pasur në Tiranë, që do të paguanin pa ngurim shuma të mëdha për të hequr qafe konkurentët, gratë, dashnorët e grave, bashkëortakët, apo bashkëpjestarët e pronës.

Hapa një numur llogarie në bankën italiane në emrin e tij, kalova menjëherë shumën prej njëqint e pësëdhjetë mijë eurosh në atë llogari, bëra kërkesën për një kartë krediti dhe ia kalova numurin e llogarisë në bankën mëmë që ndodhej në Bari. Porsa të shkelte në port, mund të bënte me ato para çfarë të donte.

Ai i ndiqte të gjitha veprimet e mia i heshtur, duke m'u bindur pa fjalë për gjithçka që i thosha. Bile edhe kur i thashë që të shkonim në një agjensi udhëtimesh, për të prenotruar një bilete për tragetin e parë që nisej për në Itali, nuk më kundërshtoi. Vetëm kur u ndodhëm brënda agjensisë dhe po bisedonim për

210

ditën dhe orarin e udhëtimeve, dhe po bëhesha gati të paguaja
çmimin e biletës, ai tha:
-*Prit një herë...*
U ktheva dhe pashë brënda syve të tij që vazhdonin ta kishin atë
rrejtëzim të përgjakur që kishte patur qysh ditën kur ishim takuar
atje në mesin e pyllit.
-*Pse?* - e pyeta. – *Mendoj se është më mirë të udhëtosh me
draget se sa me avion.*
Dhe kisha të drejtë, në avion kontrollet ishin më të rrepta, kurse
në draget, në një kalim masiv njerzish dhe automjetesh ishte më
e lehtë. Megjithëse isha i bindur që dokumentat e tij ishin
krejtësisht origjinale, përsëri njeriu duhet të ndjekë atë rrugë që i
duket më e sigurtë për të shmangur andrallat e pallogaritura.
-*Por nuk kam përse të nxitohem. Tani çdo gjë është në rregull
dhe mund të rri edhe disa kohë në Shqipëri. Dua të qëndroj dhe
të shikoj se çdo të bëj. Të mendohem një herë. Asnjëherë nuk e
kam vrarë mëndjen se çdo të bëja kur të isha i lirë, sepse
vazhdimish e kisha futur veten në sërën e të vdekurve dhe nuk më
bëhej vonë për jetën...*
Ai kishte filluar të mendonte dhe kjo ishte një gjë e mirë, pra
përhumbja, futja brënda vetës nuk ishte trullosje por meditim.
I thashë:
-*Me që do të mendohesh hajde të kthehemi në shtëpi... atje është
vëndi ku njeriu mund të mendohet sa të dojë dhe të bëjë plane i
qetë për nesër...*
Dhe ashtu bëmë.
Drekuam në një restorant peshku të freskët në Durrës, në breg të
detit, thamë një shishe vere kiliane, të një marke të zgjedhur, që
kishte thellë lëngut erën e lehtë të dardhës dhe pastaj u nisëm për
në fshatin tonë, që për kaq ditë e kishim lënë atje larg midis
humbëtirës.
Ishim të dy si të trullosur, ndoshta nga vera, ndoshta nga situata e
re ku ndodheshim, por ai për herë të parë, pas kaq muaj
heshtjeje, ishte bërë llafazan. Por për mua asgjë nga ato që
thoshte ai nuk kishin rëndësi. Vetëm tundja kokën duke e
pohuar. Nga që thurja plane për vetë lumi i fjalëve të tij nuk
kishte asnjë mundësi të futej brenda veshëve të mi.

Kur koha u freskua pak dhe dielli nisi të varej mbi horizontin e atij deti të kaltër e të qetë që vetëm regëtinte nga pak sikur të ishte duke marrë frymë në një gjumë të thellë, u nisëm për rrugë. Kishim një përtaci, një mungesë dëshire për të udhëtuar dhe të gjitha lëvizjet i bënim ngadalë, sikur prisnim të ndodhte diçka, apo të na ftonte dikush që të shtynim edhe disa ditë në atë vend. Mbase ata që jetojnë midis maleve, kur takohen me detin, ndjejnë një etje të pakuptueshme për atë hapsirë të rrafshët që u ka munguar gjithë jetën.

Deti ka për të qënë gjithnjë i magjishëm për njerzit e maleve, megjithëse ata e kanë frikë, nuk duan të hyjnë brenda tij dhe përsëri e adhurojnë sikur të ishte një hyjni.

Por ndoshta ajo kapitje na vinte edhe sepse tanimë të dy ndjeheshim që ishim brenda një realiteti tjetër të ri. Nuk ishim ne të parët. As bota që na rrethonte nuk ishte më ajo që kishim lënë para disa ditësh. Gjendeshim në një pikë të re të realitetit, me busullën në dorë, me të drejtën për të gjetur rrugën e saktë nga duhej të shkonim, dhe ku donim të arrinim, por kishim një problem të madh, që jo vetëm nuk kishim asnjë vend që na tërhiqte dhe mund të na shërbente si adresë, por edhe nuk donim të kishim.

Sipas llogarisë simë, asaj që kisha bërë kur morëm këtë rrugë të gjatë, arritëm në fshat ndërsa dielli kishte perënduar para disa orësh.

Dhe nuk kishim ecur shpejt e kishim qëndruar edhe për një kafe dhe për pak ajër diku në një lokal anës rrugës, që po pregatitej për një darkë dasme. Kishim vëzhguar me qef edhe se si po aredonin sallën, një burrë dhe dy gra, që në më të shumtën e rateve i ngatronin gjërat se sa u gjenin vendin e tyre të duhur.

Meçoja kishte dëgjuar zhurmën e makinës dhe kishte dalë mbi një ledh në anë të rrugës duke na pritur. Kishim munguar kaq ditë, dhe nuk e di në se arinjtë ndjejnë mall apo jo, por ai ishte i gëzuar dhe lëshonte tinguj të mbytur grykorë.

Na përshëndeste me një gëzim të hapur prej fëmije dhe kur zbriste na afronte kokën që t'ia përkëdhelnim.

22

BOTË E VOGËL, BOTË E MADHE

Babai kishte vendosur të bënte me të birin një udhëtim me tren, që t'i tregonte natyrën. I biri shikonte kafshë të ndryshme dhe e pyeste: "Ç'është ajo, çështë ajo?" I jati i tregoi delet, dhitë, lopët, gjelat e detit, pulat. Kur pa një kafshë mama me fëmijën e vet u bë akoma më kureshtar dhe e pyeti përsëri babin, të cilit i kishte ardhur ky udhetim në majë të hundës. I jati i tha se ajo ishte gomarica, dhe se gomarica ishte gruaja e gomarit. I biri u çudit, që gomari martohej, dhe e pyeti përsëri. Atëhere i jati i tha se në këtë botë idiote vetëm gomerët martoheshin.

Sado plane të kesh bërë, kur ndodhin ndryshime të mëdha dhe ndryshon rrjedha e ngjarjeve, për mirë apo për keq, të gjitha planet rrëzohen, dhe njeriu ndodhet para një zbrazëtie të madhe, për të filluar përsëri nga e para dhe për të ngritur kështjella të reja rëre.

Pikërisht në një situatë të tillë ndodhesha, bosh, pa asnjë mendim për të nesërmen, dhe për të qënë brënda, i thashë njëriut tim, që të nesërmen do të dilnim përsëri për gjah.

Gjahu dhe peshkimi janë dy mjetet më efikase për të ta shpëlarë trurin dhe për të të kthyer në një pikë fillestare të arsyetimit. Ishte koha e thëllazave të fushës, kur ato nxjerrin zogjtë dhe bashkohen në tufa të mëdha. Zakonisht i gjeje tek shkurrishtet, nëpër vënde të hapura, bokërrima, që të kishin mundësi të merrnin hov dhe të ngriheshin në ajër me krahët e tyre të shkurtër, për t'iu larguar dhelprave dhe kunadheve, por rrinin edhe nëpër vënde me shkurre, që të mbroheshin nga skifterët që i kishin gjah të preferuar.

Të tre e ndjenim të nevojshme të merreshim me diçka, me një gjë që nuk kishte atë ngarkesë nervore që na ishte dashur të kalonim ditët e fundit. Të vrisje thëllëza pa patur një zagar të specializuar për shpendë, ishte si të kërkoje peshkun e artë në një det të madh e të pafund dhe të besoje se fati do të ndihmonte që të vinte pikërisht tek grepi yt. Duhej të shpresoje vetëm tek rastësia, t'i shkoje pranë tufës, ta trëmbje pa dashur dhe të kishe mundësi pastaj të qëlloje në kohë.

Në mëngjes po ecnim përgjatë rrugës, dhe në të dy anët e saj shikonim siluetat e dëshpëruara të shtëpive të braktisura. Disa prej tyre kishin vrima nëpër çati, rrasat e gurta ishin rrëzuar, qeresteja e vjetër ishte kalbur dhe ai dimër do t'i rrëzonte përtokë.

Bile ishte e çuditshme se si pas kaq viteve braktisje të plotë nuk ishin rrëzuar dhe nuk ishin mbuluar nga shpendërat dhe kulprat.

Me kaq ky fshat do të vdiste dhe do të zhdukej përfundimisht nga harta, siç kishte ndodhur me shumë nga fshatrat e vegjël të asaj zone. Braktisja e madhe kishte vite që kishte filluar në këtë humbëtirë, ku nuk kishte një rrugë për të qënë dhe njerzit ose vraponin drejt qëndrave të mëdha urbane ose ia kishin mbathur në emigracion.

Banorët e kësaj zone kishin preferuar dikur Amerikën dhe Argjentinën, kurse tani e kishin më të lehtë të kalonin në Greqi, sepse edhe gjuhën greke mjaft prej tyre e kishin folur në familje.

Më vinte keq për atë shkatrrim masiv që po ndodhte, dhe keqardhjen nuk e kisha për ato vite të largëta të fëmijërisë, kur më sillnin gjatë verës tek gjyshërit, por atë vitin e fundit ku kisha patur mundësinë të humbisja nga njerzit dhe të shpëtoja gjallë.

Vërtet kishte qënë një vit i vështirë, pa drita, nën flakën e qirinjve, por ama kisha marrë vesh se njeriut i duhen kaq pak gjëra për të qënë i lumtur dhe i qetë. Nuk ka rëndësi se sa fiton në një lojë, ka rëndësi vetëm të fitosh dhe të mos humbësh, dhe unë kisha fituar një ide të re për jetën e vërtetë. Komoditeti nuk është jetë, nuk është liri, është rehati dhe ndrydhje e personalitetit.

Mund të jetoje pa komoditet, mund të provoje shumë mungesa, por ama kur ngriheshe në mëngjes dhe e dije që krejt ditën do ta kishe tënden dhe në darkë do t'i jepje llogari vetem vetvetes, atëhere e kishe ndjerë shijen e vërtetë të lirisë.

Të tre, pa u nxituar, shtruar-shtruar morëm përpjetë kodrave të veshura me shkurre bushi dhe dëllinja të kuqe të shkurtra.

Aty na zunë rrezet e para të diellit, që filluan të ngrohnin tokën dhe ta kthenin mjegullën e mëngjesit në një tis të hollë, në një mjegullim transparent që binte erë zhumricë dhe lule shëngjini. Ishte aroma e verës në kulmin e pjekjes së saj. Vënde vënde bari ishte farëzuar dhe kishte filluar të zverdhej.

Kjo ishte vera në male, vazhdimisht e gjelbër, vazhdimisht në lulëzim, ku vapa nuk arrinte kurrë të bëhej vapë dhe të zhuriste gjithçka.

Meçua e ndali hapin. Përpara kishte diçka, një gjah, ose një rrezik. Morëm armët në dorë dhe atëhere nga shkurrishtja, me një fërfëllimë të fuqishme krahësh dhe cicërrima u ngrit një tufë e madhe, ndoshta mbi dyzet krerë, thëllëza bojëdheu të fushës. Unë qëllova të dy plumbat mbi tufën në fluturim që kaloi në krahun tim, kurse shoku im, që e kishte armën gjysmë automatike qëlloi tre herë. Disa nga thëllëzat u këputën dhe duke u sjellë në ajër si gurë të shpupuritur ranë përtokë, kurse tufa e terroriziar fluturoi me vrull dhe ra në kodrën përballë ndonjë gjysmë kilometri larg nesh.

Kërkuam nëpër shkurre dhe gjetëm katër thëllëza të përgjakura dhe ende të ngrohta. Ishin të dobta dhe të vogla. Pra kishim qëlluar mbi disa zogj ende të parritur të pranverës. Por ata vërtet nuk kishin shumë mish, por ishin shumë më të shijshëm se thëllëzat e rritura.

U nisëm drejt vëndit ku kishte zbritur tufa. Ato të trëmbura mund të kishin vrapuar dhe të ishin strukur edhe njëqint metra larg, por ne atë punë kishim, të endeshim në atë krah derisa të fillonte të varej dielli dhe pastaj të ktheheshim përsëri në fshat për të gatuar gjahun dhe për të shtyrë edhe një ditë tjetër.

Numuronim ditët, për të ndruar muajt dhe stinët dhe nuk çanim kokë për asgjë.

Në treshen tonë më i lumturi nga të gjithë dukej Meçua. Kur ecte pranë nesh, ai se ç'kishte një farë krenarie, një krekosje prej kafshe të rëndësishme, që sundonte krejt atë territor dhe që mbante si sejmenë dy njërëz të armatosur, që ishin gati edhe të linin kokën për të.

Çdo kafshë do të ndjehej kështu dhe jo më ariu ynë, që për mua kishte shumë më tepër mënd se mjaft nga ata njerëz që kisha njohur gjatë jetës sime aspak të shkurtër. Më kujtohet shprehja që i thashë para disa vitesh një tregërati polak të gurëve dekorativë, Spasit, se a kishte gurë në Shqipëri dhe unë iu përgjigja *se tek ne gurët dhe budallenjtë s'mbarojnë kurrë*.

Dhe në atë shëtitje të shpenguar, i larë nga djersët, kuptova diçka që më parë nuk e kisha shkuar as nëpër mënd. Nuk ia vlente të kthehesha më në Tiranë.

Ai qytet tanimë ishte shumë i largët dhe i pavlerë për mua. Kisha këtë fshat, kisha këta shokë të mirë, që nuk donin të përfitonin aspak nga unë, kisha vetminë time të siguruar sepse për një lojë të fatit, duke vënë kokën në rrezik kisha siguruar aq para sa që mund të jetoja edhe njëqint vjet të tjera i qetë.

Pra, po qe se lija këtë vënd humbisja shumë, kurse po të humbisja Tiranën nuk kisha humbur asgjë, sepse nuk mund të huambasësh një gjë që kurrë nuk e ke patur as në zemër dhe as në tru.

Këtu kisha një shok që më shoqëronte dhe një ari që linte kokën për mua, kurse në Tiranë, megjithëse lodhja trurin, nuk gjeja qoftë edhe një njeri të vetëm të bënte sakrificën më të vogël, të humbiste edhe pesë minuta nga jeta e tij për të më ardhur në ndihmë.

***

Që të nesërmen shkova në qytet, takova Nebi Nasufin, me të cilin në fëmijërinë time kisha mbledhur kumblla të tharta dhe kisha vjedhur mollë nga kopshtet e komshijve. Më njohu porsa më pa, mëgjithëse kishim mbi tridhjetë vjet që nuk ishim ndeshur.

U përqafuam.

Nebiu ishte bërë shefi i ndërmarjes elektrike të rrethit. I dhashë në dorë një milion lekë, të cilat nuk deshi të m'i merrte por më në fund i pranoi. I kërkova të vendoste përsëri transformatorin e vjedhur dhe të zëvëndësonte ato pjesë të telit që ishin marrë nga njerëzit, që u kishte rënë rruga andej. I thashë që doja ta rregulloja shtëpinë e gjyshërve të mi dhe të mos e lija atë fshat të vdiste.

Për fat kishte një transformator të riparuar që e mbante rezervë për emergjenca në një magazinë të ndërmarjes dhe brënda javës, erdhi vetë me një brigadë puntorësh dhe e solli korentin në fshat, bile vendosi edhe nja dhjetë shtylla në të dy anët e rrugës, para shtëpive dhe ju vendosi llampa për të ndriçuar rrugën.

Pastaj i dhashë edhe një zarf tjetër, si për ta falendëruar dhe i kërkova të më gjente pronarët e shtëpive, doja t'i blija të gjitha, që të mos e lija fshatin të rrënohej.

Doja t'i blija dhe t'i riparoja, por më parë doja që të ishin prona ime dhe këtë nuk e bëja që të përfitoja ndonjë gjë, por vetëm që të shpëtoja nga zhdukja fshatin e gjyshërve të mi. Porositëm edhe disa kamjonë me çakull për të mbushur pjesët e dëmtuara të rrugës dhe për të mbushur gropat e shumta që në dimër mbusheshin me ujë dhe me llucë.

Më kishte mbërthyer ideja fikse që ta bëja krejt atë vënd timin. Do të blija çdo pëllëmbë tokë, çdo arë, çdo korije dhe të gjithë pyjet.

Ashtu siç ishin të braktisura dhe të harruara, pronarët pranonin t'i shisnin me çmime qesharake, bile sikur gëzoheshin kur bënin dokumentat e shitjes dhe ndjeheshin të lehtësuar sikur kishin hequr një barrë nga shpina.

Më kishin zënë ethet e një ndërmarjeje të madhe që po të realizohej ashtu siç e kisha unë në kokë, do të më ndante përfundimisht nga ata njerëz, që deri dije i konsideroja të rëndësishëm dhe mundohesha t'i mbaja me të mirë, që të përfitoja prej tyre.

Tani nuk kisha më nevojë për njerëz, sepse më mjaftonte ai ari, dhe ai njeri që me sa shikoja nuk kishte ndër mënd të shkonte asgjëkundi.

Të jetosh në një pikë të vogël të botës së madhe, dhe ta bësh këtë pikë të vogël sa më të madhe, aq sa ta konsiderosh si botën tënde, kjo është një nga meritat që kanë njerzit që dinë ta fitojnë çdo betejë.

Bota është e madhe dhe njëkohësisht e vogël, sepse jemi ne ata që e bëjmë të tillë, duke zënë një vënd brënda saj. Po qe se vëndi që zëmë është i vogël, bota është vërtet e vogël, por po qe se ne zëmë një vënd të rëndësishëm dhe bëjmë diçka të madhe, kudo që të jemi, sado larg që të ndodhemi, atëhere bota i zmadhon përmasat e saj dhe mund të të ngopë çdo dëshirë dhe çdo ambicie.

Botën jemi ne që e bëjmë dhe nuk është bota ajo që na bën neve, sepse çdo individ që jeton në sipërfaqen e këtij rruzulli, kudo që të ndodhet ka botën e vet, dhe përmasat e saj i përcakton vetë. Nuk ka as botë të madhe dhe as botë të vogël, sepse jemi ne të mëdhenj ose të vegjël dhe sipas kësaj i japim përmasat edhe botës sonë.

Një mëngjes, ndersa po shikonim se si puntorët po i hiqnin çatinë njërës prej shtëpive për t'i hedhur qereste dhe tjegulla të reja, ish-Ipaemri më pyeti:

-Nuk më ke thënë se ç'ke ndër mënd të bësh?

Qesha, se vërtet, isha çmësuar të bisedoja dhe doja që si ai si ariu t'i mernin me mënd ato që kisha për të thënë.

Por ja që jo të gjitha mund të shprehen pa hapur gojë:

-Dua të bëj një fshat turistik, një pikë malore, në mes të pyllit. Përreth ka gjah dhe vënde të bukura sa të duash. Po të lidhemi me ndonjë kompani serioze turistike mund të tërheqim turistë nga e gjithë bota...

-Dhe pastaj, ja erdhën turistët... – ai ishte si gjithnjë indiferent dhe marrëzinë time po e shikonte me shpërfilljen e tij të natyrshme.

Përsëri qesha, sepse e dija që ajo që do të thosha ishte një marrëzi e vërtetë. Por a nuk janë marrëzira shumica e thënieve dhe e veprimeve tona, bile janë marrëzira për ne edhe ato që gjithkush na i merr për vepra serioze:

-Turistët nuk janë njerëz, janë vizitorë, të huaj, që nuk kanë asnjë lidhje me ne vëndalinjtë, vijnë dhe ikin, dhe sjellin shumë para... ata janë klientë dhe kush i trajton klientët si njerëz e ka ngrënë në biznes... do të ngreim biznesin tonë dhe ne të tre, unë, ti dhe Meçoja do të jemi aksionerë me të drejta të barabarta dhe sasi të barabarta aksionesh në këtë biznes...

FUND

TIRANË, MË 5 TETOR 2011

PËRMBAJTJA